宮《きゅう》廷《てい》女《にょ》官《かん》 チャングムの誓い

中

大長今

宮《きゅう》廷《てい》女《にょ》官《かん》
チャングムの誓い

中

ユ・ミンジュ［著］　秋 那［訳］

竹書房

宮廷《きゅうてい》女官《にょかん》チャングムの誓い

中

目次

第八章

姮娥

＊姮娥《ハンア》…内人《ナイン》の宮廷語

確かにジョンホの横顔には、山中で倒れていた武士の面影があった。ゆるやかな曲線のなかの、きりっと尖《とが》った顎《あご》の線。しかしチャングムは頭《かぶり》をふった。いくら昼間とはいえ、あの日ソンパ船場の森は薄暗かったのだ。

しかも倒れた拍子に陣笠《じんがさ》が脱げて顔にかぶさったため、口元と顎のあたりをちらっと目にしただけであった。口元と顎しか見ていないということは、つまりは何も見ていないも同然。顎ひげを生やした男などごまんといる、それをどう見分けるというのだ。

あのときチャングムは薬草を探したり、つぶしたりするのに忙しく、男の顔をまじまじと見る余裕などなかった。仮にそんな余裕があったとしても、陣笠を取って男の顔を確認するなんて思いもつかなかったであろう。それでもひとつだけはっきり目にしたものがあった。それは肩に負った傷口を布で覆う際に見た、正三角形の三つのほくろであった。まるで墨を垂らしたように真っ黒な点であった。

チャングムはあらためてジョンホを観察した。服装は青色の官服に紗帽、職責は内禁衛《ネグムウイ》の従事官《チョンサグアン》。父が身を置いていた内禁衛の所属だ。チャングムはそれだけでジョンホに親しみを感じていた。

父のことを考えていると、教書閣《キョソガク》の机に置かれていた三作ノリゲのことが再び思い出された。いずれにしろ父の遺品は、何があっても取り戻さなければならなかった。

「ナウリ、私が教書閣に行った日のことを覚えていらっしゃいますか？」

「もちろん覚えています」

忘れられるはずがないといった口調であった。

「それでは、私になぜ教書閣にいるのかと訊《たず》ねられたナウリのことを覚えていらっしゃいますか？」

「宮女《きゅうじょ》が教書閣に何用かと言ったイ・ジョンミョンのことですか？」

「イ・ジョンミョン……」

「彼が何か？」

「実は……」

チャングムは答えようとして、途中で口をつぐんだ。その方の肩にはほくろが三つありますかなどと訊《き》けるはずもない。だからといって、彼の机にあった三作ノリゲの由縁《ゆえん》を知っていますかと訊ねるのも不自然であった。

「な、何でもありません」

「一体どうされたのですか？　もしや宮女が教書閣を訪ねたことが問題にでもなったのですか？」

「そうではありません。私の勘違いのようです」

好奇心が顔をもたげたがチャングムが黙り込んでしまったので、ジョンホはそれ以上訊こうとはしなかった。だが心のなかは言葉があふれている、そんな眼差しであった。

そろそろ別れなければならないと思いつつ、二人はもじもじしているだけで、なかなかその場を離れることができなかった。そうこうしているうちにジョンホが先に歩きだした。人目があるため肩を並べて歩くことはできなかった。チャングムは五、六歩ほど間隔をあけてジョンホの後をそろそろとついていった。

エリョン亭の池の近くに来たとき、ふとジョンホが足を止めた。池を過ぎると宮廷の人々の往来が増えるため、この辺りで別れるのが得策であった。ジョンホは残念そうにチャングムをふり返った。

「楼閣を築くたびに池を掘り、その池の真ん中に島を作るのは、〝天・地・人〟の調和をはかるためと言われています」

「池のなかで人は何に例えられるのですか？」

「中央の松の木が人です」

池のなかの丸い島にこぢんまりと佇《たたず》むエリョン亭、亭の前にそびえ立つ一本の松。この池に天と地と人が、すべておさまっている。

チャングムは黙って水面をのぞいた。水面には、白いガガブタの花と黄色く丸い月が浮かんでいた。ひとつの池にこんなにも多くのものが宿っている。ならば人の心はどれほど複雑か！

水面を眺めていると、宮女という職分についてあらためて考えさせられた。宮女が宮廷を離れることができるのは、ふたつの場合のみ。老いて病に伏すか、仕えていた主が死ぬかである。主が死んだ場合は、三年喪を行い、位牌《いはい》を廟《びょう》や祠堂《しどう》に祭ってから実家に戻るのが慣例であった。また、宮廷を出たあとは結婚もできず、妾《めかけ》になることも許されなかった。一度宮女になった女は、宮廷のなかであろうが外であろうが、命絶えるまで王の女でいなければならない。そんな宮女の胸のうちを、池の魚に喩《たと》えた者もいた。

魚たちよ
誰に閉じ込められてここに棲《す》む
広い海、澄んだ池をどこに放ってここにいる
入ったら出られぬこの身と心、お前と私に何の違いがあろう

宮廷は池、自分は池のなかの魚。ジョンホの静かな眼差しにどう応《こた》えればよいのだろうか。チャングムは、約《つづま》やかなジョンホの視線を避けることなくしっかりと受け止めた。この世に強くてやさしいものがたったひとつあるとしたら、この眼差しのほかはないように思えた。

内人《ナイン》式を終えると、ヨンセンとチャングムは同じ部屋で寝起きすることになった。ヨンセンはヨンノと同室だったのだが、ヨンノの意地悪に毎晩泣かされ、とうとう我慢できず、部屋を替えてくれと最高尚宮《チエゴサングン》に訴えたのであった。

内人になって最初の外出休暇をとる前の晩のことであった。ハン尚宮はチャングムを自分の部屋に呼んだ。彼女は悲壮な表情で絹布に包まれたある物を、チャングムにそっと差し出した。

「包丁だ。お前ももう立派な内人、自分の包丁を持つときだ」

「いつの間にご用意されたのですか？　一生大事にいたします」

「親友が使っていた包丁だ。無念にも汚名を着せられ、宮廷を追い出された友だ」

「そのように大事な包丁をなぜ私にくださるのですか？」

「……一生大事にすると言ったな？」

「はい、媽媽《ママ》」

「『論語』の〈雍也篇〉にこんな言葉がある。〝知之者不如好之者、好之者不如楽之者〟。どういう意味かわかるか？」

「理解する者は好きになる者に及ばず、好きになる者は楽しむ者に及ばず、という意味です」

「そのとおり。いくら多くのことを学び、邁進《まいしん》したとしても、自らそれを楽しむ者にはかなわぬ。私がこれまで教えてきたのは料理の技術だ。だが技術を越えた境地、つまり神技に至らなければ、たとえ最高尚宮になったとしても、腕のいい料理人だけで終わるであろう。神技は心術にかかっている。この先お前が打ち勝たなければならない相手は、自分自身なのだ」

「ですがハン尚宮様、上監媽媽《サンガム》の水剌《スラ》を預かるのに、どのように楽しめというのですか？」

「『荘子』の〈養生主篇〉には、畜殺をする白丁《ペクチョン》の庖丁《ほうてい》の話が出てくる。庖丁は最初、目に見えるものすべてが牛に見えたが、三年が過ぎると心で牛に接するようになり、目で見ることはなくなったそうだ」

「本当に心で牛を扱うことができるのでしょうか？」

「感覚は麻痺《まひ》し、思うがまま手が動く。庖丁が言うには、立派な白丁は一年に一度しか包丁を替えないが、普通の白丁は一か月に一度包丁を替えるのだという。一年に一度しか包丁を替えないのは肉をさばくからで、一か月に一度包丁を替えるのは無理に骨を切断するからだと。庖丁は十九年ものあいだ、何千という牛をさばいてきたが、一度も包丁を替えたことはなかった。骨を切断するのではなく、骨と骨の隙間《すきま》に包丁を差し込み、そのあいたところを回し切る。そうするとやがて骨がはがれ、土くれがこぼれるように、肉が次々とそぎ落とされるのだ」

「道士だからそのような境地に至ることができたのですね」

「庖丁の故事もまた技術についてではなく、極意について説いている。技術に執着するかぎり楽しみを見出すことはできない、楽しむことができなければ、極意を手に入れることは決してできないと。生涯にわたってこの包丁を使い続けるのか、あるいは別の包丁に替えるのか、それもまたお前の心ひとつにかかっているのだ」

チャングムは包みを広げてそっと包丁を取り出した。研ぎたてのように刃が鋭かった。だが鋭い刃を目にしながらも、なぜか親しみと、なつかしさが湧《わ》いてくる。それが一体どういうわけなのか、チャングムにはわからなかった。

「……最高尚宮になりたい、そう友は言っていた。チャングム、お前のように好奇心が旺盛《おうせい》で、義《ぎ》侠《きょう》心が強く、何より情の深い友だった。お前がその包丁で神技を体得したら、友も夢を果たしたと喜ぶだろう」

「そのお言葉忘れませせぬ」

チャングムは絹布に再び包丁を包んだ。手が震えていた。この包丁ひとつに、自分とハン尚宮、そしてハン尚宮の友の悲願が込められている。

「明朝早くに休暇で発《た》つのだから、もう部屋に戻って休みなさい」

チャングムは包丁を持ってハン尚宮の部屋を出た。そばに近づきたいと思っても、決して心を開いてくれなかった師。その間どんなにか孤独で寂しかったであろう。ハン尚宮の寒々とした心を溶かしてくれたのは、歳月だけではあるまい。愛する人を失っても生きていかなければならない人生の悲しみを、成人になったばかりの弟子を通して癒《いや》そうとしたのかもしれない。

それはチャングムにとっても同じことであった。天涯孤独の身で宮廷にあがり、その索漠とした宮廷のなかで、チャングムにとって母であった。チャングムはハン尚宮に出会った。血のつながりはなくとも、ハン尚宮はチャングムにとって母であった。血縁はなくとも、肉親のような情を感じられる人に出会えたことは、まことに幸福なことであった。たとえ何もかも失ったと思う瞬間が来ようとも、生き残らなければならない理由を見出すことができるのだから。

そういう意味ではトックの家族も同じであった。

「結局宮廷に居座ったってわけだ」

礼を受けていたときの満足気な笑みはどこへやら、トックの奥さんは嫌味たらしくそう言った。それを聞いたトックは天井に頭がぶつかるほど跳ね上がった。

「こらっ、正式な内人になられて、従九品の品階をもつお方に何たる口のきき方だ。そうですよね、チャングム……」

「〝そうですよね、チャングム〞って、何それ？」

「これまでどおりにしてください。お二人のお力添えがあったからこそ、今の私がいるのです」

「そうは言っても……」

「これまでどおりって言っているじゃないか」

「そうしてもいい……のかい？」

「もちろんです。お二人を本当の両親だと思っていますから」

チャングムがそう言うと、トックの奥さんは親しみをあらわにした。

「あんた、今夜はほかで寝て」

「いいのか？　あとでぐちぐち言うなよ」

「この人ったら、何を考えているんだよ。母と娘はいろいろ話すことがあるから、あんたはイルドの部屋で寝てって言っているの！」

考えてみたらチャングムは、宮廷にあがってから一度もイルドを見ていなかった。今や彼も立派な成人になっているはずであった。

「イルドはどうしていますか？」

「あいつのことは話に出さんでくれ。結婚もせず、内禁衛に入るんだとか言って、毎日のように内禁衛の近くをうろついているよ」

「それ、どういう意味？　イルドが内禁衛に入ったらいけないのかい？」

「誰でも入れるわけじゃないんだぞ。そばについて王様をお守りする危険なところなんだ。あいつに縁故があるか？　家柄がいいか？　金を持っているか？　持っているのはふたつのタマだけだっていうのに何が内禁衛だ、とんでもない。ケンカでも強ければまだしも」

「あんた、大事な一人息子をけなしてどういうつもりだよ」

「大事な一人息子だから言うんだ。二人いたらけなしもしない、そうだろう？」

　チャングムは笑いをこらえるのに必死だった。暇さえあればあれこれ言い争う二人であったが、どちらかがいなくなれば心細くて、つまらなくて、生きる喜びを感じられなくなるのは目に見えていた。

　ふとんを並べて敷いて横になると、チャングムはまるで実家に帰ってきたように落ち着いた気分になった。母を失《な》くし、八歳から二年間世話になった家であった。来たときは幼子であったが、出るときは少女になっていた。そして今、晴れて内人になって戻ってきた。チャングムは突然やるせなくなって涙がこぼれそうになった。

「自分から好きで始めたことだ、今さらどうにもならない。宮女として生きていくのは、思ったより大変だろうよ」

　すぐ隣でそう言ったトックの奥さんの声が、夢のなかでささやかれるように遠のいて聞こえた。

「年ごろになったら嫁ぎ、苦労して子を産み、そして大事に育てる。女の生き方は昔からそう決まっているもんだ。今が女として一番艶《あで》やかなときなのに。宮女のまま朽ち果てるなんて、残念でならないよ……」

「朽ちるなんてことはありません。上監媽媽の水剌を任される最高尚宮になれたら、一人の男性に身を捧《ささ》げるのと同じくらい生き甲斐《がい》を感じることができるはずです」

「まったく、お前はご飯を作るのがそんなに好きなのかい？　上監媽媽の水剌だけじゃなくて、上監媽媽と寝床をともにすることくらい考えたらどうだい。どうせ一生宮廷に身を置くつもりなら、水剌間《スラッカン》の釜《かま》より上監媽媽の腕のなかのほうがよっぽどあったかいだろうに。そうさ、あったかいに決まってるよ。最高尚宮が王様の女って言えるかい」

「……私は最高尚宮になりたいのです」

「独身のまま老いて死ぬだけの人生がいいだなんて。まったく、何を言っても無駄だね」

トックの奥さんはため息とも文句ともつかない声で、ふん、と言って大きく寝返りをうった。そして背を向けたままぶつくさと不満をもらした。

「まあ、あたしも夜ともなれば、宮女と同じような境遇だけどさ……」

翌朝チャングムは食事をすませるや否やさっさと身支度をした。

「もう行くのかい？　夕飯までゆっくりしていけばいいじゃないか」

口先だけじゃないことは、今にも泣きそうなトックの顔を見れば一目瞭然《りょうぜん》であった。トックの奥さんは終始黙っていたが、チャングムが門を出ようとしたとき、包みをひとつ渡した。

「持っていきな。初めての外出休暇のときには御馳走《ごちそう》を持って帰るものなんだよ……」

チャングムは彼女の心遣いに感動して、みぞおちのあたりが熱くなった。トックはそんな光景を前にして、目玉が飛び出るほど驚いたようだった。

「おい、いつの間にそんなものを用意したんだ？」

「おばさん、ありがとうございます」

「礼なんかいいよ……。それより、ついでだ！　これも持っていきな」

トックの奥さんは小さな帳面のようなものを差し出した。めくった最初の頁には、数字がびっしりと並んで記してあった。

「内人になったんだから俸禄《ほうろく》も上がるだろう？　御馳走を作るのに十両かかった。毎月、白米を二升ずつよこして返しな。その計算でいくと一年で返し終えるだろうけど、手間賃があるから、まあ、一年半でとんとんってとこだ。二人の計算が食い違うといけないから、忘れずにそこに印をつけるんだ。あとで文句が出ないようにね」

「何でも巻き上げる女がどういう風の吹き回しかと思ったら、こういうことだったのか……。ついさっきまで実の母とか何とか言っていたくせに……」

「世の中にタダなんてものはないってことを教えるためさ。一生宮廷で過ごすためには、強くて、がめつくないとだめなんだよ」

「どケチな女め。情のかけらもないのかね」

毎月白米を二升ずつ返す約束をさせられて受け取った御馳走は、母の墓前に、クマイチゴの代わりに供えられた。約束の日から十年の月日が経《た》ち、ようやく訪れることのできた母の眠る山。秋の気配が漂い始めた山間にクマイチゴはなく、麒麟《きりん》草だけが生い茂っていた。

白丁の村の裏山を駆け回った、やんちゃだったあのころ。誰が一番多く蝶《ちょう》を捕まえられるか、男の子たちとよく競争して遊んだ。麒麟草が群生している場所を見つけられたら、一番になれたも同然だった。アカボシウスバシロチョウという蝶が必ずそこに卵を産みつけ、蜜《みつ》を吸いながら棲み処《か》のようにしていることを知っていたからだ。

「お母さん……」

チャングムは母の墓前でクンジョルをした。それも十年ぶりのことだった。墓の前の洞窟《どうくつ》は以前と変わらぬ大きさなのに、当時八歳だった少女はすっかり成長し、今ではしとやかな娘に成長した。積み重ねられた石は、十年前のあの日のように無表情のままそこにある。命のないものは成長することも、死ぬこともない。死ぬことがないから悲しみがなく、悲しみがないから、無表情でいるしかない。

慎ましやかな妻であり、寛大な母であった。宮女の生を貫く夢は挫《くじ》かれたが、そこからこぼれ出たひとつの命が、今こうして今日という日を迎えている。麒麟草がアカボシウスバシロチョウを育てるように、命を持つものであればひとつくらい新しい命を育てるもの。宮女として生きるということは、すなわち自然の摂理に逆らうことだ。チャングムは母の墓前で、そのことを痛切に感じていた。だが大事に育《はぐく》むのは、必ずしも命だけではないはずだ。チャングムは懸命に涙をこらえた。そして、母のお腹《なか》に自分という命が宿った瞬間から育まれていたかもしれぬ夢について、繰り返し思いをめぐらせた。

水刺間の内人として本格的に修行を始めてから一か月あまりが過ぎたある日、五日後に予定されていた王の狩猟が、突然二日後に変更されたというお達しが出された。その知らせは水刺間を大いに揺るがす事件となった。

内侍府《ネシブ》からは急きょ用意された献立表が回ってきた。最高尚宮はハン尚宮以下、狩猟場へ同行する内人を任命した。クミョンが王の外出の際に使う銀の食器類を銀器城上《ウンギソンサン》から運ぶあいだ、チャングムは司饔院《サオンウオン》から材料を調達してきた。ハン尚宮とミン尚宮は献立表を見ながら、各種調味料をはじめとした料理に必要な物を用意するために駆けずり回った。

王の狩猟はだいたい十二月臘日《ろう》（冬至後の第三の戌《いぬ》の日）ごろに行われる。その日は内饌《ネチャン》といって内殿の焼厨房《ソジュバン》で料理を用意し、還御したら臘日チョンゴルを作って出すのが慣《なら》わしだった。だが臘日でもない日に狩猟に出かけるところをみると、王の心中は穏やかではないようであった。

中宗《チュンジョン》はまだ晋城大君《チンソンデグン》だったころに、当時十三歳であったシン・スグンの娘のシン氏と婚礼を挙げた。シン・スグンの姉は燕山君《ヨンサングン》の後宮に入り、シン・スグンは承旨《スンジ》を経て、左議政《チャウイジョン》の地位までのぼりつめた。そして王の義兄弟として、かつ最も近い側近として、当代を己の支配下におく権力者となった。燕山君が異母兄弟である晋城大君を殺さなかったのも、大事な妃の姪《めい》の婿であったからとも考えられた。しかしシン・スグンは、婿である晋城大君を擁立して反正《パンジョン》を企てようと提議したパク・ウォンジョンの申し出を断ったがために、燕山君が失脚したのち、ユ・ジャグァンの一派に殺されてしまった。シン氏からすれば、夫が王に即位した日に、父親が殺されたわけである。

晋城大君は王に即位して間もなく、シン氏を王妃の座に就かせるべく話し合いをもったが、反正功臣たちの猛反対を受けた。表立った理由は、シン氏のおばが燕山君の妃で、父親が燕山君の義弟だからというものであった。だが実際のところは、シン氏が王妃になった場合、父親のシン・スグンを殺したことでシン氏が復讐《ふくしゅう》を企てるのではないかと、恐れをなしていたからであった。結局シン氏は、晋城大君が王に即位した八日後に、宮廷から追放された。

功臣たちの執拗《しつよう》な反対によって、糟糠《そうこう》の妻であったシン氏と離れ離れにさせられた中宗。王は臣下に内緒で、かわいがっていた馬をシン氏に贈った。いつも想《おも》っているという意味を込めて……。シン氏は自ら炊いた馬粥《がゆ》を中宗の愛馬にやりながら、嘆きの言葉をもらしたと言われている。

「動物のお前とはこうして会えるのに、上監媽媽はここには来られぬ。たくさん食べて上監媽媽にしっかりお仕えするのだ」

中宗は、自分を王に推戴《すいたい》した功臣たちの圧力に押されて、最愛の妻を追い出すことになってしまったが、シン氏を想う気持ちは格別なものであった。宮廷を追われた直後、シン氏は河城慰《ハソンウィ》のチョン・ヒョンジョ宅に滞在していた。そして遠くからでも景福宮《キョンボククン》をのぞもうと、よく仁旺《イヌアン》山に登っていた。王もまたシン氏への恋しさに激しく揺さぶられるときは、宮中でもっとも高い楼閣にのぼり、仁旺山の方角を見つめた。このことを知ったシン氏の一族は、もしかしたら遠目でも王の目に触れるかもしれないという一縷《いちる》の望みから、シン氏の紅のチマを仁旺山の岩に広げた。だがシン氏がシジョンの竹洞宮《チュクドングン》に移ってからは、このように互いを恋しがることもなくなってしまった。結局シン氏は中宗と生き別れた。シン氏は、一日も忘れることのできなかった人と、息絶えるその日まで再び会うこともできず、仁旺山の〝チマ岩の伝説〟だけを残してこの世を去った。

馬にまたがり、前後を休みなく行き来しながら、御駕《ごが》の列をしきる男がいた。内禁衛の従事官、ミン・ジョンホだ。馬を操る手さばきと、官服の着こなしが凛然《りんぜん》としていた。ジョンホは列の後方にチャングムの姿を見つけると、瞳《ひとみ》を輝かせた。

ひとすじの風も、一点の雲もない狩猟場に、秋の陽《ひ》ざしが燦爛《さんらん》と輝いていた。中浪川《チュンナンチョン》と漢江《ハンガン》が合流する広い河原には、朝鮮初期に造成された養馬場があった。小川をはさんで、青い草の生い茂った現在のマジャン洞から、サグン洞、タプシン里、ヘンダン洞、トゥク島までは、馬を放牧するにはちょうどいい土地だった。トゥク島は、王が軍の武芸を検閲する場所でもあった。王の遠出の際にはきまってその象徴である纛旗《トウクキ》がそこに立てられたことから、纛《トウク》島と名づけられた。

草と柳が生い茂るトゥク島。入口付近では、馬にまたがった王を先頭に、王族と臣下らが列をなしていた。

「もっとも大きい獲物を捕らえた者に褒美をつかわす。皆、身命をつくせ！」

鉦《しょう》の音が大地を轟《とどろ》かせた。王は手綱を引きながら大地を駆けていった。

「鶴翼陣！」

ミン・ジョンホが号令を下すと、内禁衛の軍官《クングアン》たちはいっせいに鶴《つる》が両翼を広げたような形をとって、王の背後についた。

ずらりと並んだ日よけのなかでは、徐々に遠のいていく蹄《ひづめ》の音を聞きながら、チャングムが野菜を切っていた。ミン尚宮は、肉のだし汁の塩加減をみては首を傾《かし》げていた。

「おかしいわ」

チョバンがすぐに口をはさんだ。

「味をすっきりさせようとお酒を足してみたのですが、変な味が消えないのです」

ミン尚宮とチョバンは何度も味をみたが、そのたびに頭を深くうな垂れた。

ハン尚宮も加わって味見をしたが、汁を口に入れたとたん首を傾げた。

「大きな柄杓《ひしゃく》を持ってきなさい」

ハン尚宮はチョバンから柄杓を受け取ると、かき回しながら四骨（牛の四肢）汁の内容物を点検し始めた。骨についた爪先《つまさき》ほどの白い塊がいかにも怪しかった。青みがかった色合いは脂の塊にしては固そうに見えた。

ハン尚宮はその白い塊をはがして口に入れると、すぐに吐き出してしまった。

「先ほど取ったサザエの毒をどうした」

「別にしてあちらに片付けておきました」

ミン尚宮はそう言って指さすと、その方角に視線を移したチョバンの顔がまたたくまに真っ青になった。

「あ、あ、あのお皿に入っていたのが、じゃ、じゃあ、そ、それが……。私はし、し、四骨の軟骨とばかり思って……」

「何だと？　ではそれをすっかり汁のなかに入れてしまったというのか？」

ハン尚宮が目をむいてそう言った瞬間、ミン尚宮がぱったりとその場に倒れた。

「大変だわ！」

「ミン尚宮！　ミン尚宮！」

「媽媽……めまいが……」

異変に気づいたチャングムとクミョンが、包丁を置いて飛んできた。その間にチョバンも、ミン尚宮の身体に覆いかぶさるようにして倒れてしまった。二人とも意識を失ったわけではなかったが、麻痺しているのか身体がまったく動かないようであった。チャングムたちは三人で、臨時の宿所に二人を連れていった。ところが不運は立て続けにやって来るもので、ハン尚宮の容態までもおかしくなり始めていた。目の焦点は定まらず、額にはみるみる冷や汗がにじんだ。

チャングムは突然怖くなった。

「媽媽、まさか致命的な毒ではないですよね？」

「死ぬことはないだろうが、まず三、四時間は身動きができまい……」

「サザエの毒を丸ごと召し上がってしまって、一体どうしたらよいのですか？」

「それより、猟に出かけられた上監媽媽は酉《とり》の刻（現在の午後六時ごろ）までにはお戻りになるだろう。今ここには何人残っている？」

「内侍府の方々も全員猟についていかれたので、ここには私たち三人と、火をおこす男衆しかおりません」

「まずは私たち三人でやるしか……」

ハン尚宮の決意は固かったが、頬《ほお》の筋肉は麻痺し、声もかれ、目はとろんとしてどこを見ているのかわからないほど容態が悪化していた。にもかかわらずハン尚宮は右へ左へとよたよたしながら足を運んだ。

ハン尚宮は物をよけることすらできず、とうとう石に躓《つまず》いて転んでしまった。クミョンがすぐに駆け寄って支えた。

「媽媽のお身体では無理かと思います」

「ならぬ！　上監媽媽が猟から戻ってこられたら、どんなにお腹を空《す》かせていらっしゃることか。殿下《でんか》を待たせるわけにはいかない。残りの肉を使って殿下が召し上がるだし汁だけでも作らなければ……」

身体は硬直して動かなかったが、ハン尚宮は力強く目を見開き、王の食事のことだけに全神経を傾けていた。チャングムはそんな師の姿をこれ以上黙って見ていることができなかった。

「狩猟場を隅々まで探して、長番内侍様をお連れします」

「たとえ長番内侍様を探せたとしても、材料がないのにどうするのだ」

歯を食いしばって日よけの柱をつかみ、必死に立っていようとするハン尚宮の執念は、涙ぐましいばかりだった。だがその努力もそれまでだった。ハン尚宮は再び倒れて、いよいよあきらめたようにチャングムをそばに呼んだ。

「チャングム、クミョンを手伝うのだ。クミョン……」

「はい、媽媽」

「これよりお前がこの調理場の責任者だ。幼いころからいろいろな料理を作ってきたのだから、お前なら必ずうまくやれる。幸いにもおかずは何品か揃《そろ》っているし、今日の一番の料理は猟で捕らえた獲物だから、それは官員らに任せればよい。お前たちは数品のおかずとご飯を炊けばよいのだ。できる……な？」

ハン尚宮の力強い問いかけに、クミョンは即答しなかった。そばにいたチャングムはどうしていいかわからずハン尚宮とクミョンの顔を交互に見つめていたが、やがて我慢できなくなって口をはさんだ。

「私たち二人だけでそんなこと、とても……」

「やってみます」

クミョンがチャングムの言葉を遮ってきっぱりと言った。チャングムは呆《あき》れたようにクミョンを見つめた。不安はおろか、クミョンの横顔にはより決然とした意志がみなぎっているようだった。

「私も歩けるようになったらすぐに駆けつける。すでにかなりの時間を浪費してしまった。急ぎなさい」

チャングムはハン尚宮を横たえて、臨時の調理場へ向かった。足どりはとても重かった。チャングムとは対照的に、クミョンはすぐさま飛んでいって、食材のやまを一瞥《いちべつ》しては包丁を握った。

「まずは冷めてもよい海鮮ときゅうりの前菜から調理するから、あなたは魚を洗って。私は肉を薄切りにするから」

チャングムは心のなかがもやもやして言葉が出なかった。

「それからコムタンができたら大根の鍋《なべ》を作らないと。大根はきれいにして、匙《さじ》でくりぬくのよ。あまり厚くならないように気をつけて……」

「……」

「ねぎの巻き物はさっと湯がいて仕上げなければならないから、最後に回してちょうだい。そうだわ！　巻き物の中身に煮た牛肉と錦糸《きんし》卵を作らなくては。それも一緒にお願いね」

「……」

「たれに入れる具も作らないと」

チャングムの返事など構っていられないとでもいうように、クミョンはやるべき仕事に没頭していた。チャングムはそんなクミョンの姿にすっかり気をとられ、仕事も手につかず、呆然《ぼうぜん》と立ちすくむばかりであった。そうして長いため息をつくと、ようやく魚を手にした。だが魚をつかんだもののの、まるで作業に集中できなかった。

そのあいだクミョンは、きゅうりにななめに包丁を入れ、皮をはがしたニベの身をそぎ、牛肉を薄く切った。クミョンの包丁さばきにはチャングムも舌を巻いた。

チャングムは錦糸卵を作っていても、野菜を切っていても、ねぎを巻いていても、クミョンにくぎづけで、まるで仕事に身が入らなかった。

おかずを大方仕上げて飾りの花を切っていると、大殿の別監《ピョルガム》が調理場に入ってきて、ハン尚宮を探した。クミョンとチャングムは真っ先に、王が猟から帰ってきたのかと訊ねた。

「氷を持ってきましたか？」

別監は二人の質問にはとりあわず、唐突に氷があるかと訊いてきた。魚の鮮度を保つための氷なら持ってきていた。

「あるにはありますが、何にお使いになるのでしょうか？」

クミョンがいぶかしげに訊いた。

「それならよかった。尚膳内侍様《サンソンネシ》が冷麺《れいめん》を用意せよとのことです」

「冷麺ですか？」

「殿下が猟をして汗をおかきになられましたので、さっぱりした冷麺を召し上がりたいとのことです。王族の方々の分も準備してほしいと」

「寒くなってきましたし、温かいものを召し上がるほうがよいのではありませんか？」

「国王殿下の仰せにございます」

別監は一方的にそう言うと、急いで調理場を出ていった。その言葉にチャングムはすっかり気がぬけてしまった。ところが、クミョンは複雑な表情でしきりに何か考えているようであった。

「二人で冷麺を作ってみましょう。上監媽媽が帰っていらしたら、まずは猟の獲物を召し上がるはずだから、そのあいだ時間を稼げるわ」

「それはそうだけど、あなた麺を打ったことはあるの？」

クミョンはあっさりと首を横にふった。麺を打ったこともないのに、冷麺を作ろうというその度胸が、彼女の一体どこに隠れているのかわからなかった。スープも問題だった。だしをとるための肉はもちろん、時間もあまりにも足りなかった。

チャングムの心はもはや降参のほうに傾いていたのだが、それとは裏腹にとんでもないことを口にしていた。

「トンチミ（水キムチ、大根の塩水漬け）汁！」

それを聞いたクミョンは、各種醬《ひしお》を入れてある白磁器の蓋《ふた》を開け始めた。チャングムも慌ててそちらに駆け寄ったが、トンチミ汁は半分ほどしか残っていなかった。王族らのスープまで作るにはとても足りない。梨汁《なし》を入れて量を増やしたところで、味が落ちるのは明らかであった。

クミョンとチャングムはトンチミ汁から視線をはずすと、互いに顔を見合わせた。為《な》す術《すべ》がなかった。それでもどちらも、あきらめようとは言わなかった。今ここで降参すれば、心臓を締めつけるこの重々しい負担から逃れることはできるし、心は苦しいが、どうにもならないことだったと自ら言い聞かせて言い訳することもできる。だが二人は、〝あきらめる〟という言葉を喉《のど》の奥に押し込めたまま、互いに反応をうかがうばかりであった。

そのときふとチャングムの頭にあることが浮かんだ。

「急いで行く所があるわ」

「何ですって？　これ以上の急用が一体どこにあるの？」

「私が戻るまでに麺を打ってスープを作っておいて」

「チャングム、一体どこへ行くつもり？」

クミョンが声を張りあげたが、チャングムは「行ってくる」とひとこと言うと同時に、日よけの外に足を踏み出した。

宮廷から来るときは気づかなかったが、差し迫ったこの状況では、果てしなく遠い道のりに感じられた。だがもう引き返すことはできなかった。死んでも行かなければならない、チャングムはそう思って必死に足を運んだ。片方の手で水瓶を、もう片方の手でチマの裾《すそ》を握りしめ、ひたすら走り続けた。何度も転びそうになった。岩にこすったり枝に引っかけたりして、顔はすり傷だらけになっていた。絶え間なく吹き出す汗が傷口にちくちくとしみた。汗は口のなかにまで流れて、塩辛さでいっぱいになった。

狩猟場へ行く途中に見かけた泉までは、少なくとも二十里はあるようだった。運よく探すことはできたものの、水の勢いはとても弱かった。水瓶が満杯になるのを待つあいだ、チャングムは気がもめて仕方なかった。

ようやく水が溜《た》まると、坂道を下りていった。だが不意に脚の力が抜けて、身体がぐらっと傾いた。水をこぼさないように何とかふんばったが無駄であった。水瓶は手から離れ、チャングムの身体はひっくり返ってしまった。

水瓶は満杯だった水をきれいに吐き出すと、坂道を転がりだした。チャングムはその様子をただ呆然と眺めるしかなかった。やがて、まるで胃の腑からこみ上げてくるような嗚咽《おえつ》が襲ってきた。泣いたところでどうにもならないことはわかっていたが、涙のほかに、この悲惨な状況を慰めてくれるものなどなかった。

ひとしきり涙を流すと、チャングムは足を痛めていることに気がついた。転んだ拍子に挫いたようであった。足袋《たび》を開いてみると、足首が痛々しく腫《は》れあがっている。それでもチャングムは力をふりしぼって身体を起こすと、歩きだした。だが、片足を引きずって歩くには、あまりにも長い道のりである。泉までの距離はもちろん、日暮れまでにクミョンの所へ戻ることもおそらく不可能であった。

茫然自失のチャングムは、視線の先に落ちている水瓶を見つめた。そこまでの距離ですら、はるか遠くに感じられた。とそのとき、坂下の曲がり道の向こうから、一人の兵士が姿を現した。チャングムに気づいた兵士はすぐに飛んできて、心配そうに声をかけた。

「近くを通りかかったときに悲鳴が聞こえました。女官様がこんな所で何をしていらっしゃるのですか？」

チャングムが事の一部始終を説明しているあいだ、兵士は眉間《みけん》にしわを寄せながら、しきりに何かを考えている風だった。

「上監媽媽はまだ猟をしておられます。ここからそう遠くない場所にいらっしゃいます」

「ではこの辺りには兵士がたくさんいるのですね」

「はい、水は私が汲《く》んでお運びできますが、女官様は調理場に戻られなければなりません。事情を説明して馬を一頭調達してまいります」

「まことにありがたいお話ですが、そこまでご迷惑をおかけしてもよいものか……」

「上監媽媽が召し上がる冷麵をお作りになるのですから」

兵士の喜々とした様子に、チャングムは大きくため息をつきたい心境だった。

チャングムは座って待っているだけでは申し訳ないと思い、水瓶を拾いに行くことにした。足を引きずりながら水瓶を取ってくるその短いあいだに、兵士が戻ってきた。口だけではなかったようで、彼の後ろには本当に馬が連れられていた。

馬には男がまたがっていたが、その軍官の姿にどこか見覚えがあると思っていたら、ミン・ジョンホだった。ジョンホはチャングムに気がつくと、颯爽《さっそう》と馬から下りてすぐさま駆け寄った。

「兵士の話を聞いてまさかと思ったのですが、本当に姮娥《ハンア》様だったのですね。どうしてこんなことになったのですか?」

チャングムはすぐに答えることができず、耳たぶを赤らめた。

「足を怪我されたのですか?」

「そのようです」

ジョンホは片膝《ひざ》を立てて座ると、チャングムの足首にそっと触れた。それだけでも悲鳴をあげたくなるほど痛かったが、チャングムは必死にこらえた。その姿を見たジョンホは、兵士に向かって言った。

「添え木が必要だ。行って適当な木を探してこい」

「ナウリ！　それよりも水を汲んでくることが先決です」

ジョンホはふり向いてチャングムを見つめた。その眼差しに心臓がどきりとした。チャングムは彼のまっすぐで熱い視線をまともに受け止めることができず、とうとう目をそらしてしまった。

ジョンホは兵士に水を汲んでくるよう命じ、兵士は水瓶を持ってその場を去った。

「とにかく水を汲んでくるまではここで待たなければなりません。ですから……そのあいだに添え木を当ててもよろしいですか?」

「……いつも申し訳ありません」

ジョンホは黙って立ち上がると、路傍の茂みを分けて森のなかへ入っていった。彼が行ってしまうと、チャングムは辺りを見回した。周囲の風景があらためて目に入ってきた。豁然《かつぜん》と開けた山のふもとには、モロコシ畑が広がっている。どこまでも広がる空の下、収穫を終えた実のないモロコシがただ風に揺らいでいた。

ジョンホは添え木にほどよい大きさの小枝を持って戻ってきた。

「ほんの少しの間痛みます」

そう言いながら彼の目は申し訳ないと語っていた。チャングムはその目をじっと見つめると、ゆっくりとうなずいた。ジョンホは両手でしっかりと足首を押さえると、まばたきほどの間をおいてから、ぎゅっと手に力を込めた。はずれた骨を戻したその瞬間、短い悲鳴がチャングムの口からついて出た。痛みは思ったより激しかった。はずれた骨をもとの位置に戻すのだから、それなりの痛みが伴うのは当然だった。

ジョンホはチャングムの顔をちらりとうかがってから足首に添え木を当てると、自分の服の下地を破いて巻きだした。他のものはいっさい目に入らないような真剣な姿だった。

チャングムは気持ちが静まると、あらためてジョンホを見つめた。王様を守る内禁衛の軍官の名にふさわしいりりしい容貌《ようぼう》だった。王様を守る内禁衛の軍官……。ジョンホの顔が父の顔と重なって、みぞおちの辺りから熱いものがこみ上げてきた。

「これで大丈夫です」

ジョンホが顔を上げた。彼と目が合うと、チャングムはさりげなく視線をそらした。真っ青の空の真ん中を、渡り鳥が鎌の形を描いて飛んでいた。

ちょうどそのとき水を汲みに行った兵士が戻ってきて、二人のあいだの気まずい沈黙を消し去ってくれた。ジョンホは水瓶を運ぶ兵士を先頭に立たせた。チャングムを馬に乗せ、自分は手綱をつかんだ。一滴も漏らさずに水を運ぶことが何より優先されたため、速度を上げることはできなかった。

調理場が目の前に近づいて来ると、クミョンが居ても立ってもいられない様子でチャングムたちを待っていた。

「どうしてこんなに遅かったの？」

クミョンは前ふりもなく責めるようにそう言いながら駆け寄ってきた。だがチャングムがジョンホに抱えられて馬から下りるのを目にしたとたん、こわばったようにその場に立ち尽くした。

「一体どうしたの？」

「湧き水を汲みに行こうとして途中で足を挫いてしまったの。偶然にも従事官のナウリが近くを通りかかって助けてくれたのよ」

チャングムは早口でそう言うや否や、早く調理場に行かなければという焦りから、慌てて足を運んだ。足を引きずる姿が危なっかしかった。調理場へ向かいながらチャングムは、ジョンホに礼をしていないことにふと気づいた。後ろをふり返ると、クミョンとジョンホが立ったまま親しげに言葉を交わす姿が目に入ってきた。二人が知り合いだったことが意外な気もしたが、冷麺のスープを作ることに気持ちが急《せ》いていたため、その驚きはチャングムの心からすぐに遠のいてしまった。

「従事官様、お久しぶりでございます」

普段とは違い、クミョンはひどく恥ずかしげな様子で声をかけた。チャングムの帰りを今かいまかと待っていたにもかかわらず、料理のことなど忘れてジョンホに話しかけた。

「チェ・パンスル大房はお元気でいらっしゃいますか？」

「はい。あなた様が三浦倭亂《サムポウェラン》（一五一〇年に三浦で起こった日本人居留民の暴動事件）で功を立てられ、内禁衛の特別従事官になられたことは聞いておりました」

「足首には応急処置をしておきましたが、長くはもたないと思います。仕事が落ち着いたら医女《いじょ》を呼んでください。歩くのに不自由なさると思うので、チェ内人がぜひとも力を貸してあげてください」

「……わかりました」

クミョンは不満そうな表情で、口をつぐんでしまった。ジョンホは丁寧に頭を下げてその場を去った。クミョンはしばらく彼の後ろ姿を見ていたが、やがて調理場へと足を運んだ。冷たい表情をしていた。

チャングムはクミョンに替わって、冷麵のスープ作りに熱心に取りかかっていた。クミョンの作ったスープに水を加えて味をみては首を傾げた。

「梨汁を取って」

そう言われてチャングムに梨汁を渡した瞬間、クミョンは一気に不快感がこみ上げてきた。何の説明もせずにいきなり出ていって有無を言わせず自分を待たせたことに加え、ジョンホの手を借りて馬から下りたときの姿が頭に浮かび、どうしようもなく腹が立ったのだ。

「あなたがいないあいだに尚膳様がいらしたの。何も報告せずに勝手に行動したことでひどく叱《しか》られたわ。殿下や王族の方々が少しでも顔をしかめたら黙っていないと」

「酢をもらえる？」

「失敗すれば私やあなたはもちろん、ハン尚宮様までお咎《とが》めを受けるはずよ。私たちを信じて任せてくれたハン尚宮様に汚名を着せることになる」

クミョンは怒りをあらわにしたが、チャングムは酢を入れ、砂糖を加え、塩をかけることに集中していた。チャングムは調味料を合わせると、大きな柄杓でスープをかき混ぜてから味見をした。

「自信はあるんでしょうね？」クミョンが言った。

「……冷麵のスープは初めて作るから、どうだかわからないわ。何となく勘に任せて作ってみたの」

「何ですって？」

そのとき、別監が調理場に入ってきた。

「冷麵を用意しろとのことです」

チャングムは別監の言葉にびくりとして、思わずクミョンの顔を見た。こうなったら一か八かやってみるしかなかった。

二人は覚悟を決めたように目線を交わすと、せわしく動き始めた。チャングムが先ほど合わせた調味料の量に合わせて大量のスープを仕上げるあいだ、クミョンは麺と氷を盛った器を運んできた。器へスープを注ぐと、二人の仕事はとりあえず終わった。

草原の一角に用意された〝狩猟膳《ぜん》〟には、串《くし》刺しになった猪《いのしし》が骨をむき出していた。猪の肉で腹を満たした王と王族らは、一様に心地よい満腹感を味わっていた。王が猟の際に口にする狩猟膳には、捕らえた獲物で調理する臘平《ナプピョン》チョンゴルを出すのが慣わしだった。ところが今日の狩猟膳には、臘平チョンゴルの代わりに冷麺が出されたのである。

いよいよ王が冷麺を口に運んだ。長番内侍は鋭い目つきでその姿を注意深く観察していた。クミョンとチャングムも少し離れた場所にじっと立ち、ひやひやしながらその様子をうかがっていた。そんな二人を見守るジョンホの顔にも緊張が走った。

「このような味はどうしたら出るのだ？」

王の言葉は長番内侍に向けられた。長番内侍がその言葉の真意をつかめず躊躇《ためら》っていると、王はもうひとくち冷麺を口に入れると、満足そうにほほえんだ。

「宮廷でも味わったことのない味だ」

「殿下、わたくしもそう思います」

王の反応をうかがっていたオ・ギョモが、すぐさま口をはさんだ。

「トンチミ汁はさっぱりしていますが、臭みを感じるときがあります。ですがこのスープはぴりっとしてまことに清々《すがすが》しい。猟のあとに食べるには最適です」

長番内侍の顔に満面の笑みが浮かぶと、クミョンとチャングムはようやく安堵《あんど》のため息をついた。

ジョンホが遠くから目礼した。チャングムもそれに応えて頭を下げた。クミョンは二人のあいだに流れる妙な空気を察すると、顔からさっと笑みを消した。

「一度も作ったことのない冷麺のスープに、何ゆえ鉱泉水を入れようなどと考えたのだ？」

さきほどまで身体中が麻痺していたとは思えないほど、ハン尚宮は終始にこやかな笑みをたたえていた。狩猟膳を片付けたばかりだった。

「以前ハン尚宮様が私に、料理に使える水を探してきなさいと命じられました。そのときにいろいろな水を試飲したのです」

「そんなことがあったな」

「トンチミを漬ける際にはソダン里メウォルダンの鉱泉水が最適だとおっしゃったことを思い出しました。それで、もしかしたら来る途中に見かけた湧き水が、鉱泉水と味が似ているかもしれないと思ったのです。どこにでもあるような湧き水の可能性も高く、ましてや鉱泉水とはまるで違う味だったかもしれないのに、天が味方してくれたようです」

ハン尚宮は大きくうなずきながら、クミョンのほうに視線をやった。

「初めて麺を打ったクミョン、長い距離もいとわず水を汲んできたチャングム、二人とも本当にご苦労だった。お前たちがいなかったらこの危機をのり越えることはできなかったであろう。ことに、一人残されて戸惑いながらも落ち着いて事に当たったクミョンの働きは大きい」

普段から世辞など言わないハン尚宮が、今日ばかりは惜しみない賛辞を送った。

辺りが暗くなり始めると、野宿するための天幕が張られた。ジョンホは各天幕を回って、兵士たちに注意を促した。

「今夜の殿下の安全はお前たちの手にかかっている。決して居眠りなどしてはならぬ。わかったな？」

ジョンホはそうやってひとりずつ言い聞かせた。まるで犯人を問い詰めるような気迫さえあった。最後の天幕を回ると、ジョンホは調理場のほうへ足を運んだ。秋の冷たい空気のなかで、ときおり思い出したように日よけが風にあおられる。昼間騒ぎがあったとは思えないほど調理場はひっそりとしていた。とそのとき、突然人の気配がして緊張が走った。音のほうへ顔を向けると、日よけの脇《わき》のくぼみでチャングムがうつ伏せになっているのが見えた。せっせと何か書いているようだったが、いくら月の明るい夜とはいえ、字を書くにはあまりに暗く、帳面も小さかった。

ジョンホはチャングムが驚かないように、ゴホンと咳《せき》払いをした。

「足の不自由なお方が、こんな夜半に何をしているのですか？」

チャングムはさっと姿勢を正して座り、身なりを整えた。藍《あい》色のチマに翡翠《ひすい》色のチョゴリ、結った髪と赤いリボンがこの上なくよく似合っていた。

「その日使った材料と調理法を忘れないよう、その都度書き留めております」

「帳面にくらべて、筆が大きすぎるような気がします」

ジョンホはそう言いながら、袂《たもと》に手をつっ込んだ。物がなかなか取り出せないのか、しばらく探っていたが、やがて残念そうに言った。

「ああ、着替えの際に置いてきてしまったようです。その帳面の大きさに合う筆があったのですが……」

彼が渡そうとしたのは、あの三作ノリゲに付いていた筆筒のことだった。しかしそんなことなど知るよしもないチャングムは、彼の心遣いがただありがたかった。

「お言葉だけで十分です。その筆を頂いたも同然でございます」

「何も差し上げていないのに、もらったなどと言わないでください。今度必ず持ってきます」

チャングムはジョンホの好意に応えられるような、気の利いた言葉を返せずにいた。ジョンホも言葉に詰まったのか、はにかんで空を見上げた。真っ黒な空に丸くて白い月がそれらしく浮かんでいた。

「チャングム！　チャングム！」

クミョンの声だった。声はどんどん近づいてきたが、チャングムもジョンホもどうしてよいかわからず、その場でまごついていた。そうこうしているうちに二人の姿がクミョンの目に留まった。悪いこともしていないのに、二人は罪を犯した者のような顔をしていた。クミョンはそんな二人を前にして何食わぬ顔をしてみせた。

「今戻ろうと思っていたところなの」

ジョンホはクミョンに事務的に挨拶《あいさつ》をすると、ふり返ってチャングムに言った。クミョンを見るときとはまるで違う眼差しだった。

「明日はまた遠い道のりを歩かなければなりません。今日はもうお休みください」

チャングムがうなずくと、ジョンホはさっと背を向けて足早に去っていった。クミョンはひどく残念そうにその姿を目で追った。そしてジョンホの姿が闇《やみ》に消えると、いくらか苛立《いらだ》たしげに言った。

「さっきみたいに二人きりでいて誰かに見つかったらどうするつもり？　礼儀正しいお方だと私が知っていたからいいようなものを」

「もう、クミョンったら、あの方と親しかったなんて知らなかった」

「明《みん》国の書物や品を買いにしょっちゅうおじ様のところへ来ていて、昔から知っているの。あなたこそ今日初めて会ったようには見えなかったけど」

「ええ、実は茶栽軒《タジェホン》にいたときに知り合った主簿《チュブ》様にことづかって教書閣に行ったことがあるんだけど、そのときにお会いしたの」

「そう。でも今後は気をつけたほうがいいわよ」

その言葉に多少ぎくりとしたが、チャングムはたいして気にもとめずに聞き流してしまった。八年前のあの眠れなかった夜、クミョンが誰に別れの挨拶をしていたのかなど、チャングムには想像もできなかった。


宮廷に帰ってくると、思わぬ朗報がチャングムの耳に届いた。狩猟膳の失敗を問われ、チョバンが退膳間《テソンガン》からはずされて代わりにチャングムが配置されることになったのだ。これでようやく母の料理日記を探し出せる、そう思うと激しい胸の高鳴りを感じた。

チャングムは嬉《うれ》しくて足が痛いのも忘れ、走って退膳間に向かった。途中でジョンホにばったり会うと、急におとなしくなって、軽く会釈した。

「そうやって走っている姿を見ることができて安心しました」

「えっ？」

「足首のことです。もうすっかりよくなったようですね」

「ああ、はい……まだ……治ったわけでは……」

チャングムは気まずくなって頬を赤らめると、ジョンホはにこやかな笑みを浮かべた。

「あの、ナウリ、先日お借りした書物ですが、すべて読み終えました」

「かなり厚い書物だったのにもう読破されたとは、まったく驚きました」

「いつお返ししたらよいのか……」

「……訓練のために数日宮廷を留守にします。十五日の申《さる》の刻（現在の午後四時ごろ）に、先日の場所でお会いしましょう」

「はい、ではお気をつけていってらっしゃいませ」

チャングムは丁寧におじぎをすると先を急いだ。最初の何歩かは足を引きずっていたが、嬉しくてすぐにまた早足になった。

その姿を見ていたジョンホは、顔に満面の笑みをたたえた。弱いようで強く、落ち着いているようで向こう見ずな、そして傲然《ごうぜん》としているようで情の深い女性。宮女でなかったら一生をともにしてもよいと思わせる女であった。ジョンホはそんなことを考えている自分に気づくと、表情を曇らせた。

同じころクミョンは、失望と怒りで苦痛に満ちた表情をしていた。

「いやです」

「何だと？」チェ尚宮が言った。

「そんなことをしなくても、私は水剌間を背負って立つことのできる能力を生まれながらに授かっております。一族の歴史があったからです。もちろん能力に甘んじることなく、努力も惜しみません。才能と努力を兼ね備えていれば成し得ないことなどありません」

「能力に甘んじることなく努力をするだと？」

「そうです。なのにどうしてそのようなことを命じられるのですか？」

「……怖いのか？」

「怖いのではなく、自尊心が傷つくのです」

「いま自尊心と言ったか？」

チェ尚宮は冷ややかな微笑を浮かべて嘲笑《あざ》うように言った。

「どうやらとんでもない勘違いをしているようだな。そのとおり！　わが一族の歴代の尚宮様は皆、最高尚宮になるにふさわしい能力を備えた方々だ。だが、能力はあくまで能力にすぎない。能力があれば最高尚宮になれるなど、宮廷がそんなに甘いところだと思っているのか？」

「精一杯努力すれば叶《かな》うはずです」

「黙らぬか！　この宮廷で努力しない者など一人としておらぬ。わが一族が代々最高尚宮になれたのは、他の尚宮らがぶらぶらと遊んでいたからとでも思っているのか？　能力を備え、努力をする、そのようなことは基本中の基本！」

そのふたつが基本と言うのなら、それ以上何をどうしろと言うのか。クミョンは生まれて初めて苦い屈辱感を味わっていた。

「世の中を動かすのは能力や努力ではなく、力だ。そしてその力の原則が徹底して守られるところは、宮廷をおいて他にない。宮廷には常に勢力の強い者たちが存在している。わが一族は絶えず目を光らせ、誰が勢力を握っているのかその都度把握してきた。だからこそ生き残ることができたのだ。チェ氏一族がここまで繁栄した所以《ゆえん》はまさにそこにあるのだぞ」

クミョンは悔しさを嚙《か》みしめていた。一族の歴史と自らの才能に対して抱いていた自負心。チェ尚宮の話はそんな自負心など虚像にすぎない、そうクミョンに知らしめていた。

「我々は決して両班《ヤンバン》の地位には上がれない。しかし、両班よりもっと多くの富を築くことはできる。権力を持てないのなら金を持つしかない！　そしてその金で権力を買うのだ。わかるか？」

「どうしてもそうしなければならないのなら人を買えばすむ話です。どうして私がやらなければならないのですか？」

「先代の尚宮様から継承されてきた教育方針だからだ。わが一族の女児は誰でも内人になったら、これくらいの大仕事をやらなければならない」

それはつまり生まれ持った業《ごう》ということであった。この任務を拒否することは、チェ氏の姓を捨てるくらい不可能なことと認めざるを得なかった。凄惨《せいさん》とした気持ちを抑えることができないのか、クミョンの固く閉じられた唇からは血がにじんでいた。

「私も内人式を終えてからすぐに似たようなことをやらされた。ついにはそのことで……友を死に至らしめた。私とてつらくないわけがない。だが、怖いとはどういうことかを知ってこそ人は強くなるもの。部屋のなかで育てた草花に強い生命力が宿ると思うか？　弱肉強食の法則が横行する宮廷で生き残るには、強くなるしかないのだ」

承諾するにしろ、拒否するにしろ、選択はふたつにひとつであった。仮に拒否したとしても、一族が自分を殺すことはないであろう、クミョンはそう思った。問題は、才能と努力だけでは最高尚宮の座に上がれないということだった。クミョンはどうしても最高尚宮になりたかった。彼女の心のなかでは欲望と自尊心が、両者一歩も譲ることなく激しく闘っていた。しかし、まことの自尊心とは何か、その実体がクミョンにはわからなくなってきた。そしてなぜここでチャングムの顔が思い浮かぶのか、それもわからなかった。

「お前は聡明《そうめい》な子だから、私の話を理解してくれたと信じている。さあ！　この呪《のろ》いの札を退膳間に隠すのだ！」

王妃の腹のなかに眠る胎児が、王子から姫に変わるように呪った御札だった。

オ・ギョモはこのところ、自分の姪《めい》を後宮の座につかせようともっぱら企《たくら》んでいた。もちろん最終的に狙《ねら》うは王妃の座だ。だから王妃が王子を産んでしまうと、オ・ギョモの思惑は間違いなく水の泡と消えてしまう。オ・ギョモはチェ・パンスルと手を組み、どうにかしてそれを食い止めようと策を講じたのであった。

クミョンは首を横に回し、チェ尚宮の差し出した御札から顔をそむけていた。それを目にした瞬間、躊躇いなく手に取ってしまいそうだったからだ。クミョンは自分自身に対する嫌悪感に、激しい吐き気をおぼえた。

「できません」

「クミョン！」

「いやです！」

クミョンは立ち上がって、部屋から走り出てしまった。チェ尚宮もクミョンにつられて身を起こしたが、冷静になって再び腰を落ち着かせた。

「戻ってくる。戻ってくるしかないのだ。私がそうであったように……」

チェ尚宮は手に握った御札を見下ろしながら、熱に浮かされた者のように一人そうつぶやいていた。

第九章

陰謀

その日からクミョンは部屋にこもったきり出てこなかった。どこも悪いようには見えなかったが、身体の調子がよくないと言ってまったく動こうとしなかった。誰かが声をかけようものなら、恐ろしく怒って部屋から出ていけと悪態をついた。同じ部屋のヨンノは、おかげで散々な目に遭った。

チャングムも自分のことで忙しく、ヨンセンに寂しい思いをさせていた。母の料理日記を探すために退膳間《テソンガン》に通っていたのだが、ヨンセンにしてみれば、何のために夜ごと部屋を出て明け方まで帰ってこないのか、まるでわからなかった。ある日ヨンセンは、こっそりとチャングムの後をついていくことにした。

晦日《みそか》の夜は漆喰《しっくい》を塗ったように真っ暗だった。そのせいでヨンセンは、出て早々にチャングムを見失ってしまった。方角から察するに、どうやらチャングムは退膳間に向かったようであった。ヨンセンは走りだした。暗闇《くらやみ》で一人取り残されたと思うと、突然怖くなったのだ。ヨンセンは目的も忘れたまま、とにかくチャングムを見つけて一刻も早く部屋に戻ることだけを考えていた。

退膳間の灯《あか》りは消えていた。それでもチャングムがいるかもしれないとそっと扉を開けると、その隙間《すきま》から人影が動くのが見えた。影の主は炉に足をかけてのぼり、手を伸ばして垂木の上を探っていた。内人《ナイン》の服を着ているのが、はっきりとわかった。ヨンセンの位置からは、前屈《かが》みになった横からの姿しか見えなかったが、チャングムより背が高いのは間違いなかった。

その影はしばらく垂木の上をあちこち触っていたが、適当な場所を見つけたのか袂《たもと》から何かを取り出すと、すばやくそこに押し込んだ。ヨンセンはもう少し詳しく様子をうかがおうと扉を開けようとした。がそのとき、人影が炉から下りた。ヨンセンは慌ててその場を離れ、向かいのイブキの木の陰に隠れた。

退膳間から出てきたのは、驚いたことにクミョンであった。クミョンは左右を確認すると、足を大きく踏み出したが、その拍子にチマの裾《すそ》を踏んでしまった。倒れる寸前で何とか持ちこたえたが、そんなクミョンの姿は、何かにとらわれているように見えた。どう見ても危なっかしいほどに焦っている様子であった。

クミョンが行ってしまい、ヨンセンが木陰から出てこようとすると、今度はチャングムが現れた。

「チャングム……」

誰かに聞こえたらまずいとでも思ったのか、ヨンセンは小さな声で呼んだ。だがチャングムにはその声が届かなかったようで、彼女は一度だけ後ろをふり向くと、退膳間のなかに消えていった。どうも心に引っかかった。チャングムが毎晩こそこそと出かけることも腑《ふ》に落ちなかった。自分にまで隠し事をしているとは一体どんな事情があるのだろうか、ヨンセンは気になって仕方なかった。

また、チャングムを追ってきた先でクミョンを見かけたこともやはり気になった。何日も床に伏していた病人が、真夜中にもかかわらず何を隠していたというのだろう。ヨンセンは、チャングムを呼んで一緒に部屋に戻ろうと思ったが、もうしばらく事の成り行きを見守ることにした。

チャングムは退膳間で何かを探していた。人目につくような所ではなく、食器棚の後ろや壁の隙間などを探っているところを見ると、かさのある物ではなさそうだった。もしかしたら、クミョンが垂木の上に隠していた物を探しているのかもしれなかった。

〝一人は隠して、一人は探す？〟

思いがけない出来事だった。ヨンセンにはこれがどういうことなのか、まるで見当がつかなかった。

チャングムはあちらこちらとひとしきり探し回ると、深いため息をつきながら蹲《うずくま》った。声をかけることすら気の毒になるくらい落胆した表情であった。

夜風が冷たかった。寒さと眠けがいっぺんに襲ってきたため、ヨンセンはあきらめてその場を立ち去った。寒くて、ひっそりとした退膳間に、なぜかチャングムを置き去りにしていくような後ろめたさを感じた。

目が覚めてすぐに隣を確認したが、チャングムの姿はすでになく、寝床は冷たかった。ヨンセンは洗面間でチャングムに会った。何か言ってくるかもしれないと、声もかけずにただじっとチャングムの顔を見つめていたが、当の本人は黙々と顔を洗うだけだった。そんな姿にとうとうヨンセンはしびれを切らした。

「私……昨日の夜、全部見たわよ」

ヨンセンは探るような声で言った。

「何を……？」

チャングムはその言葉にどきっとして、目を丸くした。冷たい水で洗ったあとの真っ白い両頬《ほほ》は、子どもの頬のように清らかだった。

「真夜中に二人、退膳間で一体何をしていたの？」

「二人？　二人って言った？」

「そうよ。あなたとクミョンよ」

「退膳間でクミョンを見たの？　いつ？」

「あなたが泥棒みたいに入っていく少し前に、退膳間から出てきたのよ。二人でかくれんぼでもしていたわけ？」

チャングムはしばらく考えをめぐらせると、ヨンセンのことなど見向きもせずに、どこかへ行ってしまった。思いもよらずかくれんぼをするはめになったのは、むしろヨンセンのほうだった。ヨンセンはすぐに走っていって、水刺間《スラッカン》に入ろうとするチャングムの背後から、大声でさみしい胸のうちを明かした。

「ねえ！　あんまりじゃない。いつまで黙っているつもりよ！」

チャングムは面倒くさそうな、気の進まないような、妙な表情をするだけで、何も答えなかった。

「昨日の夜、あなたは間違いなく退膳間で何かを探していたわ。クミョンが隠していた物を探しているのだったら、教えてあげることだってできるのに……」

「クミョンが何かを隠したって？」

「ええ、この目ではっきりと見たんだから」

「きっと何かわけがあったんでしょう」

チャングムが興味を示さず、自分の話にまるで取り合わないことに、ヨンセンはむかむかした。腹が立つのか興奮気味のヨンセンは、やがて踏み台を探し始めた。すると昨晩クミョンが足をかけていた炉が目に入ってきた。それをひっくり返して上にのると、何とか垂木に手が届いた。しかしいくら探ってみても手に触れるものは何もなかった。三、四回ほど力をふりしぼって手を伸ばすと、壁との隙間からはみ出した紙切れの端に、ようやく触れることができた。だがそれをつかんだ瞬間、炉が傾き、ヨンセンは足を踏みはずして、尻《しり》もちをつき、地面に仰向けになってしまった。そして続けざまに何かが落ちてきて、彼女の額にぽとりと当たった。

チャングムはそれが母の料理日記であることをすぐに察した。脇目《わきめ》もふらずに日記をつかんで最初の頁をめくると、あふれんばかりのなつかしい文字が、目のなかに飛び込んできた。そこには黒ごまのような文字が、びっしりと並んでいた。


人が料理に合わせるのではなく、人に料理を合わせるべきである。

薬食同源。食べる物が、すなわち薬となる。


自分への戒めのように、母の料理日記はこのひと言から始まっていた。唇が震え、目に涙が浮かんだ。チャングムは激しい胸の高ぶりを抑えることができず、外に飛び出した。

「チャングム！　チャングム！」

ヨンセンの呼び止める声も、チャングムの耳には届かなかった。

「あの子どうしちゃったの？」

十年余りともに生活しながら、チャングムがあれほど激しい感情にとらわれて泣くのを見たのは初めてであった。親友の心のうちがさっぱりわからなくて、ヨンセンはますます気になった。だがヨンセンが本当にわかっていなかったのは、チャングムが探していた日記ではなく、垂木の上のひび割れた壁の隙間から、真っ赤な舌のように突き出た包みのことであった。料理日記をつかんで引っぱったとき、クミョンの呪《のろ》いの札も一緒についてきたことなど、ヨンセンには知る由もなかった。


最初に御札を発見したのはハン尚宮《サングン》だった。退膳間のオンドル部屋に保管しておいた水刺《スラ》を確認して出てきたとき、向かいの垂木の上からにゅっと突き出た赤い布が、彼女の目に留まったのである。ハン尚宮は何気なく包みを開き、なかに入っている御札を見たのだが、それがただならぬ内容の札であることをすぐに察した。そしてすぐさま最高尚宮《チェゴ》のところへ持っていった。最高尚宮は内容を明らかにするように別の者に指示を出したあと、チェ尚宮を呼び出した。

最高尚宮は隠密に、かつ速やかに事の経緯を洗っていった。時間をさかのぼっていくと、昨晩の退膳間の夜食当番がクミョンであることがわかった。するとチェ尚宮がクミョンを庇《かば》うように言った。

「仮にこの御札を隠したのがクミョンだとしても、当番の日をわざわざ選ぶでしょうか？　よほどの馬鹿でないかぎり、疑いをかけられるような日はまず避けるはずです。これはまさしくクミョンを妬《ねた》む他の内人の仕業に違いありません」

　言われてみればそれも一理あった。しかし最高尚宮はチュ尚宮の反応をいぶかしく思った。

「チェ尚宮はなぜそんなに驚くのだ？　この御札の内容が何なのかはわからぬが、チェ尚宮の表情を見るに、いいことを願う札ではなさそうだが」

「そ、そうではなくて……。いいにしろ悪いにしろ、クミョンが御札を必要とする理由がないから申し上げているのでございます」

　チェ尚宮は意表をつかれてたじろいだが、すぐに平静を装って、本心を隠した。

「それより最近チャングムが夜ごと退膳間に出入りしているとの噂《うわさ》を耳にします。チャングムを呼び出して問いただしてみてはどうかと……」

「聞いておりますと、チェ尚宮の話はつじつまが合いません」

　それまでおとなしく話を聞いていたハン尚宮が、眉間《みけん》にしわをよせながら口をはさんだ。

「それはどういう意味ですか？」

「いいことにしろ、悪いことにしろ、クミョンが御札を必要とする理由などないと言いました。それがクミョンの無実を証明する理由であれば、チャングムのほうがよほど御札を必要としないと思われます」

「ならばクミョンにはほかに御札を必要とする理由があったと言うのですか？」

「そのように言った覚えはございません。ただチャングムには御札などを使う理由がないという話です。私は長いあいだあの子を見てきました。突拍子もないことをしでかすこともありますが、自分の能力以上のことを手に入れようとする子ではありません。たとえそれがよい意味であろうと、御札などに頼って努力もせずに成果を得ようとする子ではないと言っているのです」

ハン尚宮の言葉に一寸の揺るぎもなかったからであろうか、さすがのチェ尚宮も出鼻をくじかれ、わなわなと唇を震わせた。言い返すことができなかった。ハン尚宮をにらむチェ尚宮の眼は、冷たく、険しかった。だがハン尚宮も今回だけは絶対に引き下がらないとでも言うように、目をそらすことなくじっと見返した。

二人をとり巻く雰囲気が尋常ではないと感じたのか、最高尚宮が仲裁に入った。

「ハン尚宮はチャングムを呼んできなさい」

三人の前に連れてこられたチャングムは、ハン尚宮の思いとは裏腹に、どこか後ろめたいような顔をしていた。チェ尚宮は御札の入った包みを出しながら、何の前おきもなくチャングムを問い詰めた。

「これは何だ？」

「……知りません」

「自分で隠しておきながら言い逃れするつもりか？」

「断じて申し上げますが、初めて見るものでございます」

「なんと生意気な！」

「チェ尚宮は黙っていなさい。私が問いただす」

最高尚宮はチェ尚宮を制して、チャングムを見つめた。

「近ごろお前が夜ごと退膳間に出入りしているとの噂がたっている。その噂は事実か？」

「……はい」

「昨日の夜も行ったのか？」

チャングムはその質問にも「はい」と答えたきり、それ以上何も言わなかった。ハン尚宮の顔には当惑の色がひろがり、チェ尚宮はそれ見ろというように肩をすくめた。

最高尚宮は皆の顔を一度ぐるりと見回すと、声を低くして言った。

「なぜ真夜中に退膳間に出入りしたのだ？」

チャングムは答えなかった。いや、答えられなかった。もし事実を告白すれば、母が誰であったのか明かさなければならない。母が母になる以前誰であったのか、チャングムが知っているのは水刺間の内人であったということだけだ。しかも無念の汚名を着せられて、宮廷を追われたといういわくつきである。

母に濡《ぬ》れ衣《ぎぬ》を着せた者たちが、いまだ宮廷のどこかにのさばっているかもしれないと思うと、身が震えた。それは疑う余地もなかった。無実の人間に濡れ衣を着せるような悪人ほど、しぶとく生き残るものだ。その者たちは、事実が明るみに出れば、母を追い出したように血眼になって自分を追い出そうとするであろう。だとしたらなおさらここで口を開くことはできない。強くならなければ…。母の汚名を晴らすくらいの強さを身につけるまで、宮廷を追われることなく生き残らなければばならない。

「このまま黙っているつもりか？」

もはや最高尚宮の声にも怒りがこもっていた。先ほどからやきもきしていたハン尚宮も、我慢できずにとうとう口をはさんだ。

「チャングム、最高尚宮様にあるがままのことを言いなさい。早く！」

「口に出せないようなよほどの理由があるに違いありません」

「チェ尚宮、根拠のない憶測はしないでいただきたい」ハン尚宮が言った。

「根拠がないですと？　この子のしたことが何より明白な根拠ではありませんか！」

「二人とも見苦しいぞ！」

最高尚宮の怒気にみちた叱責《しっせき》が、緊迫した雰囲気を一掃した。二人の尚宮は恐縮した面持ちで黙り込み、チャングムはハン尚宮の眼差しを受け止めることができず、そっと視線を落としていた。

「証拠がないため直ちに罰を与えることはできぬが、一貫して黙っている態度を見過ごすこともできぬ。チャングムを蔵に入れて、口を開くまで一滴の水も飲ませるでない！」

「媽媽《ママ》、少しだけ時間をいただけるなら、私が説き伏せます」

ハン尚宮が最高尚宮の気を変えようと説得しているあいだ、チェ尚宮はチャングムを外へ連れ出した。連れ出されるチャングムと、背を向ける最高尚宮を交互に見ながら、ハン尚宮はどちらへも行けず、一人あたふたとしていた。チャングムはなされるがまま連れ去られ、その場には息の詰まるような沈黙だけが残った。

チャングムは真っ暗な蔵に閉じ込められて一滴の水も与えられずにいたが、決して口を開こうとしなかった。時間が経《た》つにつれ、ハン尚宮もクミョンも、それぞれ理由は違うものの不安がつのるばかりだった。

そうこうしているあいだに、御札の内容を確かめに行った内人が帰ってきた。そして晴天の霹靂《へきれき》のような事実を明かした。その知らせを聞いてもっとも驚きをあらわにしたのはチェ尚宮だった。

「内人になってまだ間もないというのに、なんと恐ろしいことでしょう。チャングムはとんでもないことをしでかす子です。このような子をこのまま放っておいたら、いつか宮廷に災いをもたらします」

ハン尚宮は落ち着きを取り戻そうとしていた。実のところチャングムが頑として口を開かないためにもしかしたら、という思いが心をとり巻いていた。しかし御札の内容が明らかになった今、チャングムの仕業ではないことは明白だった。王妃の腹にいる王子を姫に変える呪いの札！王妃が王子を産もうが姫を産もうが、チャングムには何ら関係がない。それどころか女が子を孕《はら》む摂理さえ知っているのかどうか。それがチャングムという子であった。いや、チャングムに対するハン尚宮の信頼であった。

「幸いにも事実を知っているのは我々だけです。隠密に処理すれば大事にはなりません」チェ尚宮が言った。

「処理ですと？」ハン尚宮が言った。

「ならばこのまま見過ごせというのですか？宮廷では呪詛《じゅそ》事件がときおり起こりはしますが、それは後宮での話です。大殿の退膳間に呪いの札とは、まったく呆《あき》れて言葉も出ません」

「言葉も出ないとはこれ幸い。それ以上何も言わなくてよい」

最高尚宮のちくりとしたひと言が、チェ尚宮の口を黙らせた。最高尚宮もハン尚宮と同じことを思っていたのだった。

「まずはチャングムの口を開かせるのが何より重要ではないか？　あの子が本当に呪いの札を隠したのなら、そこには必ず黒幕がいるはずだ。このような札をあの子が一人で用いるはずがない。せめて宮廷の外から使いに来た者だけでも捕らえねば！」

「しかし、そうしているあいだにこのことが外部に漏れたら、水刺間は騒がしくなります。黙ってチャングムを追い出すほうが……」チェ尚宮が言った。

「公正に処理することが騒ぎを引き起こすというのなら、それも仕方あるまい。騒がしいほうが誤って事を処理するよりも、いくらかましではないのか？」

最高尚宮はそう言って不機嫌そうに唸《うな》ると、チェ尚宮をじっと見つめた。本心を見抜こうとでもいうような目つきだった。チェ尚宮は言おうとした言葉をのみ込んで、目をそらすばかりだった。

それから五日が過ぎた。心配で気が気でないのはハン尚宮だけではなかった。ヨンセンは、最高尚宮に呼び出されてからすでに五日間も行方不明になっているチャングムを探そうと、宮廷中を駆けずりまわっていた。いくら待ってもチャングムが姿を現さないので、最高尚宮のところへ行って確かめようとしたが、最高尚宮はそ知らぬふりをしてまるで取り合わなかった。その姿はいかにも不自然であった。ハン尚宮も、最高尚宮の使いに出ていると動揺したように言うばかりであったし、クミョンまでも再び自分の部屋に閉じこもって外に出ようとしなかった。

ヨンセンはチャングムの身に何かが起こったのだと直感した。四日間も宮廷内を探し回っているのはそのためであったが、チャングムの居場所など見当もつかなかった。誰かがどこかに閉じ込めたのなら、それは砂場で針を探すくらい困難なことであった。宮廷は広く、何より内人が足を踏み入れることのできない、秘密めいた場所があまりにも多かった。ヨンセンはハン尚宮の後をついていくことを思いついた。どう考えてもみても、ハン尚宮が知らないわけがなかった。

チャングムは暗闇のなかで目を開けた。目を開けていようが閉じていようが、暗いことに変わりはなかった。ひと筋の光すら差し込まない蔵のなかで、何度昼夜を迎えたかもわからなかった。

最初の幾日かは、クミョンのことで頭が混乱していた。ヨンセンからクミョンを見かけたという話を聞いたときは、たいしたこととは思わずに聞き流したが、今になって疑問と不安が自分をとり巻いていた。ヨンセンは、クミョンが何かを隠していたと言っていた。だが、それが何であり、最高尚宮が知りたがっていた物なのかどうかは重要ではなかった。問題はクミョンがそのことを黙っているということであった。

〝今日のことは私たちだけの秘密よ〟

初めて彼女と出会った日、宣政殿《ソンジョンジョン》の前でクミョンはそう言った。今でもはっきりとその言葉が耳に残っているのに、彼女はどういうわけか、あのころとは少しずつ別人になっていくようであった。恋する人に別れの挨拶《あいさつ》を告げるため、危険をもかえりみなかった十二歳の少女の姿は、もうなかった。そのことがチャングムを悲しくさせた。

ヨンセンから聞いた話を最高尚宮に言ってしまおうかどうしようか、悩まなかったと言えば嘘《うそ》になる。だがそれもまた無意味なことであった。そんなことをしてもチャングムが退膳間に行った事実が帳消しになるわけではないのだ。

だからチャングムは沈黙を通すことにした。沈黙は何も解決してくれないが、少なくともさらなる事態の悪化を防いでくれるはずであった。

意識は遠のいていくのに、遠のいていけばいくほど父と母の顔が明瞭《めいりよう》に浮かんでくる。彼らへの哀慕の念が、消え入りそうな肉体をしきりとかきむしった。供養してくれる者もおらず、無縁仏のように彷徨《さまよ》っている両親の魂を思うと、チャングムは胸がズタズタに引き裂かれるようで、その痛みは止《とど》まることを知らなかった。

眠りに落ちそうになりながらも、意識はしきりと白丁《ペクチョン》の村で過ごしたあのころに戻っていった。まだ幼かったあの時代、どの瞬間をとっても幸せでなかったときなどなかった。一生のなかで与えられた幸せをそのときに使い果たし、今はもう底をついてしまったのかもしれない。温かくて逞《たくま》しかった父の背中、厳しくもやさしかった母の手。夢なのか現実なのかわからない闇のなかで、チャングムは両親のぬくもりを感じていた。

そのとき、やにわに陽《ひ》ざしが容赦なく差し込んできた。直視できないほど明るい太陽の光を背に、人影のような形象が目の前に浮かびあがっていた。これが話に聞く黄泉《よみ》の国なのだろうか。そんなことが瞬間的に頭に浮かんだが、聞こえてきたのは耳慣れたハン尚宮の声であった。

「チャングム！」

　わっとなつかしさがこみ上げてきて、涙が流れた。生前の母の声を聞くように、心が湧《わ》き立った。ハン尚宮は静かに蔵の扉を閉めると、チャングムのそばに来て座った。額を押さえ、頬をさするその仕草に、心が挫《くじ》けそうになった。

「御札を隠したのがお前じゃないことはよくわかっている。だとしても退膳間に行った訳を明かさなければ、お前は解放されない。頼むから話しておくれ」

　チャングムは黙って涙を流すばかりであった。

「何ゆえに話せないのだ？」

　思いどおりにならず、ハン尚宮は腹を立てていた。

「お前のせいで私は、この先も命令にそむく人生を歩むことになるであろう。最初からそうだった。お前が私の弟子になったときから、一日だって心休まる日はなかった。すべては情というもののせいだ。情をかよわせる相手がいなければ、心配することもないものを……」

「媽媽！」

「さあ、言いなさい。私に言えないことなどあるの？　たとえお前が仇《かたき》の子であったとしても、私は最後までお前の味方になろう」

　その言葉に、最後まで残された迷いが、するすると解きほぐされてしまった。ハン尚宮なら母の話をしても差し支《つか》えないだろう。彼女にも母のように汚名を着せられて宮廷を追われた友がいると言っていたではないか。

「実は……」

チャングムがようやく口を開いたその瞬間、蔵の扉が開いて最高尚宮が入ってきた。ひどく驚いたハン尚宮は、急いで身を起こした。

「私以外の人間は出入りを禁止したはずだ。ハン尚宮らしくもない、一体何の真似ぞ！」

「……申し訳ございません」

「直ちに出ていけ！」

何も言える状況ではなかった。ハン尚宮はもどかしそうにチャングムをちらりと見てから、重い足どりでその場を去っていった。

子を捨てる母の心情とは、まさにこのようなものなのかもしれない。考えてみればチャングムはすでにわが子のような存在だった。男と恋をして子を産み、血縁で結ばれた者だけをわが子と言うのだろうか。ミョンイと別れて十年。ハン尚宮にとっては十年ぶりに交わした情であり、十年をともに生きてきた愛《いと》しい子であった。チャングムへの愛情をひとつひとつ表現することはできなかったが、一人の女の、夫と子に注ぐ一生分の愛情に相当するくらい、愛し、慈しんだ。それなのに宮《きゅう》女《じょ》に愛など、一体何の意味があろう。胸が詰まる思いだった。

秋の陽ざしが強かった。風もないのに葉が散っている。足を運ぶたび、散った枯れ葉はふわっと浮いてあっけなく沈んだ。ハン尚宮が枯れ葉を見下ろしながら歩いていると、背後から誰かの呼び止める声がした。

「ハン尚宮様！」

ヨンセンの声であった。

申《さる》の刻が過ぎても、待ち人は現れなかった。待ち合わせ場所に着いたとき、夕日で赤く染まった西の空はいつしか墨色に変わっていた。葉のカサカサという音にも、彼女が来たのかと耳をそばだてた。風にのって薫る木の葉の匂《にお》いにも彼女の香りを感じるようで、胸が騒いだ。だがチャングムは夜が更けても現れなかった。ジョンホはむなしく遠い空をあおいだ。荷物を背負い、指のあいだには三作ノリゲが垂れ下がっていた。紅、黄、藍《あい》色のノリゲの紐《ひも》が、女の髪のように垂れてゆらゆらと揺らいでいた。

そのころハン尚宮は、チマの裾が翻るほどの早足でどこかへ向かっていた。最高尚宮に言われてクミョンを呼びに行く最中であった。ヨンノによれば、今夜はクミョンが夜食当番だということであった。

クミョンはチェ尚宮とともに、退膳間の夜食当番の待機する部屋にいた。ハン尚宮がなかに入ると、二人とも飛び上がらんばかりに驚いて腰を上げた。わけもわからずハン尚宮についていったクミョンは、蔵のなかでほとんど死にそうな状態で横たわっているチャングムを見ると、衝撃でその場に凍りついた。

全員の様子がおかしかった。最高尚宮の顔はこれまでにないほど厳しく、隣に立っているヨンセンはいくぶん興奮している様子であった。

最高尚宮はヨンセンを顎《あご》で指しながら言った。

「あの日お前が見たことをひとつ残らず言いなさい」

「はい、媽媽……。このところチャングムが自ら当番を申し出て、毎晩退膳間に行くのがおかしいと思っていました。それで後をつけたのですが、退膳間の近くで見失ってしまい……。もしかしたらと思って退膳間のなかをのぞいてみたらチャングムの姿はなく、クミョンが何かを隠していました」

「何を隠していたのだ？」

「暗くてそこまでは見えませんでしたが、炉を踏み台にして、垂木の上の壁の隙間に何かを差し込んでいました」

「お前はチャングムも見かけたと言ったな。それはいつのことだ？」

「クミョンが出ていったあとチャングムが入っていきました。ですがチャングムは隠していたのではなく、何かをずっと探していました」

「それは何だ？」

「わかりません。チャングムはその日、探し物を探せなかったようです。ですが……」

ヨンセンは途中で言うのを止めて、チャングムの反応をうかがった。だがチャングムはそっと唇を噛《か》みしめただけで、ヨンセンには一瞥《いちべつ》もくれなかった。

「それから？」

「はい。翌朝私はチャングムに、前の晩に退膳間でしていたことは全部見たから、正直に本当のことを言いなさいとかまをかけました。でもチャングムは聞こえないふりをして話をそらしたので、頭にきて、自分で退膳間に行って炉に上がり、垂木の上に小さな帳面を見つけたのです」

「小さな帳面だと？　どのような帳面か見たのか？」

「チャングムがそれを目にしたとたん、持って出ていってしまったので、ちゃんと見ることができませんでした」

「わかった」

最高尚宮はヨンセンから視線をはずすと、チャングムに向けた。

「ヨンセンが見つけ、お前が持っていった物とは何だ？」

チャングムは唇を震わせながら、いっそう深く頭をうな垂れた。

「わかった、お前が徹底して口を開かないのであれば、私もそのつもりで措置を下す。次はクミョンに訊《き》く。退膳間の垂木の上に何を隠したのだ？」

何も言えないのはクミョンも同じことであった。クミョンの隣でぶるぶると身を震わせていたチェ尚宮が代わりに答えた。

「クミョンは退膳間の夜食当番だっただけです。ヨンセンはチャングムと仲がよいので、分をわきまえず、友情から庇っているだけでございます」

「チェ尚宮に訊いているのではない。クミョンは早く答えなさい。何を隠したのだ？」

何度問いただしても、クミョンはまるで錠をかけたように口を閉ざしていた。全員が息を押し殺してクミョンに注目するなか、チェ尚宮だけは気がもめて仕方がない様子であった。チェ尚宮にしてみれば、隠したものはないと言えずにいる姪《めい》が、とうてい理解できなかった。

「もう一度訊く。お前は何を隠したのだ?」

最高尚宮が問い詰めても、クミョンは最後まで黙っていた。

「何も言わないのなら仕方ない。皆、外へ出なさい。クミョンをここに置いて、ハン尚宮はしっかりと扉に錠をかけるように」

「はい、媽媽」

ハン尚宮は素直に返事をしたが、チェ尚宮はひどく驚いて言った。

「媽媽、なんと不当なご命令でございましょう?」

最高尚宮は答える必要もないというように、チェ尚宮の前を通りすぎて、蔵から出ていった。ハン尚宮は鶏を追い込むようにヨンセンを扉まで移動させると、ちらりとふり返ってチェ尚宮に言った。

「蔵を閉めなければならないのに、いつまでもそこに立っているつもりですか?」

ハン尚宮とは思えないほど、ひどく嫌味な言い様だった。チェ尚宮は悔しくて腹が立って歯を食いしばった。ハン尚宮はチェ尚宮が出てくるまで辛抱強く待ったのち、ゆっくりと扉を閉めた。

扉が閉まると、チャングムとクミョンのあいだを埋めるのは闇ばかりであった。チャングムは死んだように横になっているし、クミョンは闇のなかですらチャングムに背を向けて座っていた。まさに呉越同舟《ごえつどうしゅう》の状況であった。

そのころチェ尚宮は、最高尚宮を説得することに身を砕いていた。だがいくら説得しようとも、最高尚宮は頑として譲らなかった。チェ尚宮のしつこい懇願にもいっこうに取り合う様子のない最高尚宮だったが、しばらくしてその重い口を開いた。

「明日になったら義禁府《ウイグムブ》ですべてが明らかになるであろう、わかったらもう下がりなさい」

「義禁府ですと？」

「二人とも口を閉ざしているのだからどうしようもない。こうなったら義禁府に引き渡すしかない！」

「義禁府にはチャングムだけ引き渡せばすむはずです。なぜ無実のクミョンまで？」

「さて、クミョンが無実なのかそうでないのか、そのうち義禁府で明らかになるのではないか？」

「これはあの二人だけの問題ではありません。黒幕を暴くために、私やハン尚宮はもちろん、最高尚宮様までもつらい思いをさせられます」

「そうなったとしても仕方のないこと」

「こっそり処理すればすむものを、それでは事を荒立てるような気がいたします。万が一殿下《でんか》がこのことを知った日には……」

「黙って聞いていれば、なんとも弁が立つことよ。こっそり処理しようが事を荒立てようが、それは最高尚宮である私が決めること！　恐れ多くも殿下まで引き合いに出すとは、どういうつもりだ」

「そ、そうではなく……」

「聞きたくない、さっさと下がれ！」

チェ尚宮は思わぬ災難にでも遭った者のように、呆然《ぼうぜん》として執務室を出ていった。執務室の扉が閉まると、それまで静物のように座っていたハン尚宮が、遠慮がちに口を開いた。

「チェ尚宮の話ですが、すべてが大げさなわけではありません。おそらく水刺間は蜂《はち》の巣をつついたように混乱を極めるでしょう。それでも義禁府に引き渡すべきなのでしょうか？」

「このまま見過ごすわけにはいかぬではないか？」

「……ご高齢の媽媽においては、そうとうな苦難を強いられることになるかと」

「……自分の心配でもしなさい」

最高尚宮の意志は揺るぎなかった。ハン尚宮はこれ以上何を言っても無駄だと思った。チャングムは義禁府に連れていかれても口を開かず、自ら審問を招くのではないか。ハン尚宮はそれが心配でならなかった。


長い夜であった。蔵のなかのチャングムとクミョンには言うまでもなく、最高尚宮とハン尚宮、そしてチェ尚宮にとってもひどく長い夜であった。一人で眠らなければならないヨンセンにとってもそうであった。夜遅くまでチャングムが来るのを待ち続け、ここ数日水刺間の様子をうかがいながら何の収穫も得られなかったジョンホにとっても、やはり眠れぬ夜であった。やがて夜の闇が消え入るころ、宮廷の庭にその年初めての霜が降りた。

「今からここを発《た》つと、お前たちはそのまま義禁府に引き渡される。最後にもう一度だけ訊く。退膳間で何をしていたのだ？」

最高尚宮のいかにも厳しい問いかけに、クミョンは眉《まゆ》ひとつ動かさなかった。チャングムはその言葉も耳に入らないのか、ただぶるぶると身を震わせていた。初霜の降りた夜、一滴の水も口にできないまま蔵で夜を明かしたのだ。その苦衷は相当なものであるはずだった。

「行くぞ！　ついてまいれ！」

最高尚宮の声は、夜中に降りた霜よりもずっと重く、冷酷であった。クミョンはふらつきながら歩き、チャングムはハン尚宮に支えられながらかろうじて身を起こした。提調尚宮《チェジョ》がチェ尚宮を従えて現れたのは、ちょうどそのときであった。

「チョン尚宮（最高尚宮）は私についてまいれ」提調尚宮が言った。

最高尚宮がチェ尚宮をにらみつけると、チェ尚宮はどうしてよいかわからず目をそらした。その仕草だけで、誰が今回の犯人であるか容易に見当がついた。

「あれこれ言うつもりはない。わざわざ波風を立てることはせず、今回の件は伏せておくのだ」

提調尚宮は、自分の執務室の机に腰を下ろすや否や、半分脅すような口調で最高尚宮に言った。

「すべては義禁府で明らかにすべきことです」

「中殿《チュンジョン》媽媽（王妃）のご出産が間もないことを忘れたのか？」

「ですから余計見過ごすわけにはいかないのです。この機会に明らかにしなければ、この先も同じことが繰り返されます」

「明らかにしてよいこととそうでないことがある。真実はそのまま伏せておくほうがよいこともあるのだ、それがわからぬのか？」

「呪詛《じゅそ》事件は、身分や地位の高低は問わないことになっております」

「ほう、そうか。つまりそなたはこの件で手柄を立てて、私をかかしに仕立てようというのだな？内人から尚宮までずらずらと義禁府に連れていかれ、いっせいに罰を受けるのが目に見えているというのに？」

「誰が手柄を立てるという問題ではございません！　殿下の安危がかかっているのです」

「たかが醤庫《チャンゴ》を任されていた者が、今や殿下の安危を気遣うとは。そなたを最高尚宮の座につけたのは誰だと思っている。いい気になりおって、よくもこのような下克上をしでかせるものだ！」

「そういうつもりでは……」

下克上という言葉に、最高尚宮も引き下がらないわけにはいかなかった。宮女の世界では、それは命を捧《ささ》げることと同じ意味だった。

「この私の、殿下の安危を気遣う気持ちが、そなたより劣るとでも思っているのか？　殿下の安全のためにも、この件はまず伏せておくべきだということがなぜわからぬ。殿下が王に即位されてからしばらくのあいだ、宮中は謀略と謀反が絶えなかった。反正《パンジョン》にかこつけて明《みん》国が何かと言いがかりをつけてきて、殿下は一日とて心休まる日はなかったのだ。それが今ようやく鎮まろうとしているときに、そなたは朝廷と内命婦《ネミョンブ》を揺るがそうというのか？」

最高尚宮は言いたいことを喉《のど》の奥に押し込めざるを得なかった。最高尚宮が黙っていると、その沈黙を承諾とみなしたのか、提調尚宮は努めて気を鎮めながら、諭しだした。

「そなたは水刺間で水刺を作っていればよいが、私はすべての殿閣《でんかく》の尚宮や内人、さらには朝廷の大臣らとの関係もおもんばからねばならぬ身だ。わかったらこの件は伏せておくのだぞ」

「誰のために、何のために大臣らとの関係をおもんばかるというのですか？」

「なに？　誰のためにだと？　私を疑っているのか？」

「なぜそのようにお受け取りになるのですか、媽媽！」

「そなた、畏《かしこ》くも私を蔑《ないがし》ろにする気か？」

こうして激怒していること自体が、自ら怪しいと言っているようなものであった。最高尚宮はこのあたりで口をつぐむことにした。見透かされたことにさらに腹立たしさを感じたが、提調尚宮は自分を制御することを知っていた。さすが老獪《ろうかい》な女官長だけあった。

「よいだろう！　たとえそなたに蔑ろにされようとも、私は自らの職分を厳守しなければならない。内命婦の被害を最小限に留《とど》めるためにも、状況を把握する必要がある。一日だけ待とう」

猶予を一日くれという意味であった。時間を稼いで策を練ろうとする意図はみえみえであったが、最高尚宮にはそれを断る確固とした理由がなかった。最高尚宮は怒りを鎮めて退出した。

最高尚宮が執務室を出た直後、入れ替わるようにしてチェ尚宮が入っていくと、やにわに提調尚宮の叱責が飛んだ。

「こんな大事《おおごと》になるまで報告もせずに何をしていたのだ？」

「うまい具合にチャングムが引っかかったので、ひそかに解決できると思ったのです」

「それが今やチョン尚宮に引っかかって面倒なことになっている。チョン尚宮は手柄を立てたいがために頑《かたく》なに譲らないのではない。このたびの件でお前はもちろん、私までも疑っているのだ」

「だとしても提調尚宮様の意志に、まともに逆らうことなどできましょうか？」

「チョン尚宮はそのようなことは意にも介さない人間だ。一日の猶予を得るのにも、私がほとんど頼み込むような状態だったのだからな……」

「今ごろ兄上がオ・ギョモ大監《テガム》様とお会いして、今後の計画を立てているはずです。万が一義禁府に連れていかれても、チャングムにすべての罪を着せられるよう措置を取ると言っておられました」

「これを機にチョン尚宮も片付けてしまおう。そうすれば後々面倒が起きずにすむ」

「チョン尚宮は近ごろ水刺間にあまり姿を現しません。持病の関節炎がひどくなっているようです。中殿媽媽に申し上げて、この機会に最高尚宮を交替させてはいかがでしょうか」

「ふん、確かに形だけの最高尚宮にしては、十年はいささか長すぎた。ましてや今や形だけではなくなったわけだし……」

老獪な提調尚宮は、目を細めてほくそ笑んだ。それを見ていたチェ尚宮も得意満面の笑みを浮かべた。チョン尚宮のいない水刺間で抜け殻となるハン尚宮のことを考えると、身体がうずうずした。そうなればチャングムなど居てもいなくても、どうでもよい存在になる。

宮廷の外では、パク・プギョムがオ・ギョモの命を受けて、足がつるほど駆けずり回っていた。まずは御札を書いた占い師を丸め込み、義禁府に問われたら、チャングムが御札を求めに来たと口裏を合わさせた。さらに大殿の別監《ピョルガム》のマクケに会い、嘘の証言を仕込んだ。その日、夜食当番に急ぎ伝えることがあって退膳間に行ったら、チャングムが何かを隠していたという嘘である。最後にパク・プギョムは義禁府の官員らとも話をつけた。

このように事件の背景がでっち上げられているあいだ、ハン尚宮はチャングムの部屋で例の帳面を探していた。だがこれといった物は見当たらず、今度はチャングムの行きそうな所へ行って、手当たり次第に探した。チャングムが出せないのなら、自分が宮廷内を隅から隅まで回って見つけ出すつもりだった。あれがあってこそチャングムを助け出せる。どんな事情があるのかは知らないが、あの帳面が自分の命よりも大事なはずがないのだ。

チャングムが一人で料理の練習をしていたという訓練場の一角を探していると、ヨンセンが走ってきて最高尚宮からの伝言を告げた。黄花菜《ファンファチェ》を用意せよとの命令だった。ハン尚宮が急いで水刺間に行くと、ミン尚宮はチョバンとチャンイ、ヨンノを前にして干した忘れ草と野萱草《のかんぞう》を手にかざしながら説明していた。

「萱花《フォナ》、黄花《ファンファ》と言い、忘れ草とも呼ばれます。はるさめの代わりに野萱草《のかんぞう》を入れてチャプチェを作ると甘くなり、食欲をそそります。また……」

ハン尚宮が入ってきて、続きを言った。

「五臓六腑を安らかにし、身体が軽くなる。特に目にいい。ただし、野萱草《のかんぞう》でご飯を炊いたり、汁物を作ったりするときは、必ず花蘂《かずい》を取らなければならない。花蘂に毒があるからだ」

全員目をぱちくりさせながら聞いていたが、先ほどから発言の機会を狙《ねら》っていたヨンノが、ここぞとばかりに言った。

「すみません、媽媽！　クミョンとチャングムの姿が見えません」

「使いに出ている。それから……明日は浜茄子《はまなす》、明後日は藤を乾燥させたものを使って、当分は花の料理を作ることにする。よって花食《ファシク》について勉強しておくように」

花食文化は朝鮮王朝時代に広まった、自然を味覚に取り入れようとする試みのひとつであった。花は、味覚のほかにも視覚と嗅覚に影響を与え、心地よい食感とともに季節感を味わうことのできる卓越した素材であった。また、開花は植物の生殖時期にあたることから、邪気を祓《はら》うためや、福を祈るために好んで食された。そのため花を食べることには、豊作祈願や男児出産の切なる願いがこめられていたのである。

躑躅《ツツジ》、黄薔薇《ばら》、白薔薇、菊の花などは花煎《ファジョン》にして食し、梅、蜜柑《ミカン》、浜茄子、吸葛《スイカズラ》、躑躅、薔薇の花などは通常お茶にして飲んだ。一般の家庭では、野萱草、韮《にら》、藤、梔子《クチナシ》、油菜《アブラナ》、南瓜《かぼちゃ》、松の花などで和《あ》え物や漬物、汁物にして副菜にした。躑躅《ツツジ》、南瓜、蓮《はす》、菊、黄薔薇、野萱草などは、宮廷で好んで食した花食の素材であった。

ハン尚宮の作った黄花菜は、最高尚宮が自ら大殿に運んだ。

「目がかすむとおっしゃっておられましたので、黄花菜を作ってみました」

「ほう、そうか」

王は歓んで卓にぴったりとつくように座った。提調尚宮は先を越されたとでもいうように、チョンゴルの前に座っているチェ尚宮に目配せをした。

「甘い味だ。食欲をそそるこれは、何という料理だ？」

「はるさめの代わりに野萱草を入れた黄花菜でございます」

「野萱草とは……。鹿《しか》が食《は》むと九つの解毒薬になるといって、サスムパ《鹿のねぎ》とも呼ばれるものだな？」

「そうでございます。妊婦が食すると男児が産まれるということから宜男草《ウィナムチョ》とも呼ばれております」

「そうか。ところで近ごろ顔を見せなかったようだが？」

「……恐縮でございます」

「料理はもちろんのこと、チョン尚宮から料理にまつわる話を聞きながら一日の疲れを癒《いや》すのを楽しみにしているのに、最近はあまり顔を見せぬから心細かったぞ」

「恐悦至極に存じます、殿下」

「水刺を作る際に、全国から取り寄せた材料を余すことなく使うのは、王に各地方の特産物と名産品を教える意味があると聞いている。王は食事をしてただ腹を満たすだけでなく、田畑を耕す農夫や、漁をする漁師のこともおもんばかるべきなのだ。よってチョン尚宮は大殿に足しげく通うように！　ほかの尚宮たちは料理はうまいが、話術に乏しく余はつまらぬのだ」

「はい、媽媽。仰せのとおりにいたします」

王は満足そうにほほえみをたたえたが、提調尚宮とチェ尚宮は一様に顔をこわばらせていた。

夜更けの宮廷にカシラダカの鳴き声がもの悲しく響いていた。寝床に横たわってその声を聞いていると、否が応でも切ない気持ちになる。こんな夜、枕を並べて寝ていると、よくミョンイがふとんのなかに手を入れてきて「ペギョン」と声をかけてきたものだった。

「ペギョン」

「うん？」

「あの鳴き声が聞こえる？」

「何の声？」

「鳥の鳴き声よ」

「ええ、聞こえるわ」

「もしあなたがいなかったら、私一人であの声を聞いていたはずよ。夜に一人で聞く鳥の鳴き声は何とも悲しいでしょうね。あなたがそばにいてくれてよかった」

そう言った友は逝《い》ってしまい、今は寝床に一人横たわり、カシラダカの鳴き声を聞いている。その鳴き声は、ハン尚宮の沈痛な心の内をちくちくと刺した。ハン尚宮はついに耐えきれず、蔵へと走っていった。友を案じて蔵の前をうろうろしていたヨンセンも、すかさず後についてなかに入った。

「出しなさい！」

いきなり蔵に飛び込んできて有無を言わせずそう言われ、チャングムは驚いて目を覚ました。

「出さなければお前は死ぬのよ！　そのようなことは絶対にさせない。今すぐ出しなさい！」

「媽媽！　いつか媽媽にすべてを話してそれをお見せします。ですが今はそのときではありません。今それを見せれば、皆に知られてしまうのです」

「帳面を出さなければお前が死ぬと言っているのだ！　この目でお前の死にざまを見ろというのか？　友が逝っても、私は死ねずに生き残った。もう二度とあのような思いはしたくない！」

「私もこのようなことはしたくありません。ですがずっと昔、母と父から絶対に口外してはならないと言われたことがありました。でも私は約束をやぶり、そのせいで父は命を落としました。この愚かな舌が父を殺したのです」

「その舌を解放しないと、今度はお前が死ぬはめになる」

「両親とともに死ぬべきだった、罪深き身なのでございます」

「そのようなこと私は知らぬ。早く出しなさい！　今すぐ帳面を出すのだ！」

ハン尚宮の顔は涙で濡れていた。チャングムも喉が詰まって声を出せずにいた。事情をのみ込めていないヨンセンが、誰よりも大きな声で泣いていた。

「……母の遺品です。誰にも見せてはならないと遺言を残されました、それゆえに……。自分たちのことは誰にも口外してはならないと言ったのです。その約束をやぶった代償に、私は両親を亡くしました。今からでもその約束を守りたいのです。無謀な行為だと思われても構いません。でも私は、必ず、必ず、母の言いつけを守ります」

「この薄情者！　馬鹿者！　不孝者……」

ハン尚宮はチャングムの肩に拳《こぶし》を叩《たた》きつけていた。一度、二度、三度……。

チャングムはなされるがまま、その拳を受け止めていた。ヨンセンがたまらず駆け寄ってチャングムの身体を抱き、身代わりになった。そうして三人は互いに抱き合い、そして泣いた。

夜が明けるや否や提調尚宮を訪れた最高尚宮は、思わぬ言葉を聞かされて当惑した。

「二人とも義禁府に連れていけ」

これはまたどのような目論見であろうか。最高尚宮はがつんと頭を殴られたような気分であった。

不吉な予感を拭《ぬぐ》えずにはいられなかった。一日の猶予を与えたのが間違いであり、この古狐《ぎつね》とチェ氏一族が手を組んで、夜通し事を工作したに違いなかった。

最高尚宮がまっすぐ義禁府へと向かわず、執務室に立ち寄ったのはそのためであった。彼らが落とし穴を仕掛けたのなら避けられるはずもないが、手も足も出せないまま、まんまとその穴にはまりたくはなかった。木の根っこにしがみついてでもぶら下がるなり、それもままならなければ、彼らのうちの一人でも引っぱり込んで、ともに落ちる心積もりだった。しかしどのようにその方法を見つけるというのだろうか。

最高尚宮は怒りと無力感に苛《さいな》まれ、歯をガチガチといわせた。そのとき外からハン尚宮の声が聞こえてきた。

「お願いしたいことがございます」

「お前までこの件を伏せておけとでも言うのか？」

たった一晩でやつれてしまったハン尚宮に、最高尚宮はカッとなって言った。彼女が信頼できるのはハン尚宮だけであり、本心をさらけだせるのもハン尚宮だけであった。

「料理を権力争いに利用する者たちが、私はたまらなく嫌いなのだ。大殿の水剌間を掌握することが権力だといって、それを利用して勢力を拡大しようとする者や、権勢を得ようと甘い汁を吸う者も、どちらも許せない。床ずれで苦しむ文宗王《ムンジョン》に豚肉を食べさせ、謀反の際に料理に薬を盛って兵士たちを眠らせた者たち！　それが誰であるか、私は知っている！」

「媽媽のお身体に障りはしないかと案じております。どうか気を鎮めてください」

「私がなぜ、望みもしない最高尚宮になることを承諾したかわかるか？　私がいるあいだだけでも、このような汚い行為をやめさせたかったからだ」

「私は媽媽のお心を十分に理解しております」

「料理は神聖なものだ。人の口に入り、舌を楽しませ、元気にし、自らの役目を果たしたあとは土に還《かえ》り、大地を肥沃《ひよく》にする。その神聖な料理が、権力を貪《むさぼ》る者たちの道具になるのを、黙って見過ごすことなどとてもできぬ！」

「わかります。よくわかります。ですが媽媽……」

「暴かなければならない。チェ氏一族の醜悪な内実を満天下に知らしめねばならぬ」

「五歳で宮廷にあがってからこれまで、三十年という月日を媽媽のそばで過ごしてまいりました。そのような私が、媽媽が志と信念を曲げることを望んでいるとでもお思いですか？」

「ならばなぜこの件を伏せておけと申すのだ？」

「チャングムが死んでしまうからです。何の罪もないのに、チャングムだけが命を落とすことになるからです」

ハン尚宮の悲痛な声はまるで血を吐くかのように凄絶《せいぜつ》としていた。チャングムの名前が出ると、最高尚宮は痛いところをつかれたように身を縮こませた。

「媽媽が私を信じてくださるように、私はチャングムを信じています。ふつつかで、ともすると事を仕損ずることもありましょう。ですが、呪いの札を用いるような子ではありません」

「だからこそ明らかにせねばならないのだ」

「いいえ！　そうすればチャングムだけが死ぬことになります！　媽媽もよくわかっているではありませんか！」

「お前は、私がお飾りだけの最高尚宮であると嘲《あざ》笑っているのか？」

「……私は怖いのです……やさしくて美しかった私の友、ミョンイ。媽媽は彼女のことを覚えておいでですか？」

「あの事件をそのまま見過ごしたからこそ、今に至ってもなお誰かが陰謀の生贄《いけにえ》になるのだ。これ以上傍観してはおられぬ！」

「媽媽、お願いです！　お願いですからチャングムをお助けください」

「うるさい！　何も聞きたくない、さっさとこの部屋から出ていけ！」

「チャングムを……チャングムをお助けください。チャングムを……」

ハン尚宮は最高尚宮の足元にすがりつき、泣きながら懇願した。そんなハン尚宮を見下ろす老いた尚宮の目は血走り、葛藤《かっとう》で揺らいでいた。しかし最高尚宮はぐらついた心を立て直すかのように、ハン尚宮を容赦なくふりきって部屋から出ていった。

風が冷たかった。こんな季節の拷問はことさら過酷であろう。義禁府では杖刑《じょうけい》もめずらしくないと聞く……。それは手足を板に括《くく》りつけ、何人もの刑吏がチャンを手に罪人の身体の各部位をいっせいに乱打するという刑であった。赤く塗られた棒で訊問《じんもん》するので、朱杖撞問刑《チユジヤンダンムニヨン》とも言った。杖刑のなかには、藁《わら》やむしろを罪人にかぶせ、無差別に棒で殴りつけるピジョム乱杖という刑もあった。いずれにしても杖刑を受けた身ではほとんど生きていけないと言われていた。

風が吹くたび、木の葉は無秩序にぱらぱらと散った。風に混じって聞こえてくる太鼓の音が、今日にかぎって悲壮な響きをたたえていた。王が政殿から出てくるようだった。その太鼓の音に背中を押されるように、自分の意志に反するとわかっていながら、最高尚宮は提調尚宮の執務室へと足を運んだ。

「仰せに従います」

「私を疑って義禁府に行くと豪語したのはいつのことだったか。なぜ急に気が変わったのだ？」

「……私が悪うございました。お許しくださいませ」

「……今回の件は伏せておけ。それからチャングムという子を追い出しなさい」

「ならばクミョンとチャングム、二人とも追い出すべきです」

「二人の処分はそなたに任せる」

執務室を出てきた最高尚宮は、チェ尚宮とハン尚宮を呼んでその旨を伝えた。ハン尚宮は礼もそこそこに、ひと息に蔵へ駆けつけた。チャングムは意識を失って横たわっていた。気絶したチャングムを背負って蔵から出てくると、ハン尚宮は思わずため息をもらした。

「命知らずな……」

純真でありながら怖いもの知らず。そんな性格ゆえにこの先も何かにつけ目をつけられるであろう。しかもここは宮廷である。宮廷で生き残るためには、ときには要領よく、ときには弱々しく、どちらにも対応できる柔軟性がなければならない。それができなければ才能など持ち合わせるべきではないのであるが、よりによってチャングムは奸悪《かんあく》な者たちの目に留まるあらゆる条件を備えていた。

強い信念を持つ宮女が進んでいくには、宮廷の風はあまりにも荒々しい。折れることも、曲げることも知らないこの子のために、この先すべてをなげうって生きていくであろう己の人生を、ハン尚宮はありありと見るようであった。折れるくらいなら、曲げるくらいなら、正面から雨風を受けてでも、根こそぎその身を投げだされることを選ぶような、チャングムはそんな子だ。だがそうやって投げだされ、一瞬のうちに吹き飛ばされようとも、結局のところ、誰もこの子を止めることはできない。自分がチャングムのような子を愛してしまったのと同じように、それは意志以前の問題なのだ。


「天神純気丸《チョンシンスンギファン》、つまり上監媽媽《サンガム》だけが召し上がる天下にふたつとない名薬というわけだ」

トックは、人気《ひとけ》のない宮廷のとある一角に別監たちを集め、おしゃべりに興じていた。男たちは皆、子どもの瞳《ひとみ》くらいの小さな丸薬に目を奪われていた。

「本当に上監媽媽が召し上がるものなのか？」

「ああ、そうだと言っているだろう。俺の親戚のトンシクもこれを飲んだら、十年目にしてようやく息子を授かったんだ」

「おいトック、本当の話か？」

「さてね。上監媽媽に献上して残った材料で、自分が飲むつもりで作ってみたんだが、みんながくれってうるさくて……。自分で作ったのに一度も飲んだことがないんだ」

そう言うとトックは、ずずっと舌を鳴らした。

「どんな材料を使ったら、そんな効果が出るんだ？」

「たいしたものじゃない。十尋の高さの滝をのぼる龍になった鯉《こい》、精力の代名詞であるマムシ、極寒の冬でも元気のいい椿《つばき》の花粉、十五夜を休まず交尾するというオットセイの生殖器、神秘の人《にん》参《じん》・紅参《ホンサム》……。そこにクコの実、五味子《ごみし》、トックリイチゴ、根無葛《ネナシカズラ》の種を入れて蜜《みつ》を混ぜ、練って丸薬にした」

「材料だけとっても霊薬だ、霊薬」

「だから上監媽媽だけが召し上がれる薬だと言っているだろうに」

「おい、その霊薬を俺に売ってくれ」

「まったくこれだ、売るために作った薬じゃない。俺の分がなくなる」

「自分だけいい思いをしようとしないで俺にも分けてくれよ。毎晩身体をいじくりまわすだけ。肝心なことができなくて、気が変になりそうなんだ」

「ふむ、そう言われても困るんだが……。仕方ない！　あんたに同情して、何粒か分けてやろうじゃないか。実のところ俺はこんなもの飲まなくても元気すぎて困るくらいなんだ。女房なんか頼むから助けてくれって言う始末さ」

「うちの女房はいっそ殺してくれって言う始末だよ」

「そこまでとはね。だったら分けなきゃならん。いや、分けるべきだ。効果がものすごくて、俺なんか匂いを嗅《か》ぐだけで力がふつふつと湧いちまうよ」

「そうか、いくらなんだ？」

「貴重だから十両だな」

「十両も？」

「何だよ、高いって言うのか？　材料費だけの値段だぞ、嫌ならやめるんだな！」

「そ、そうは言わないが、少しばかりまけてくれないか？」

トックは儲《もう》けることに頭がいっぱいで、長番内侍が近づいてくるのも気づかず、交渉に夢中になっていた。長番内侍《ネシ》に気づいた男たちがひとりふたりと逃げていくのに、トックはまるで無頓着《むとんちゃく》で銭を数えるのに忙しかった。とうとうトックは長番内侍のおつきの者たちに首根っこをつかまれ、連れていかれてしまった。

「己の罪を認めるか！」

長番内侍の叱責に、トックはひきつけを起こしたようにひれ伏した。

「お願いです、一度だけお許しください。救ってくれとひどく頼まれまして、私も情けをかけないわけには……。天に誓って言いますが、上監媽媽の材料には手をつけておりません」

「痛い目に遭わなきゃわからんようだな。自分の罪を認めぬというのか？」

「認めます。ちゃんと認めます。神聖な宮中で騒ぎを起こし、とんでもない罪を犯しました」

「きさま！　内侍らを蔑ろにしおって、このままでは決して済まされぬぞ！」

「ね、内侍を蔑ろ……にですと？」

「内侍になって三か月たらずの私の息子が、お前から薬を買って飲んでからというもの、夜ごと身もだえしている。精力剤を売る客がいないからと、内侍に売りつけるとは何事だ！」

トックは一貫の終わりだと思った。よりによってあの若い内侍が長番内侍の養子の息子だったとは。材料を拝借して金儲けをしようとしたことだけでも弁明の余地がないのに、そのうえ長番内侍にまで見つかって、もはや刑杖二十回のお仕置きは免れなかった。それでも罰を受けるのを黙って待っているわけにはいかなかった。

「絶対に、絶対にその薬のせいではありません」

「何だと？　まだそんな戯《たわ》けたことを言っているのか」

「じ、実は龍になった鯉の話は嘘でございまして……。マムシやオットセイのアレなど手に入るわけがありません。豆の粉末と蛙《かえる》の後ろ足の粉、そこに陳皮、甘草、クコの実を入れて蜂蜜と合わせ、練っただけです。そんなものを飲んで夜ごともだえるのであれば、その方は雑草を食べてももだえるでしょう」

「うむ、確かにお前の言うことにも一理ある」

「ご理解いただき嬉《うれ》しいかぎりでございます」

「誰か！　この者を連れていって十本の指をすべて切り落とせ！」

「そんな、尚温《サンオン》様！」

「こいつ、思ったよりあくどいな。上監媽媽の食材を横取りした罪と内侍に対する侮辱に加え、詐欺までもはたらこうとは。この悪党め！」

そう言うと同時に内侍たちが駆け寄ると、トックの手足をつかんだ。

「尚温様！　お助けください、尚温様！」

しきりにもがいて懇願したが、内侍たちの手を逃れることは不可能であった。トックは目の前が真っ暗になった。だがそんな瞬間でもとっさに頭に浮かんだのは、妻の平べったい顔であった。

とそのとき、大殿の別監マクケが駆け寄ってきた。

「尚温様！　熟手《スクス》カン・トックを連れてこいとの王命です」

「王命だと？　上監媽媽が熟手ごときに何の用があると言うのだ」

「私にもわかりません」

トックは恐惶《きょうこう》しながらも助かったと、調子にのって大口を叩いた。

「先日王子様にお出しした補陽粥《ポヤンかゆ》のご褒美をくださるのですよ」

長番内侍は目を丸くして驚いた。トックは内侍らの手から解放されて自分で歩いていった。

トックが呼ばれたのは、蟲鳥電壓湯《チュンジョチョナプタン》を口にした王子が麻痺《まひ》を起こして倒れたからであった。その知らせは水刺間を揺るがした。そして虫鳥電鴨湯を作ったのはほかでもないトック本人であった。

蟲鳥電壓湯とは冬虫夏草を入れた鴨《かも》の水炊きで、内臓をとり除いた鴨の腹に生姜《しょうが》と玉ねぎを大切りにして入れ、さらに冬虫夏草と丁子《ちょうじ》のつぼみ、肉桂《につけい》、肉豆蔻《にくずく》、高麗《こうらい》人参などの薬草を入れて煮詰めた料理である。

ヨンセンからの情報では、トックは内侍府の庭に正座させられて、訊問を受けているとのことであった。トックは、献立表に書かれた材料をそのまま使っただけでほかのものはいっさい入れていない、だから王子に持病があったか、あるいは内医院の誤診だと主張した。

水剌間でその話を聞いたチャングムは呆気《あっけ》にとられた。チャングムは最高尚宮の配慮によって医女《いじょ》から診察を受け、その後ハン尚宮の手厚い看護によってようやく身体が動くようになっていた。ハン尚宮はヨンセンに命じて、チャングムに重湯を飲ませ、一分粥、二分粥の順に粥を食べさせ、衰弱した胃を回復させるようにした。だがチャングムはトックが連れていかれたと聞き、ショックで胃のなかが波打つようだった。

ハン尚宮と慌てて内侍府に駆けつけたとき、トックは独房に入れられて気を動転させていた。

「一体どういうことですか？」チャングムが訊いた。

「俺が聞きたいくらいだ。これは明らかに陰謀だ」

「陰謀ですって？」

「俺が殿下にひどく可愛《かわい》がられているもんだから、それを妬んで誰かが毒を盛ったんだ」

「こんな状況でよくもそんな冗談が言えますね」

ハン尚宮が困ったように舌を鳴らした。

「俺だって気がめるんです。食材といったら鴨と冬虫夏草くらいで、薬料は内医院から指示されたものをそのまま使いました。俺がほかに何を入れるっていうんです？　そんなことしたって自分の懐が寒くなるだけなのに……」

「気味《キミ》尚宮が毒味をしたはずでは？」

「まさにそこなんですが、何の問題もなかったんです」

同じころ東宮殿では、王子を診察した医師が料理に毒が入っていたと、最終的な診断を下していた。毒味に引っかからなかったということは、銀の箸《はし》にも反応しない毒を用いたということであった。王妃は失神し、王は激怒した。

トックの奥さんがこっそりとチャングムに会いに来て、散々泣きわめいて帰っていった。

「あんないい加減なことして、いつかはこんな日がくると思っていたよ。何てことだ、あのろくでなし……。それでもたった一人の夫なのに、あの人に万が一のことがあったら、あたしは生きていけないよ。生きていけやしない」

チャングムはトックの奥さんをなんとかなだめてから、ハン尚宮のところへ行った。ちょうど内医院から医女が来ていた。

「医官がこの毒草を蟲鳥電壓湯に入れてみるようにと」

「なぜそのようなことを？」

「料理の色が変わらず、かつ毒味にも引っかからない薬草を探せとのことです。それがわかれば王子様の痺《しび》れを治す解毒剤を手に入れることができるからと」

医女が行ってしまうと、チャングムはその仕事をやらせてほしいと自ら申し出た。しかしハン尚宮は首をふるだけだった。

「お前はトックと親しいから、変に誤解を受けるかもしれない。今回は他の子たちに任せるほうがいい」

ヨンノとヨンセン、チャンイがその仕事を引き受けることになり、チャングムはしばらくのあいだ関わらないことにした。チャングムはその間、遅れをとっていた料理の勉強をするために、四六時中水刺間にこもった。ヨンセンが暇を見ては水刺間に来て、結果を教えてくれた。料理の色が変わったり、料理は何ともなくても銀の箸をつけるとたんに反応が出たり、どれもそんなものばかりだった。そうやって二日が過ぎた。王子の痺れはいっこうに治まらず、宮中は大騒ぎであったが、内人たちの料理修行は休まず続けられた。水刺間の一角に内人たちが並んで座ると、ハン尚宮が雉《きじ》チョンゴルについて講義を始めた。

「雉のチョンゴルは血をさらさらにして血圧を調節し、赤痢や下痢を止める効果がある。では雉と一緒に食べてはいけない食べ物はなんだかわかるか？」

「くるみ、きくらげ、そば、ねぎ、麹《こうじ》を作る大豆です」

迷いなくそう答えたのはクミョンであった。

「どうしてかわかるか？」

「脳と心臓によくありません」

「そうだ！　食材ひとつをとってもそこには様々な性質があり、何を食べるかによって人体によい影響を与えたり、害を及ぼしたりする。これを料理の食べ合わせという」

全員が目を輝かせてハン尚宮の話に耳を傾けていたが、チャングムだけは別のことを考えているようだった。ハン尚宮は先ほどからその様子を目にしていたが、気づかないふりをして講義を続けた。

「豚肉の臭みを消すために入れる丁子もそうだ。鬱金《ウコン》の入った湯薬と一緒に食べると、ほとんど下痢と嘔吐《おうと》をもよおす」

その話にチャングムの耳がぱっと反応した。

「丁子……鬱金……」

「次、鮒《ふな》と一緒に食べてはいけないものは何か。チャングム、答えなさい」

「にんにくと一緒に食べると微熱が出て、芥子菜《からしな》と食べると腫《は》れ物ができ、さらに豚レバー、鶏肉、雉肉、鹿肉と食べても腫れ物ができます。また藪蘭《ヤブラン》を添えると命に危険が及び……。媽媽！　私ちょっと行ってきます」

「勉強中にどこへ行こうというのだ？」

「調べることがありまして……。トックおじさんは私にとって父親も同じです。どうか許可してください」

「……行ってきなさい」

許可が下りるとチャングムは内医院に直行した。鮒と藪蘭を食べると人が死ぬこともあるように、互いに作用しあって毒となる食材は、ごまんとあった。蟲鳥電壓湯に入っていた材料のうちの何かがあるものと結合して、毒を発したのかもしれなかった。それを明らかにしなければ、トックの無罪を証明することはできない。

医女のシヨンは、王子が蟲鳥電壓湯と一緒に召し上がったものは特にないと言って首をふった。

「よく思い出してみてください。普段召し上がらないものが、少量でもありませんでしたか？」

「ございませんが……。あえて言うなら肉豆蔻の油くらいでしょうか……」

「肉豆蔻の油？　それは何ですか？」

「香辛料と聞いております。明国へ行った使臣が手に入れてきたもので、私には香辛料であることしかわかりません。王子様は夜眠れず、心が不安定であるご様子だというので、内医院で三、四日前から肉豆蔻の油を出しておりました」

朝鮮ではあまり使わない明国の香辛料であれば、その効能や毒性も知られていないはずであった。チャングムは肉豆蔻の油についてもっと詳しく調べる方法はないかと考えているうちに、ふと教書《キョソ》閣《ガク》のことを思い出した。

人を使いに出してしばらく待っていると、ミン・ジョンホが現れた。急いで走ってきたのか、彼はチャングムの前に来ると息をつきながら照れくさそうに笑った。

「先日は約束を守れず申し訳ありませんでした」チャングムが言った。

「何かあったのですか？　顔がやつれているようですが」

「たいしたことでは……。お返ししようと思っていた書物です」

手は書物を受け取っていたが、ジョンホの視線はチャングムにくぎづけだった。

「その……ナウリ……。書物をもう一冊お借りしたいのですが」

「ええ、どのような書物でしょうか」

「『ヒョンマチプソ』という書物です」

「もはや医書までお読みになるのですか？」

ジョンホはそう言ってにっこりと笑うと、先を歩き始めた。

チャングムも彼の後について教書閣に向かった。太陽は照っていたが、風は強かった。木の枝は風にさらされて、最後の葉の一枚まで枯れ落ちてしまうと、ぼやいているかのようであった。枯れ葉はことさらに舞い、列をなしていっせいに二人の後をついて来ていた。世の中が色あせていくなか、二人の姿だけが鮮やかに色づいていた。ジョンホの紺色の衣冠とチャングムの赤いリボンが、まぶしかった。

チャングムは教書閣の前で書物を受け取ると、そのまま背を向けた。ジョンホは何も言わなかった。そこには温かい眼差しだけがあった。二人の会話が少なくなるほど、互いの心のなかには口に出してはならない言葉が積み重なっていった。

「胃と腸によく効き、下痢と胃もたれの際に用いる。精油と油は、慢性の関節痛を治療するときに使うが、油は強い成分を含んでいるため、多量に用いると身体がこわばることがある。こわばることがある……」

チャングムは『ヒョンマチプソ』にある肉豆蔲の油についての記載を読んでいた。そして〝身体がこわばることがある〟という箇所に注目した。トックが捕まったのは王子の身体が痺れたからだ。痺れるとは、言い換えればこわばるということではないか。だが合点のいかないことがあった。『ヒョンマチプソ』には〝多量に用いると〟と書かれているが、医女によればごく少量しか服用していないとのことであった。

「こわばることがある……。こわばることがある……」

ヨンセンはふとんを敷く手を休めて、まじまじとチャングムを見た。

「あんたって本当にわからない子ね。一度痛い目に遭えばいいんだわ」

「いきなり何てこと言うの？」

「あんなことがあったのに、他人のことに首を突っ込む力がまだ残っているわけ？」

「他人じゃないわ。トックおじさんは毒薬を飲まされるかもしれないの。おじさんの命がかかっているのよ」

「毒薬なんて口に出さないでちょうだい。聞いただけで身の毛がよだつ」

「……毒薬。……そうよ、毒薬！」

チャングムは突然毒薬を渡された者のように衝撃を受けて部屋を出ていった。ヨンセンは冷たい風が吹き込む扉越しに叫んだ。

「チャングム！　どこへ行くの！」

「熟手の調理場よ！　試してみたいことがあるの」

ヨンセンもついて行こうとしたがあきらめて、ふう、と大きくため息をついた。こうなったら誰もチャングムを止めることはできない。ヨンセンは根気よくチャングムが戻るのを待っていたが、そのうち眠りこんでしまった。しばらくしてふと胸騒ぎがして目を覚ましたが、チャングムは見当たらなかった。ヨンセンは心配になった。いつも問題ばかり起こし、そのうえ数日間にわたる絶食で身体が弱っているため、どこかで倒れていてもおかしくなかった。ヨンセンは上着を羽織ると、外に飛び出した。

熟手の調理場に行くと、案の定チャングムが倒れていた。手足がこわばって身動きがとれない様子なのに、何がそんなに嬉しいのか顔には満面の笑みをたたえている。とうとう気が振れたのかと思い、ヨンセンはどきりとした。

ハン尚宮は最高尚宮の執務室にいた。ヨンセンが二人を調理場に連れていくあいだも、チャングムの麻痺は治まらなかった。

「一体どうしたのだ?」

「媽媽! わかりました。食べ合わせが原因だったのです」

「食べ合わせ! 何と何が作用したというのだ?」

「肉豆蔲と高麗人参です」

「肉豆蔲を召し上がっていたという話は私も聞いていたが、医官によると量はごく少なく、明国でもよく処方するとのことだが」

「問題は高麗人参です。高麗人参は気力を回復するには最高の薬料で、効き目が早いという点でもやはり最高の薬と言えます。蟲鳥電壓湯に入っていた高麗人参が、肉豆蔲の効能を瞬時に高め、麻痺症状を起こさせたのです」

「そうか! 苦痛を長引かせないために、毒薬に高麗人参を入れるのもそのためではないか。しかし肉豆蔲と高麗人参のせいで麻痺症状が出たということを、どのように証明するというのだ?」

最高尚宮は同意しながらも、疑問を投げかけた。

「媽媽! まさに私が証明しています」

「何だと?」

「高麗人参と肉豆蔻を食べました。だから私の身体は麻痺しているのです」

「何と無茶な！　私はこれからすぐに東宮殿に向かうから、ハン尚宮は急いでその子を医女に診せなさい」

そう言って最高尚宮は一目散に東宮殿へと走っていった。

「媽媽、トックおじさんはもう自由になりますよね？」

麻痺症状がさらにひどくなっていくにもかかわらず、チャングムはトックの心配ばかりしていた。

ハン尚宮は憎い感情からではなく、チャングムをにらんだ。四六時中問題を起こすこの子を一体どうしたらよいのかと暗澹《あんたん》とするばかりであった。王子の麻痺が治まると、王は身を挺《てい》して肉豆蔻と高麗人参の食べ合わせの原因を明らかにしたチャングムに、貴重な牛肉を与えた。

晴れて自由の身となったトックは、家の門に入るずっと手前から妻を呼んだ。

「お前！」

トックの奥さんはどたどたと足を踏みならしながら沓《くつ》も履かずに出てきて、鍋蓋《なべぶた》のような分厚い手でトックの背中を叩いた。

「もう、このろくでなし！　十年寿命が縮んだよ」

「おい、痛いよ！　ぶたれたところを何でまたぶつんだ？」

「どこかただれたり、つぶれたりしたところはないかい？」

「ある！」

「どこ？」

「胆《きも》……。豆粒みたいになっちまったよ」

「こんな目に遭っても、まだそんなくだらないこと言っているのかい？　まったく、ほら行くよ」

「やっと帰ってきたのにどこへ行くんだ？」

「司饔院《サオンウオン》で用を済まして、チャングムを見舞うんだよ」

司饔院にやって来た二人の前に、チャングムではなくハン尚宮が現れた。ハン尚宮はトックを見ると軽く目礼をした。

「大変なご苦労をされましたね」ハン尚宮が言った。

「私はいつか必ず真実が明らかになると信じて……」トックが言った。

「媽媽、チャングムはどこへ？」

「まだ身体が回復しておらず、医女が針治療をしております。少しずつ麻痺が治まってきておりますので心配なさらないでください」

「じゃあチャングムに伝えてください。毎月俸禄《ほうろく》から引いていた米の量を、これからは半分にまけてあげると」

「何のことでしょう？」

「そう伝えてくれればわかります」

トックの奥さんがぺこりと頭を下げ、もう帰ろうとトックに目を向けると、トックはうっとりとしてハン尚宮に見とれていた。トックの奥さんが脇腹を思い切り突くと、トックは痛くて声も出せずに涙をにじませた。伸びた皮ひものようにしなだれて、妻にされるがまま連れていかれながらも、トックはハン尚宮をふり返っては舌なめずりをした。

「もったいない、もったいないないな。あの美貌《びぼう》をこのまま腐らすとはもったいない……」

第十章

喪失

提調尚宮《チエジヨサングン》の誕生日が近づいていた。水剌間《スラッカン》の尚宮たちは一品ずつ豪華な料理を贈るのが慣例であった。最高《チエゴ》尚宮も大チョンゴルを献上しようと決めていたが、以前から患っていた関節炎がひどく悪化してしまい、まともに立つことすらできなかった。医女《いじよ》によると、それは加齢によるものではなく、腎臓《じんぞう》が弱っているからだということであった。ゆえに大事《おおごと》であった。数日休んでいれば治るというものではなかったからだ。病に伏した宮女《きゆうじよ》は宮廷を追われることになる。若いうちであれば親も兄弟も歓迎してくれるが、その半生を宮廷で過ごしてきた宮女にとって、実家は息苦しい墓場でしかなかった。

ましてや最高尚宮にとって、今は絶対に引き下がることのできない大事な時期であった。提調尚宮まで籠絡《ろうらく》したチェ氏一族に、水剌間を引き渡すことなどできなかった。

ハン尚宮はまだ体調が万全でないチャングムに、最高尚宮のそばを片ときも離れず世話をするよう重々に言いつけた。チャングムは最高尚宮の苦痛を少しでも和らげようと誠意を尽くして世話をした。

そうして提調尚宮の誕生の宴《うたげ》を迎えた当日の朝、尚宮の宿所の庭に設けられた日よけの下には、贈り物がずらりと並べられた。

針房尚宮《チムバンサングン》は最高の絹で衣を仕立て、チェ尚宮は高麗人参《こうらいにんじん》の煮こごりだけでは足りないと宝石箱まで贈った。戸曹判書《トッパンソ》ですら松茸《まつたけ》を贈るほどであった。上はオ・ギョモ、下は大殿の別監《ピョルガム》マクケまで、贈り物を届けたいと集まった者たちは一人残らず列に並んだ。ついにヨンセンが、朝廷の大臣たちまで贈り物を届けてくる理由が理解できないと言いだす始末であった。

「私にもわからぬ。飛んでいるカラスにでも聞いてみなさい」

冗談でもなさそうに、最高尚宮はそう答えながら苦笑した。

ところが思わぬ問題が起こった。提調尚宮は、最高尚宮の大チョンゴルをひとくち口にすると、不快感をあらわにした。

「そなたはこんなものを私に食べよと言うのか？」

瞬間、その場は水を打ったように静かになったが、最高尚宮は堂々としていた。ケチをつけられることなどずっと以前から覚悟していた、そう言わんばかりの落ち着いた表情であった。

その日以来、最高尚宮の料理の腕は地の底に落ちたという噂《うわさ》がささやかれ、提調尚宮とオ・ギョモ、そしてチェ氏一族の計略は急速に進展し始めた。

チャングムには新しい悩みの種ができていた。身体の麻痺《まひ》は治ったものの味覚が戻らずにいたのだった。麻痺の残った舌は、砂糖と塩、酢と醤油《しょうゆ》を区別することができなかった。すっぱい、甘い、苦い、しょっぱい、辛い。そのいずれも判断できなかったのである。

チャングムは最初はすぐに治るだろうと思っていた。だがいつまで経《た》っても味覚が戻らないため、人知れず医女のシヨンのところに通い始めた。シヨンは、一度に大量の肉豆蔻《にくずく》と高麗人参を食したせいで微細な舌の感覚が麻痺したと思われる、しかしそれは一時的なもので時期がくれば治るだろうと診断した。そして完治するまで内緒で針治療を施すとチャングムをやさしく気遣ってくれた。チャングムはその気持ちがありがたかった。シヨンから針治療を受けているあいだ、料理はすべて勘で作った。それ以外の方法などあるはずもなかったからだ。

しかし時間が経つにつれ、チャングムは焦り始めた。水剌間の内人《ナイン》が味覚を失うということは、戦士が足を失うことと同じである。シヨンは何日か様子を見てみようと言ったが、チャングムは一瞬たりとも待てないほど気が急《せ》いていた。

もう一度ジョンホに助けを求めることにした。困ったときだけ頼りにしているようで心苦しかったが、逆に考えればそういうことでもない限り、会うことなどとてもできない人だった。

ジョンホは暗い顔をしていた。いつも笑って迎えてくれるのに、今日は心配事でもあるような表情だった。

「ナウリ、何か心配事でも……」

「何もありません。なぜ以前に医書を借りていったのかと気になっていたのですが、王子様のご病気を治したそうですね」

「思いがけずそういうことになりました」

「そのうえ自ら実験台になったとか」

「ほかに方法が見つからなかったのです。あの……ナウリ、医書をもう一冊お借りできますか？」

「どんな医書を……？」

「病気の症状と処方が細かく記載されたものなら何でも構いません」

ジョンホは医書を探すまで待つように言うと、教書閣《キヨソガク》のなかへ入っていった。ジョンホの声には以前のような張りがなく、返事にもまるで覇気がなかった。

通りすがりの宮人たちがチャングムをちらちらと見やった。チャングムはどこに目を向ければよいかわからずしばらく視線を泳がせていたが、ふと視野に入ってきた黄色い菊の花に目を留めた。それは教書閣の左側の壁に沿って、その身を隠すようにひっそりと花を咲かせていた。油菊《アブラギク》かと思ったが、よく見ると葉の裏側が毛羽立っている。リュウノウギクであった。傲霜孤節《オサンコジョル》。菊の花を例えてこう言うが、霜にも負けずしっかりと自分の色を守っている姿は、まことに健気《けなげ》だった。

「まったくたいした花だと思いませんか？」

いつの間にかジョンホが背後にいた。

「戦国時代の詩人である屈原《クロン》は、朝は木蓮《もくれん》の露を飲み、夜は散った菊の花びらを食べたそうです」

「菊の花を召し上がっていたのであれば、めまいが消え、目もすっきりなさったでしょうね」

「……ソ内人は根っからの水剌間の内人ですね。屈原は菊の花を例えて、貧しくとも高潔な詩人の生き様を詠ったのです。だがソ内人から見ると、菊の花も食材になってしまうようだ」

「……申し訳ありません」

「これは『傷寒論』と『金櫃要略』という書物です。何をお調べになるのかわからなかったので両方持ってきました。医書といってもいろいろあるので」

「いつもありがとうございます」

笑顔の消えたジョンホの顔をまともに見る勇気などなかった。チャングムは目を合わせずに軽く頭を下げると、そのまま背を向けた。背後から言葉が投げかけられたのはそのときであった。

「いくら大事なこととはいえ、これからは自分の身体を痛めつけるようなことは決してしないでください」

わけもわからず泣きたくなった。チャングムはふり返らず、ひたすら足を運んだ。


最高尚宮の病状はますます悪くなっていった。ある日、提調尚宮の使いの尚宮が、最高尚宮に薬を届けにやってきた。最高尚宮はありがたいと言って受け取りはしたが、使いの尚宮が行ってしまうと、その薬を前に何時間も感慨に耽《ふけ》っていた。

翌朝、最高尚宮は時間をかけて丁寧に服を着込んだ。髪もいつになくきれいに梳《と》かして結った。そして自ら朝の水刺《スラ》を作ると大殿に赴いた。長番内侍《ネシ》、提調尚宮、チェ尚宮、ハン尚宮、全員がその場に揃《そろ》っていた。

いつもそうであるように水刺膳《ぜん》は豪華ではなかった。見た目の華やかさよりも食べやすいものを、彩りよりも中身を第一に考えているためであった。また、王の膳とはいえ料理の品数は箸《はし》の届く範囲に抑えられていた。謙虚に摂生し、誠意をもって捧《ささ》げること。それが朝鮮王朝の料理に対する一貫した哲学であった。

器の配置は徹底して機能的で栄養価の高い順から優先的に並べられた。醤油は好きなときにいつでも付けられるようにご飯の前に、温かいものと新鮮なものは先に手をつけるよう手前の方に置かれた。目が行きやすく箸を運びやすい右側には栄養価の高い料理を、左側には食べても食べなくても差し支《つか》えない料理が並べられた。

いつもの光景を前にして、最高尚宮はあらためて胸がいっぱいになった。チェ尚宮は小園盤《テウォンバン》の前に、ハン尚宮はチョンゴルの前にいる。王は気味《きみ》尚宮が毒味を終えた料理に箸をつけようとしていた。

中宗《チュンジョン》王は最高尚宮を見ると嬉《うれ》しそうに話しかけた。

「しょっちゅう顔を見せろと申したはずだ。何ゆえしばらく姿を現さなかった？」

「上監媽媽《サンガムママ》、お言葉は嬉しいのですが、やはり年のせいかこのところ怠けてしまいがちです。そろそろ潮時かと思っております」

提調尚宮とチェ尚宮は思わぬ発言に戸惑い、互いに顔を合わせた。王の前で一体何をするつもりだ、とでも言いたげな表情であった。ハン尚宮もチョンゴルの鍋《なべ》から手を離し、心配そうに最高尚宮を見つめた。

「体調がよくないのか？　ならば内医院で診てもらうがいい」

「いいえ、媽媽。気力が衰えてしまったら、本物の料理はできないのでございます。どうかご諒《りょう》察《さつ》くださいませ」

「余は味が変わったとは思わない。まだ床に伏せるという状態でもなかろうに、余のためにもう少し居てはくれぬか。そなたの面白い話と見事な料理に十年も慣れ親しんできたのだぞ」

「ですが、年老いた身ではいつ何が起こるとも限りません。私が最高尚宮になったときも前任者の突然の辞任により、提調尚宮様は大変なご苦労をされたことと存じます」

「ほう、そうであったか」

「はい、媽媽。ですから恐れ多くも、この場で殿下にひとつお願いをしたいと思っております」

「願いとな？　何だ、申してみよ」

「現在水剌間には二人の優れた水剌尚宮がおります」

「ふむ、それは誰だ？」

「一人はチェ尚宮でございます。歴代の最高尚宮を送り出した家柄で、幼いうちから類稀《たぐいまれ》な料理の技を習得し、育ってきた者です。もう一人はハン尚宮です。ハン尚宮は食べ物のまことの味がわかるすばらしい才能を持っております。そこで提案がございます。私が引退する前に、この二人に料理対決をさせてみてはいかがでしょう」

「料理対決だと？」

王は興味深く目を光らせたが、三人の尚宮は一様に驚愕《きょうがく》した様子であった。

「二人は競うことによって今以上に努力するでしょうし、その結果実力も伸びるのではないかと思います。また堂々と競ったあとならば私も未練なく身を引くことができますし、次からはその方法を受け継がせることもできます」

「ほう、それは面白い。余は口だけ貸してやればよいのだな。あとは才能ある二人が腕をふるうというわけだ」

「ですが媽媽……」

提調尚宮が口をはさもうとしたとき、長番内侍がそれを遮るように大げさに相づちを打った。

「まさしく妙案です。家臣を選出する際にも応用したらよろしいかと」

「ふむ、それはよい。チョン尚宮の意向に沿うようにしよう。だが急いで対決させて、余のもとを早く離れようなどと考えるでないぞ、よいな？」

「はい、殿下。周到に準備して、二人が最善を尽くせるよう私も指導いたします」

「わかった。余も楽しみに待っていよう」

大殿を出てきた最高尚宮は、ハン尚宮を呼んで心のうちを明かした。

「料理は料理以外のいかなるものにも利用されてはならぬ。そのことを正してから宮廷を退こうと思う。死ぬ前の私の唯一の願いなのだ」

声が震えていた。ハン尚宮は喉《のど》が熱くなるのを感じた。仕事においては師であるが、情を思えば母であった。その尊い人が宮廷を去る前に、長くつらかった人生にけじめをつけて、自分に最後の願いを託している。

「私はお前が、私の意志を継いでくれる者だと信じている。しかしたとえ信じていても、料理対決でお前を贔屓《ひいき》したりはしない。そのようなことをしたらチェ氏一族がやっていることと何ら変わりはないではないか。お前が昔、彼らにどのような仕打ちを受けたか、私は知らない。だが料理に対するお前の実力と真心で堂々と競い、勝つことを願っている」

その言葉はなぜか遺言のようであった。

部屋に戻ってきたハン尚宮はチャングムを呼び、最高尚宮の意志を伝え、自らの覚悟と決意を明らかにした。そして亡き友を失ったときから今まで、自分のなかに蹲《うずくま》っていた敗北感に絶えず羞恥《しゅうち》心を感じていたことを伝えた。それは切実な告白であったが、ハン尚宮には本当に言いたいことがほかにあった。

「お前を上級内人にして、これより本格的に私の秘技を伝授しようと思う」

チャングムはひどく驚くだけで返事をしようとしなかった。

「なぜ返事をしない」

「私には無理です」

「無理だと?」

「無理です」

チャングムの声ははっきりしていたが、ハン尚宮は自分の耳を疑った。いつも思いもよらないことをする子ではあったが、自分を裏切るようなことはしない。今回も何か言えない事情があるのかもしれない、ハン尚宮はそう思った。

「嫌だから不安だから、そう言っているのではないことはわかっている。一体何があったのだ?」

「実は……味覚を失ってしまったのです。高麗人参と肉豆蔻を食べて身体に麻痺が起こって以来、味覚が戻っていません。提調尚宮様の誕生の宴に出した料理は私が味付けしました。ちょうどいいと思ったのが、あの有様です。最高尚宮様にはすでに多大な迷惑をおかけしております。ですから私にはとてもハン尚宮様の後を継ぐことなどできません」

「医女に診てもらうのです！」

「もう診てもらいました。麻痺が治まるには時間がかかるかもしれないから様子を見ようと言って針を打ってもらいました。ですがそれからかなりの時間が経っております。こんな状態の私が、最高尚宮様の意志を受け継ぐなど到底できません」

「医女が様子を見ようというのならそうすべきではないか、なぜ最初からだめだと決めつける」

「最高尚宮様の志を十分に理解しているからこそお受けできないのでございます」

「お前らしくもない、だからといって早々にあきらめるというのか！　お前以外の誰が私の片腕になれるというのだ。たとえ味覚を失ったとしても、お前が他の子たちよりよほど優れていることは、私にはよくわかっている。ましてや味覚が戻ったらなおさらのこと」

「でもいつまでも戻ってこなかったら……」

「いい加減にしなさい！　事情を知った以上このまま手をこまねいて見ているわけにはいかない。最高尚宮様にお願いして、明日にでも外に出て医者を訪ねる。そのつもりでいるように」

翌朝チャングムはハン尚宮に連れられて宮廷を後にした。庶民の格好をした二人は市場通りをひとしきり歩くと、薄暗い路地に入っていった。そこへきてようやく薬房が見えた。

「味覚障害と味覚減退症というのがあります。味覚障害の場合、砂糖がしょっぱく感じられたり、肉から甘味を感じたりします。もしやそのような症状ですか？」

医者は丁寧に脈をはかってからそう訊《き》いた。

「違います」チャングムが答えた。

「味覚減退症は、文字どおり味覚が減退する病です。例えば、砂糖を多量に口にしてようやく甘さを感じるか感じないか、といった具合です。これがひどくなるとどのような味も感じなくなります」

まさしくチャングムの症状だった。医者は味覚を失う原因としてふたつのことが考えられると言った。ひとつは食生活が貧しかった場合、もうひとつは疫病などにかかって治療を十分に行わなかった場合である。あるいは中風にかかったり、薬草や毒草などを誤って食し、味覚をつかさどる舌に損傷を与えたりする場合もあると言った。その場合治療は難しく、味覚が戻るのに十年かかるか二十年かかるか、まるで予測がつかないとのことであった。

ハン尚宮はその薬局を出たあとも、評判のよい医者を求めて、いくつもの薬房を訪ねた。しかし皆、一様に首をふった。頼みの綱と思ってわざわざ船に乗って出かけた薬房でも、医者は頭《かぶり》をふるばかりだった。もはや残されたひと握りの希望さえも断たれてしまった。

帰りの船のなか、ハン尚宮とチャングムは互いに視線を避けていた。一人は左側、一人は右側と、それぞれ離れたところに座って、どこを見るともなく水面に目を落としていた。風は船を揺らし、船は波をかき分けてゆっくりと前進していった。水面を見つめながら、ようやくチャングムが口を開いた。

「十年かかるか二十年かかるかわからない、どの医者も口を揃えてそう言いました」

「であれば、明日にでも味覚は戻るかもしれない」ハン尚宮が答えた。

「ハン尚宮様は必ず勝たなければなりません」

「お前なしで勝つことはできぬ」

「私のせいで最高尚宮様の意志が断たれてはなりません」

「お前がいてこそ最高尚宮様の意志を受け継ぐことができる」

吹きぬける風が言葉をさらっていくのか、あるいはチャングムの話など耳に入らないのか、ハン尚宮はまるで折れようとしなかった。

「媽媽！　お願いですから私のことはあきらめてください」

「私にはお前が必要なのだ！」

ハン尚宮が怒鳴って身体を動かした拍子に、船がぐらりと傾いた。チャングムは黙っていたが、心のなかは無数の言葉であふれ返っていた。味覚を失ったままチェ尚宮とクミョンに真っ向から挑むということは、物干し竿《ざお》で空の高さを測るとか、蛍の光で星に対抗するようなものであった。

ハン尚宮は船から降りると、チャングムに一瞥《いちべつ》もくれぬまま先を歩きだした。港は魚を下ろす漁師と値踏みをする商人たちでごった返し、強烈な生臭さが鼻をついた。

「私をだまそうとしているのか？　昨日釣った魚を売りつけるな」

その声と同時に魚が放り出された。見ると買い付けをしていたその商人は盲人であった。ハン尚宮とチャングムは表情を曇らせた。二人の女と投げ捨てられた一匹の魚は、にぎやかな港とは相反するように生気がなかった。ハン尚宮は近づいていって声をかけた。

「イキのいいサバを二匹ください」

「おや、ハン尚宮様ですか。今日は声に元気がありませんね」

盲目の商人は声だけでハン尚宮だとわかった。指で触れただけで魚の鮮度まで言い当てるのだから、それだけ鋭い五感をもっているということであった。

一方でチャングムは、ぴちぴちと跳ねる魚から目が離せなかった。手足のない生き物は、あのように自らの体をてこにして、跳ね上がるしかない。何かをつかむことも、暴れることも、逃げることもできない。ただその場で体を跳ね上がらせ、死ぬときが来るのを待つだけだ。チャングムは味覚を失った己の境遇が、水から引き揚げられた魚のように思えた。死にゆく魚に、心が痛んだ。

最高尚宮はハン尚宮とチェ尚宮を呼び出し、料理対決の際の助手を務める上級内人をそれぞれ選ぶよう命じた。チェ尚宮は一考の迷いもなくクミョンを指名し、一瞬間があったものの、結局のところハン尚宮もチャングムを選んだ。

その噂が広まると、水刺間は料理対決の話で持ちきりとなった。噂が絶えない水刺間であったが、全員がこれほど強い関心をもつような出来事はこれまでなかった。料理対決はもちろんだが、内人式を終えたばかりのクミョンとチャングムが上級内人に昇格したことも話題になった。ヨンノとチョバンは二人の昇格がよほど気に食わないのか妬《ねた》みをあらわにし、チャンイとヨンセンもどこかへそを曲げている風だった。

しかし、何と言っても、その決定に一番驚いたのは当事者であるチャングムだった。ジョンホから借りた医書の内容は一行も頭に入ってこない。めくっては閉じる、そんなことを幾度となく繰り返していたが、そのうちに書物を放り出してしまった。そしてこみ上げてくる心のもやを吹き飛ばそうと、夜風のなかに飛び出していった。頰《ほお》に吹きつける冷たい風も、煮えたぎるような激情を鎮めることはできなかった。

息を切らして走っていたチャングムは、気がつけば見習い時代に山菜を採りに登った宮廷の裏山に来ていた。ハン尚宮はまだ幼いチャングムに、百日間で百種類の山菜を採ってこいと命じたことがあった。チャングムはその山菜を茹《ゆ》でたり、干したり、揚げたり、炒《いた》めたり、ときには生のまま食べたりした。いくら吐いても舌に残る独特の青臭さ。口のなかいっぱいに広がるあの草の苦味をもう一度味わってみたかった。あのころのすべてがなつかしく思えた。

逃げたかった。味覚を失うということは、水剌間の宮女としての人生をあきらめなければならないということであった。それは母の夢、そして自分の夢をも失うことであった。だがそれだけならまだ耐えられもした。チャングムにとってもっともつらいことは、味覚が戻らないまま料理対決に臨めば、ハン尚宮と最高尚宮を失いかねないということであった。いや、彼女らの信念と勇気を傷つけてしまうかもしれないと思うと怖かった。だが、喪失は喪心を、喪心は、いずれは信頼をよびあうはずだ……。

宮廷を追われる身となっても、トックの家で麴《こうじ》を蒸し、酒を醸造し、残りの半生を送ることもできた。そして誰かとめぐりあい、聖水一杯に夫婦の縁を結ぶこともできる。一度宮女になった者は宮廷を出ても王の女であるが、チョンスとミョンイがそうであったように、遠くに身を隠してしまえばそれまでだった。味覚を失った宮女など、宮廷では弊履《へいり》のごとく役に立たない。しかし一般家庭の主婦ならば話は別だ。味噌《みそ》鍋くらい目をつぶってでも作ることができたし、仕事は料理以外にも山ほどあった。

そうやって一生を生きていくだけのことだ。夫のご飯を作ることが、王様の水刺を作ることと何が劣るというのであろう。子が出来れば、その子を育てるだけで一生などあっという間に過ぎてしまう。母もそうだったではないか。宮廷を追われるときは喪失感に埋もれ、その先に訪れる幸福など想像もつかなかったはずだ。当時チャングムは幼かったが、今でもはっきりと覚えている。父のそばでいつも幸せそうにしていた母の姿を……。

思えば母子は同じ道を辿《たど》っていた。幼くして宮廷にあがり、最高尚宮になる夢を抱くも宮廷を追われ、内禁衛《ネグムウイ》の軍官《クングアン》と出会い……。

〝内禁衛の軍官と出会い……〟。チャングムは手当たり次第に雑草を引っこ抜いて口のなかに押し込んだ。〝内禁衛の軍官と出会い……〟。頭のなかが空っぽになってほしかった。舌のように無感覚になってくれと願った。

あの人は両班《ヤンバン》の子息だ。自分は宮廷を出て平凡な女として生きていけても、彼の妻にはなれない。

チャングムは口のなかの草を吐き出して、むせび泣いた。いくら吐き出しても、胸の奥底に絡みついた、息の根を止めるようなひと握りの悲しみまで吐くことはできなかった。

チャングムは水刺間に駆け込んでいった。そして塩をひとつかみ口に含み、続けて酢と醤油、ごま油を口に入れた。さらに五味子《ごみし》、メハジキ、拶双魚《さっぱ》の塩辛まで噛《か》みしめた。だが舌は何の味も感じなかった。張り裂けるように、胸が痛いだけであった。

チャングムは水を沸かし始めた。鈍くうっとうしいだけの舌に、いっそ熱い湯でもかけて目を覚ましてやりたかった。だが気持ちが焦るあまり危うく手をやけどしそうになった。チャングムは居ても立ってもいられず、ぐつぐつと煮えたぎる湯のなかに、とうとう舌を入れようとした。

先ほどから水剌間の外で様子をうかがっていたハン尚宮が、急いで駆け寄ってチャングムの身体を押さえつけた。チャングムはハン尚宮の手をふりほどきながら心のうちをぶちまけた。

「どうして私にこのような重荷を負わせるのですか？　媽媽、私を見捨ててください。お願いです、あきらめてください」

「わがままを言うなら、まずはその服を脱ぎ捨てなさい。軟弱なお前に内人の服を着る資格はない！」

「私に同情しているのなら……」

「いい加減にしなさい！　私は個人的な同情から、仕事に支障をきたすようなことはしない人間だ」

「でも私は味を区別できないのです。味を……」

「味覚は必ず戻ってくる」

「それはいつのことですか？　十年後ですか？　それとも二十年後？」

「必ず戻ると言っているではないか！　それにお前は味を判断する者ではない、味をつける者ではないか！」

「味がわからないのに、どのように味をつけろというのですか？」

「万が一味覚が戻らなかったとしても、お前にはふたつの優れた資質がある！　ひとつはさじ加減だ。天性的に優れた感覚を持つ者と、血のにじむような努力をして一寸の狂いもなくその感覚を身につける者がいるが、お前は血のにじむような努力に加え、天才的な感覚をすでに持っている」

「それでも味がわからなければ……」

「老いて味覚の鈍くなった老婆が息子のために作る味噌汁は、絶品だというではないか」

「……」

「そしてもうひとつ、お前はチェ尚宮やクミョンや私にはない資質を備えている。味覚よりもはるかに大事な資質を！」

チャングムは涙を拭《ふ》いて、ハン尚宮を見つめた。ほかの誰にもない、味覚よりも大事な資質などこの世にあるはずがない。

「それは味を創りだす能力だ。チャングム、よく考えてみなさい！」

考えるどころかチャングムにはその言葉の意味すら理解できなかった。

味を創りだす能力とは！

「お前はスン菜《チェ》が饅頭《マンドゥ》の皮の代わりになることを思いついた。鉱泉水が冷麺《れいめん》のスープに適していることも、炭が醬油の臭みを消してくれることも考えた。それらはすべて味を知っているからできたことなのか？　いや、どれも味を知る以前の話だ。お前に味を創りだす能力があったからこそできたことだ」

「ですがそれは味覚があったときの話です」

「そうではない！　お前は炭の効能を知っていて醬油に入れたのか？　鉱泉水とトンチミ汁を混ぜ

た冷麺のスープを、それまで味わったことがあったのか？」

「いいえ、でも……」

「つべこべ言うでない。明日から訓練を始めるから、陽《ひ》が昇ったら私のところへ来なさい」

ハン尚宮は有無を言わせず命令すると、外へ出ていってしまった。見習いのころに初めて会ったときと同じく、氷のような冷たい声だった。チャングムは捨てられた者のように、気が遠くなった。何も考えられなかった。頭のなかも舌のように何も感じなくなるようであった。

翌朝、チャングムが大殿の焼厨房《ソジュバン》に行くと、ハン尚宮が炉とまな板、各種調味料を用意して待っていた。ざるにはイキのよさそうなコウライエビが二尾のっていた。ハン尚宮は出し抜けにエビ蒸しを作るようにと命じた。チャングムが一度も作ったことがないと言ってもまるで聞く耳をもたなかった。エビ蒸しがどういうものかを想像して、それに合う食材を見つけろということであった。

チャングムはおずおずと竹の子を持ってきた。次にきゅうりと牛のひかがみ肉を持ってきてざるに置いた。ハン尚宮は今度はそれを調理してみろと命じた。ますます大変なことになってきた。

ハン尚宮が門番のように目の前に立っていたため、逃げ出すこともできなかった。チャングムは泣きながら包丁を握った。肉が茹で上がるのを待って、きゅうりと竹の子を薄く切った。きゅうりはさっと塩に漬け、エビは蒸し器に入れた。しばらくして底の深い器にきゅうりと竹の子を入れてエビと牛肉をのせると、塩とこしょうをふった。そして無意識に下味のついたきゅうりを口にしようとした瞬間、いきなり叱責《しっせき》が飛んできた。

「味をみるな！　これからは絶対に味見してはいけない！」

「味をみないでどのように料理をしろというのですか？」

「味見に頼るからこれまでも失敗してきたのだ。指先の感覚だけで作ってみなさい」

「でも……」

「チャングム、自分を信じなさい。それができないのなら私を信じるのだ。私はお前を信じているのに、お前は私が信じられないのか？」

「……」

「万が一成果が出なかった場合、私はお前を手放さなければならない。それがお前にとってだけつらいことだと思うのか？」

チャングムは再び包丁を握った。大きく深呼吸をして心を落ち着かせてから、下味をつけた食材を脇《わき》へ押しやり、小さな空の器を手前に引いた。そこへ松の実の粉末と塩、白こしょう、ごま油などを入れてこね始めた。パサパサしていると感じて水を足そうとしたとき、ハン尚宮の眉《まゆ》がぐっとつり上がった。チャングムも何か釈然としないとばかりに首を傾《かし》げて水を捨て、今度は肉の茹で汁をひと匙《さじ》すくった。だがしばらく考えたのちそれも捨てて、エビの殻が入った器を持ってきた。エビの頭と殻を押さえて器を傾けると、わずかばかりの汁が溜《た》まった。それを匙で受けて松の実のたれにかけ、再びこねだした。たれが出来上がると、下味をつけておいた材料の上にそれをかけ、飾りにエビの頭と尻尾《しっぽ》を添えた。見た目は完璧《かんぺき》なエビ蒸しであった。

ハン尚宮はそれをひと口つまんで口に入れると、バンと音を立てて箸を下ろした。

「次は豆腐のチョンゴルを作ってみなさい！」

チャングムはさっぱりわけがわからず、もはや質問する意欲すらなかった。

目に留まった食材からさっさと手にしていった。もやし、大根、椎茸《しいたけ》、せり、わけぎなどが器に盛られていった。豆腐は塩をふって水気を切ったあと、澱粉《でんぷん》をつけて表面を焼いた。刻んだ牛肉にたれをからめ、さっともみ合わせたあと、焼いた豆腐の上に薄くのせた。そして別の豆腐をその上にかぶせてせりで巻くと、それなりの形になった。最後に、鍋の底に野菜と肉を色別に分けて敷き、豆腐をのせて醤油汁を注ぎ、火にかけた。

チャングムは味を確かめたくて、指先をもぞもぞさせた。失敗はないはずだったが、それでも味がどうなっているのか気になって仕方がなかった。ハン尚宮はそんなチャングムの気持ちを知ってか知らずか、ぐつぐつと鍋の煮立つ音を聞きつけるとそばに寄ってきた。蓋を開けるとまず汁をひと匙すくった。そして冷めるのを待ってから口に入れた。その様子を見守るチャングムよりもハン尚宮の顔がずっとこわばっていた。

一度ではわからないのかハン尚宮はもうひと口すくった。そして口に汁を流し込んだ瞬間、彼女の目から大粒の涙がこぼれ落ちた。

「ほらごらん。お前ならできると言ったではないか！」

「まさか、美味《おい》しい……というのでは……ないですよね？」

「美味しい。まことに美味しい」

「信じられません」

「お前の舌は味覚を失ったが、私の舌は正常だ。一度も教わったことがないはずなのに、お前はエビ蒸しの隠し味に、エビのだしを入れることを考え当てた。そのような能力を持ったお前を私がどうしてあきらめられよう。チェ尚宮は肉のだしを入れるが、私はいつもエビのだしにこだわってきた。チェ尚宮はいまだそのことに気づいていないだろう。殿下《でんか》が私の作ったエビ蒸しをお気に召されている理由はまさにそこにあるのだ」

「媽媽、たまたま今回だけということも……」

「何を言うのだ！　お前は味付けした牛肉を焼き豆腐ではさんだではないか！　それは私を含め、誰も思いついたことのない調理法だ。言ったはずだ、お前は料理を創りだすことのできる人間だと！」

ハン尚宮は、泣いたり笑ったり、正気を失った者のように声を張りあげたりした。そしてその姿を見ていたチャングムにもようやく実感が湧《わ》いてきた。

「盲目の商人が、感心するほど的確に魚を選ぶ姿を見て、私は自信を得たのだ。それでよい。あの商人が自分の指先の感覚を信じたように、お前も自分の指先の感覚を信じればよいのだ！」

信じていいのであれば百回でも千回でも信じよう。今の状況は依然として信じられなかったが、でもこの眼差しだけは信じてみよう。自分を信じてくれるハン尚宮の眼差し……。その眼差しのほかに頼れるものなど、チャングムにはあるはずもなかった。

信じられない出来事は立て続けに起こった。醬庫《チャンゴ》にある醬《ひしお》の味が変わってしまったのだ。味噌、中口醬油、薄口醬油、濃口醬油……。いろいろな味で取り揃えておいた各醬が、しめし合わせたようにいっせいに変質してしまった。今年作った醬から十数年経った醬まで、例外はなかった。

〝醬〟に〝将〟という字が含まれていることからもわかるように、当時は醬がすべての味を決定づけると言われるほど重宝されていた。ましてやここは宮廷である。醬は千人を超える宮人たちの基本調味料であり、国の吉凶を左右するほど重要な調味料であった。

醬作りが必ず吉日に行われるのもそのためであった。丙寅、丁卯日、諸吉神日、正月雨水日、立冬日、黄道日、三伏日に作れば虫がわかないと信じられていた。馬日、雨水日もよしとされていた。

このように醬はしごく大切に扱われていたため、水刺間はもちろん、米や醬をとり扱う司導寺《サドサ》と司饔院《サオンウオン》、さらに議政府《ウイジョンブ》まで大騒ぎするのは無理もなかった。

緊急に対策を講じるため、司導寺の提調、長番内寺、提調尚宮、最高尚宮、醬庫尚宮が、内侍府《ネシブ》の執務室に集まった。提調尚宮は、激怒する司導寺の提調を前にして焦りに焦っていた。醬の味が変わった原因を明らかにし、一日でも早く現状復帰させよという厳命が下った。

緊急会議が終わると、提調尚宮は尚宮たちを招集し、すべての責任を最高尚宮の管理不足によるものにしようとした。最高尚宮はそのような脅しには聞く耳すら持たず、醬庫尚宮を厳しく問いただした。

「もしや雨に濡《ぬ》らしたか？」

「とんでもございません」

「では陽に当てる日数が足りなかったのではないか？」

「断じてそのようなことはございません。最高尚宮様は醬庫にいた時分から私を見てきたはずです。

誰よりも私のことをご存知ではありませんか？　一日だって職務を怠った日はございません」

「ではなぜ今年にかぎって味噌の味が劣るというのだ？」

醬庫尚宮は、それは自分が知りたいとでも言うようにため息をついた。雨が吹き込んだこともなく、陽に当てることも忘れなかったとしたら、醬の味が突然変わるなど考えられなかった。塀で囲い、扉にかんぬきまで渡している醬庫に、誰かが侵入して灰をかけるなどということも、無論あり得なかった。

「裏でこそこそと動き回るのに忙しくて、水剌間を管理する余裕などなかっただろうに。一般の家庭でも、醬の味を損なえば、それを作った者は大変な苦労をすると言われているのだ。このことは上層部に報告して責任の所在をはっきりさせる。そのつもりでいるように」

提調尚宮は醬の心配よりも、最高尚宮を咎《とが》めることに関心があるようだった。だが最高尚宮はこんな事件など予想でもしていたかのように動じる気配がなかった。そしてこの問題の解決を、チェ尚宮とハン尚宮を競わせる最初の課題とした。醬の味が変わった原因を明らかにし、対策を講じることが、一番目の課題の勝者となるのだった。

ハン尚宮とチャングムは、麴を作る青龍寺からまず訪ねることにした。醬庫に毎年味噌玉を納めてきた老僧は、例年よりも出来がよいと事あるごとに言っていた。だから二人が味噌玉に問題がないか訊《き》いたとき、とんでもない話だと真っ向から否定した。大豆がよく育ってくれたおかげで素材はもちろん、風通しや温度もすべて完璧ということであった。これまでの誠実な仕事ぶりや僧侶の話しぶりからも、味噌玉に問題がないのは疑う余地もなかった。

青龍寺の次に訪れた場所はオンギ村だった。ハン尚宮とチャングムが村に入ると、どこからともなく老人の叱責が聞こえてきた。

「こいつ！　期間を守らなかったとは何事だ！　こんなひどいものを人様に売ろうなどと思うな！」

「お父さん、申し訳ありません。つい焦ってしまって……」

「この横着者め！　今すぐ出ていけ！」

老人は目の前に置いてある釉薬《うわぐすり》の溜まった水瓶を持ち上げると、息子に向かって思い切りぶちまけた。見ている者ですら身をかわしてしまうのに、息子は身じろぎもせずにじっと立っていた。身体中に釉薬をかぶったが、息子はそれを拭《ぬぐ》おうともせずただうな垂れ、やがて膝《ひざ》をついて泣き始めた。

「お父さん、お許しください」

「お前など要らぬ、今すぐ出ていけ！　今すぐに！」

息子は哀願したが、老人は怒ったまま家のなかに入っていってしまった。その光景を気の毒そうに見ていたハン尚宮は、青年に近づいていって声をかけた。

「どうしてそんなに怒られたのですか？」

「朝鮮釉薬をうまく作れなかったからです」

「朝鮮釉薬というのは？」

「松の木と豆がらの灰、そして良質の腐葉土を混ぜ、その上澄みを取ったものです。これを塗ってから甕《かめ》を焼くと、甕は人間のように呼吸するのです」

「それで、何がよくなかったのですか？」

「通常は二か月以上灰汁《あく》を寝かせなくてはならないのですが、それを無視して急いで甕を売ってしまいました」

「何ということを！　お父様の教えを誰よりも理解しているはずなのに、なぜそのように早まったことをしたのですか？」

「早く納めろと何度も役場からせっつかれました。納期に間に合わなければ父はひどい罰を受けます」

「お父様はそういう事情を知っていながら、二か月寝かせなかったとあなたを叱《しか》ったのですね」

「そうです」

ハン尚宮は大きくうなずくと、チャングムに声もかけずその家を後にした。チャングムはいつの間にか先を行っているハン尚宮との間隔を狭めようと、急いで後を追いかけた。

「甕に問題がないか訊かなくていいのですか？」チャングムが言った。

「話を聞いてわからぬか。たとえ罰を受けようが、灰汁ひとつにも手を抜かない徹底した仕事ぶりだ。そんな人がひびの入った甕を売りつけると思うか？」

言われてみればそのとおりだった。

味噌玉と甕に何の問題もないことがわかると、ハン尚宮はさらに先を急いで歩きだした。まだ何の手がかりもつかんでいないというのに、闇《やみ》が辺りを覆い始めていた。

オンギ村を出てしばらく歩いていると、村の守護神が祭ってある巨木が目の前に立ちはだかった。樹齢五百年にはなりそうな松の木を取り囲むようにして、村人たちが祭祀《さいし》をあげていた。どうやら醬祭《チャンジェ》のようだった。村の甕という甕をすべて集めてきたような、大きさも形もさまざまな夥《おびただ》しい数の甕が並べられていた。

あまりに厳粛な雰囲気であったため、ハン尚宮は祭祀がすっかり終わるのを待ってから声をかけることにした。祭祀は時間をかけて厳かに行われた。うら悲しい秋の風が吹いていたが、青々した針葉を誇らしげに広げている松の木は、暗がりのなかで屈強なまでにそびえ立っていた。この世の中でただひとつ、造物主の過酷な試練にも常に気品と勇気をもって立ち向かっている。松の木にはそんな風情さえ漂っていた。

祭祀を終えた村人たちが、ひとりふたりとその場を離れ始めた。ハン尚宮は早足に近づいていって、人のよさそうな主婦に言葉をかけた。

「宮廷から来た者です。甕を集めて祭祀をあげる何か特別な理由があるのですか？」

「よくわかりませんが、ここが醬を熟成するのに一番よい場所なんです」

「村のなかでここだけが特別ということですか？」

「ハン主人のお宅もよいと言われていますが、なにせ両班のお宅ですからね、私らの甕を置けるはずもありません。代わりにその裏の栗《くり》屋敷に置いている人も何人かいますが」

「なぜその場所が醬の熟成に適しているかご存知ですか？」

「知りません。私らは味さえよくなればいいんです。とにかくこの村で醤の置き場所に適しているのは、今言った三ヵ所だけです」

何人かの村人に訊いてみたがやはり答えは同じだった。場所は知っているが理由は知らない。知りたいとも思わない様子であった。

「行きましょう！」ハン尚宮が言った。

「そこへ行くのですか？」

「その三つの場所には間違いなく共通点があるはずだ。そこへ行けば解決の糸口を見つけられるかもしれない」

「ですがこう暗くては何も見えません」

「それもそうね」

心が急いていたせいかハン尚宮は夜になっていることも忘れていた。彼女の口から大きなため息がもれた。その夜、二人は近くの旅籠《はたご》に泊まり、翌朝陽が昇ると同時にハン宅へと向かった。遠くから見たかぎりでは、他の甕とくらべて別段大きな違いはないようだった。甕置き台の後ろには幹の太いチョウセンゴヨウマツが三本立っていて、その下に甕が大きさ別にきちんと並べられていた。

甕の数が多いというだけで、栗屋敷の甕にもこれといった特徴は見受けられなかった。甕置き台は垣根にぴったりくっついていて、垣根の裏はすぐに山であった。栗の木が多いことから栗屋敷と呼ばれているようであった。

そのとき、家の扉が開くと、その家の主婦らしき女が小皿を手に庭へ出てきた。ハン尚宮は失礼を承知で垣根越しに声をかけた。

「お宅の味噌が美味しいという評判を聞いて参りました。少しだけ味見をさせてもらってもよろしいでしょうか？」

「構いませんよ」

女はやさしそうな顔に似合わず野太い声でそう言うと、たっぷりひと匙すくって差し出した。指につけて口に入れた瞬間、ハン尚宮の表情が一変した。

「以前醤庫にあった味噌の味とよく似ている」

「ならば必ず何らかの共通点があるはずです」

味覚のわからないチャングムは、もどかしげに舌なめずりをするだけであった。

二人が松の巨木のところに再び行くと、片付いていないのか、わざと片付けていないのか、甕の蓋の上には醤の小皿がいくつも置かれていた。ハン尚宮はそのうちのひとつを舐《な》めてみた。栗屋敷の味噌と同じくらい美味しかった。

チャングムにしてみれば、いたずらに気がもめるだけであった。落ち着きなく歩き回ってはため息をもらし、肩を落とす。見上げると松の木の梢《こずえ》とその上に青い空が広がっていた。チャングムはめまいを感じた。大きな松の霊験に圧倒されるように、頭がくらくらした。あらためて辺りを見渡すと、この一帯は樹木が多く茂っている肥沃《ひよく》な土地だった。ハン家のチョウセンゴヨウマツと栗屋敷の栗の木はひときわ幹が太く、元気がよかった。

「木……木……」

「何をしている」ハン尚宮が言った。

「木？」

「何をぶつぶつ言っているのだ！」

「媽媽、今すぐ宮廷に戻りましょう」

ハン尚宮はわけがわからないとでもいうように顔をしかめた。だがチャングムは何の説明もなくさっさと先を歩き始めた。ハン尚宮は黙ってその後をついていった。チャングムは味を創りだす子ではないか。あんなに興奮して急いで宮廷へ帰ろうとしている。きっとまた何かを頭に描いたに違いない。ハン尚宮は心のなかでそう思っていた。


チェ尚宮とクミョンは一日前に宮廷に戻ってきていた。二人は提調尚宮に、塩を確かめに行ったが水刺間は最高級のものを扱っている、と報告した。宮廷に塩を納めているのはチェ・パンスルの商会であり、すべての塩にまったく問題がないわけではなかったが、しかしずっと以前から同じ塩を使用していたため、塩のせいで醤の味が変わったとは考えにくかった。

チェ尚宮は醤の味が変わった原因を最後まで明らかにしようとせず、それどころかこれまで宮廷でも味わったことのない美味しい味噌を手に入れたと得意になっていた。チェ尚宮は早速その味噌で味噌鍋を作り、朝の水刺に上げた。大殿にはオ・ギョモも来ていた。

「近ごろ四山《ササン》で山火事が頻繁に発生しているため、万が一のために禁火司《クムファサ》の兵士を増やし、都城《とじょう》の消防に万全を期すべきだと、浚川沙《チュンチョンサ》が申しております」

浚川沙とは都の河川と山を管理している官庁である。また四山とは、漢陽《ハニャン》を取り囲んでいる四つの山、すなわち北の百岳山《ペガク》、南の木覓山《モンミョク》、東の駱山《ナク》、西の仁旺山《イヌアン》を指している。

チョンゴルに手を伸ばそうとしていた王は、匙を置いて言った。

「何と？　四山で山火事が頻繁に発生しているだと？」

「このところ空気が乾燥しているせいかと存じます」

すると、先ほどから機会をうかがっていた提調尚宮が、すっと口をはさんだ。

「醬庫の醬の味が変質したために、そのような不吉なことが起こるのだと思います」

「それだけで山火事が発生するだろうか」

「世間でも醬は吉凶を左右するものと言われているではありませんか。実はチェ尚宮がよい味噌を手に入れて参りました。召し上がってみてください」

つまりはこれが目的であった。提調尚宮はオ・ギョモまで参戦させてこの席を設けたのである。最高尚宮は彼らの見えすいた芝居を黙って眺めていた。

「ふむ、いい味だ」

王は匙を置いて軽くそう言った。そのひと言に提調尚宮とチェ尚宮、オ・ギョモの顔がいっせいに明るくなった。

「だが、以前の味には劣るな」

王の呆気《あっけ》ない言葉に、今度はいっせいにがっかりした表情になった。

そのころ宮廷に戻ってきたチャングムは、ある場所を探そうと宮廷内を隈なく歩きまわっていた。

そしてようやく目的の場所を見つけると、チャングムは嬉しくなってハン尚宮のところへ走っていき、そのことを報告した。ハン尚宮は小皿と匙を持ってすぐにその場へ駆けつけた。そこにあった味噌鍋はやはり以前と同じ味であった。

「すぐに味噌鍋を作って上監媽媽の水剌にお出しください」チャングムが言った。

「何を言うのだ。味噌鍋はお前が作りなさい！」

喜びに心浮かれていたチャングムは、一瞬にして意気消沈してしまった。

「媽媽！　かりにも殿下が召し上がる味噌鍋でございます」

「だからこそお前が作るのです！」

「ですが私はまだ……」

「黙りなさい！　お前は私の上級内人だ。山菜和《あ》えや味噌鍋は上級内人が作るもの！　お前の最初の任務は味噌鍋を作ることだ」

「相手を負かすには最初が肝心ではないのですか？」

「まだ自信がないというのか？」

「……いいえ、やってみます」

チャングムが味噌鍋を作って大殿に持っていくと、そこには提調尚宮をはじめとした水刺間の尚宮たちが全員集まっていた。王は、蟹《かに》鍋、プレ蒸し、大根の漬物、こんぶ揚げなどに満遍なく箸をつけた。だが、味噌鍋には目もくれず、鯛《たい》汁だけに匙を浸した。チェ尚宮が朝の水刺で味噌鍋を出したので無理もないことであった。それでも、最高尚宮とハン尚宮はあえて勧めようとはせず、王が箸をつけるまでひたすら待ち続けた。彼女たちの思いが通じたのか、ついに王はあつあつの味噌鍋に匙を浸した。尚宮たちの視線がいっせいに王の口へ注がれた。

「提調尚宮は余計な心配をしたようだ。以前と同じ味噌の味ではないか。すべての味が変わったわけではないようだな」

王は何気なくそう言ったが、その瞬間に最初の勝負の決着がついた。また、味覚を失ったチャングムの料理の腕が確かなものだと証明された瞬間でもあった。最高尚宮がようやく口を開いた。

「そうではございません。ハン尚宮が味の変わった原因を突き止めたのでございます」

「ほう、ではその原因とやらを聞かせてくれ」

王はそのことに強く興味を引かれ、膳を下げさせた。そして最高尚宮が詳しく説明している最中に、オ・ギョモと御医まで呼びつけた。

「では味が変わったのは、醤庫の近くにあった木を切ったからだというのか？　オ・ギョモ、それは確かか？」

「はい、殿下。甕に木の葉が入るとたびたび問題になっておりましたので、今年の初めに醤庫周辺の木々を伐採しました」

「花粉が醤の味をよくすると言うことだが……。どうだ、御医の意見は？」

「料理のことは存知あげませんが、花粉にすばらしい酵素作用があるという点では一理あるかと思います。明《みん》国の医書によると、花粉は殺虫と消毒の効果があるため、外用薬としても愛用されているとのことです」

「そうか。となれば民にも広く伝えなければならぬ。味と健康の両面に優れているとは、これ以上のことはない」

「仰せのとおりです」御医が言った。

「チョン尚宮が聞かせてくれる料理の話は、余にとってまさに薬だ。ハン尚宮と言ったな?」

王は出し抜けにハン尚宮の名を呼んだ。ハン尚宮は思いがけず名前を呼ばれて戸惑いを隠せなかった。

「はい、媽媽!」

「まことに立派ぞ」

完璧な勝利であった。最高尚宮はこの勢いを逃すまいと、畳み掛けるように別の問題を提起した。

それは大殿を出てオ・ギョモの執務室に集まったときであった。

「水刺間に入ってくる塩は最高級ですが、他の焼厨房に入ってくる塩はそれに劣ります」

オ・ギョモとチェ尚宮は、緊張した面持ちで最高尚宮を見やった。

「そうなのか?」オ・ギョモが言った。

「餅果房《ピョングアバン》と生果房《セングアバン》も水刺間同様に殿下と王族の食事を用意するところですので……」

「わかった。確認するとしよう」

オ・ギョモは話を強引に終わらせようとしたが、最高尚宮は白々しく言葉を続けた。

「ですので長番内侍様、当分のあいだ焼厨房に入ってくる物品は、私が検閲したいと思います」

「体調もよくないのに負担ではないか?」長番内侍が言った。

「このたびは大変な苦労をしました。ですから今後はどのような些細《ささい》なことでも見過ごしてはならぬと痛感した次第です」

「いいだろう。ではそうしなさい」

長番内侍が快諾すると、提調尚宮はすかさず反論しようと身を乗り出した。だが、オ・ギョモはそんな彼女に「黙っていろ」と目で制した。長番内侍は決定を覆すような人間ではないし、今はいろいろな意味で間が悪いと、その目は語っていた。

チェ尚宮の顔に影がさしていた。

第十一章

微笑

ヤア、ヤア、という勇ましい声が、轟《とどろ》くように遠くから聞こえてきた。菜園の向こうには内禁衛《ネグムウィ》の訓練場があり、そこで兵士たちが武術の訓練をしているようだった。

あのころ菜園にはペクボン《百本》（黄耆《おうぎ》）の芽が鮮やかに吹いていた。冬が到来し、今は丸々としたスン菜《チェ》（白菜）が畑を埋めつくしている。チャングムはスン菜煎《ジョン》を作ったときを最後に、ここへは訪れていなかった。気がつけばあれからもう三か月の月日が経《た》っていた。スン菜の饅頭《マンドウ》を作ったこともまるで遠い昔のことのようだ。季節が変われば天地が別世界を描くように、その間にたくさんの出来事があり、そしてたくさんの変化があった。なかでも決定的な変化は、やはり味覚を失ったことであった。

チャングムがチョン・ウンベク主簿《チュブ》に会ってくると告げると、ハン尚宮《サングン》は真っ向から反対した。宮女《きゅうじょ》が医官に診てもらうことは許されていなかったし、何より今は自分たちと水刺間《スラッカン》の運命がかかった、大事な料理対決の最中である。行動には細心の注意を払うべきだった。

医官に診てもらえないからこそウンベクを頼るほかはないと、チャングムはハン尚宮を説得し、繰り返し頼み込んだ。また、最初の対決に勝ったことへの褒美にしてほしいと、駄々をこねたりもした。そうしてようやく許可された外出休暇で、チャングムは茶栽軒《タジェホン》を訪れていたのだった。

チャングムに気づいた男たちが遠くから手をふった。彼らの目は、以前のように酔っ払ってだらしなく緩んでなどいなかった。日に焼けた顔と腕は、誰の目にも健康そうに映った。

「まさかまた問題を起こして追い出されたんじゃないでしょうね？」

男のうちの一人が冗談まじりに声をかけてきた。

「違います。ところでチョン主簿は相変わらずお酒ばかり飲んでいるのですか？」

「最近は何か別のことに夢中になっているようで、私たちにもよくわからないんです」

「茶栽軒には来ているのですか？」

「ええ、おそらく。ゆっくりお探しください」

チャングムは彼らと別れてあちらこちら探した末に、ようやくウンベクを見つけた。ウンベクは背を向けて地面に蹲《うずくま》っていた。チャングムは彼を驚かしてやろうと、足音を消してそっと近づいていった。

「ナウリ！」

驚いたのはむしろチャングムのほうだった。ふり向いたウンベクは網のようなものをかぶっていた。顔も見ることができないまま、チャングムはやにわに頭を押さえつけられた。不意打ちを食らって突然、身動きが取れなくなってしまった。すると次の瞬間、「ぶうん」という音が聞こえ、蜂《はち》の群がすぐそばにいることを察した。じっとしたまま蜂がおとなしくなるのを待っていると、羽の音はだんだんと小さくなっていった。

「相変わらずそそっかしいやつだな」

ウンベクはチャングムの身体を離すと、手をはたいた。

「穴蜂の養蜂《ようほう》を始めたのですか？」

「そういうわけじゃない」

「ではなぜ蜂を育てているのですか？」

「蜂針が治療用の針よりも効き目があるのか調べているんだ」

「蜂針でも病気を治せるのですか？」

「すぐ隣に内禁衛の訓練場があるだろ？　蜂に刺された兵士を治療してやったことがあるんだが、そのとき奇妙なことがわかってな」

ウンベクはそう言いながら顔を覆っていた網をとった。チャングムはようやく顔を見ることができた。その顔は以前に比べて血色がよく、ほどよく肉もついていた。あのウンベクとは思えないほど、顔つきが神妙だった。

「訓練で怪我したところを偶然蜂が刺した。大事な経穴を刺されて実は心配していたんだが、翌日目覚めると、不思議と腫《は》れはすっかり引いて持病の慢性神経痛もなくなったって言うんだ」

興味深い話だった。

「ナウリ！　実は私、味覚を失ってしまったのです」

チャングムが事情を話そうと口を開いたとたん、突然周囲が騒がしくなり、内禁衛の兵士たちがこちらへ走ってきた。そこにはミン・ジョンホもいた。チャングムとジョンホは偶然の再会に嬉《うれ》しさと驚きで目を丸くさせた。しかし言葉を交わす余裕などなかった。兵士が蜂に刺されたため急ぎ治療に当たらねばならなかった。

「チョン主簿でいらっしゃいますね？」ジョンホが言った。

「そうですが……」

「内医院の医官であるあなたは、兵士たちに一体何を話したのですか？　なぜ危険を冒してまで蜂の巣を探せと言うのですか？　蜂に刺された気の毒な兵士が何人いると思っているのです！」

怒っているジョンホは別人のようだった。ウンベクは聞いているのかいないのか、急いで治療を始めた。刺された皮膚はすでに赤く腫れあがっており、痛みをこらえるのがつらそうであった。多くの場合、時間が経つにつれ症状は治まっていくのだが、まれに蜂の針液に敏感に反応する人がいる。そういう人は身体中に蕁麻疹《じんましん》ができ、呼吸困難と心臓麻痺《まひ》で死亡する可能性があった。そのため迅速な処置が必要だったのである。

ウンベクは応急処置を終えると、チャングムに話したことをジョンホにも話して聞かせた。ジョンホは説明を聞きながら納得し、誤解があったことを詫《わ》びた。

「そういうこととは知らず失礼いたしました」

「医官はやたらとしゃべってはいけないのですが、あまりに不思議な出来事だったので私もつい口が滑ってしまいました」

「しかし蜂針というのはまことに効果があるのですか？」

「いろいろと試してはいるのですが……」

「幼いころ蜂に刺されて死んだ人を見たことがあります。危険極まりない事態にもなりかねません」

「よく承知しております。ですから兵士たちには、ヤブ医者の言うことを聞いたらあの世に行くことになるかもしれないと、大いに怖がらせておいてください」

ジョンホはウンベクの冗談に笑いながら、チャングムに目礼した。しかしチャングムはそのことには気づきもせず、じっと何かを考えている風だった。よく見ると瞳《ひとみ》には憂いの影がさし、頬《ほお》もこけているようだった。ジョンホは胸が痛くなり、その場を離れることにした。しばらくすると背後からチャングムのしきりに頼み込むような声が聞こえてきた。

「だめだ！」ウンベクが言った。

「ナウリ！　お願いです、私で蜂針を試してみてください」

「味覚を失ってつらいのはわかるが、仮にも医官が検証も十分でない状態で施術などできるか！」

その声はジョンホの耳にまでしっかり届いていた。味覚を失ったとは、どれほどの衝撃を受けたことだろうか。ジョンホはチャングムを気の毒に思うあまり、凍ったようにその場に立ち尽くした。

〝あのか弱いお方に、何ゆえ次から次へと試練がふりかかるのだ。どこまで強くなれと、試練を与え続けるのだ〟

ジョンホは重い足どりで訓練場に向かった。ウンベクの「だめだ」と怒鳴る声は、ジョンホの背後で、ずっとこだましていた。

チャングムがいくらすがりついて頼んでも、ウンベクは撤回しようとしなかった。まるで「だめだ」という言葉しか知らない者のようだった。

「高麗人参《こうらいにんじん》と肉豆蔻《にくずく》を食べて味覚を失ってしまったとは……。何がなんでも治療法を見つけてやる。だからこんな風にすがりつくのはやめろ。お前はいつだって私の心を落ち着かせなくさせる」

チャングムはウンベクに会うと、まるで父親に会ったように心安らかになる。だがウンベクは自分に会うと心が落ち着かないという。チャングムはすっかり気落ちして背を向けた。涙がひと粒、流れて落ちた。

何の収穫も得られないまま帰らなければならない心も、初冬の風景も、これ以上ないくらいに寂しかった。蕭然《しょうぜん》たる山の尾根に沿って、すすきが波打つように揺れていた。風に押されて穂を垂れるすすき。そんなすすきまで「だめだ」と手をふっているように見えた。そのとき、さらさらと揺れるすすきの群生のなかで、濃い青色の帯をなびかせながら一人の男が立っていた。ジョンホだった。

「待っておりました」

チャングムは思わず涙が出そうになって、遠くの空へ視線を逃がした。いつしか陽《ひ》は傾き、すじ雲が赤く染まっていた。

「独りでお帰りになるのは寂しかろうと思いまして、夕焼けを見ながらここで待っていました」

夕焼けはジョンホの顔をも赤く染めていた。自分を待ってくれる人とともに帰れる道があるなら、どんなにいいか。しかしチャングムの前に進むべき道は見えず、隣にいる人とは別の道を歩かねばならなかった。

「唐《とう》の国の時代、耳の聞こえなくなった奏楽者がいたそうです」

ジョンホは不意に耳の聞こえなくなった奏楽者の話を始めた。味覚を失った宮女の身の上のような奏楽者のお話……。

「奏楽者が聴覚を失ったのですから、それはつらかったそうです。医院という医院をすべて訪ね、よいと言われた治療もすべて受けました」

「それで、再び聞こえるようになったのですか？」

「いいえ。その代わりに天下一の医者となりました。その奏楽者は亡くなる直前に再び楽器を手にしましたが、これもまた天下一の演奏だったそうです」

あらゆる医院を訪ね歩いているうちに、医術を会得したという話であった。

「このような話は何の慰めにもならないと思いますが、どうか勇気を失わないでください」

ジョンホは恥ずかしくなってはにかみ、チャングムも面映《おもは》ゆくてほほえんでいた。

「何と言うか……。喜ばしいことであれば悪い話も善い話に転じるのですが、悪いことには何を言えばいいのか非常に悩みます。きっとうまくいきます、と言うのはあまりにありふれていますし、残念でしたね、と言ってもからかっているようで……」

チャングムはジョンホの言葉に黙って耳を傾けていた。こうしてあなたがそばにいてくれるだけで慰められますと心のなかでつぶやきながら……。

陽は暮れて辺りが薄暗くなった。すぐに夜の帳《とばり》が降りてきて、いま見えているこの道もやがて闇《やみ》に覆われてしまう。いまはジョンホがそばにいるけれど、この先歩まねばならない無味な道は一体誰と歩けばいいのだろう。チャングムは行き詰まりを感じながら、広がる闇をじっと見つめていた。別れ際、ジョンホは教書閣《キヨソガク》に立ち寄り、医書を何冊か貸してくれた。チャングムが医書を受け取って最初の頁を開くと、手紙がはさまっていた。

小さな銀杏《ぎんなん》は芽を吹くにも苦労するけれど
孤独な竹は誰に頼ることなくその青い肌を輝かす
軽い影はしばし重いだけ
陽が暮れれば再び黄昏《たそがれ》が美しい

自分を励ますための手紙だということはよくわかっていた。だがチャングムはこの詩にさえも絶望を詠んでしまう。聴覚を失った奏楽者が医者という新しい道を開いたように、味覚の境地に至れないお前も別の生き方を選んでみたらどうだ、そう言われている気がした。陽が暮れても黄昏が美しいように、喪失はまた別の希望につながる、そう諭されているのも痛いほどわかった。だがそれでも、チャングムは今の希望を失いたくなかった。どこかに輝かしい別の未来が待っていようとも、この悲痛で愚かな希望のほうがはるかに大事だった。水刺間の最高尚宮《チェゴ》になりたい、それがチャングムの切なる希望であった。

毎年行われる新味題《シンミジエ》の日が近づいていた。新味題とは、材料を工夫してこれまでにない新しい料理を創作する試験のことで、水刺間の内人《ナイン》なら避けることのできない通過儀礼のひとつである。最高尚宮はチェ尚宮とハン尚宮に新味題の審査を任せることとし、それぞれの上級内人が手がける料理をもって、第二回目の料理対決を行うことにした。たとえそれが内人の受けるべき試験だとしても、チャングムとクミョンにはさらに重大な課題まで与えられることになった。

ある日、ヨンノが新味題の課題になりそうなものを探していると、医女《いじょ》のシヨンの部屋から出てくるチャングムを見かけた。ヨンノはそのことをうっかりクミョンに話してしまい、クミョンから話を聞いたチェ尚宮はさっそくシヨンを呼びだした。

「一時は味覚を失いましたが、少しずつ回復に向かっています」

シヨンは、適当にはぐらかすつもりが逆に問いただされ、結果的に災いのもとを提供することになってしまった。チェ尚宮はヨンノにチャングムを監視するよう命じると、ヨンノはチャングムのあらゆることを探り始めた。ハン尚宮の奥義が伝授されるところを盗み見たり、チャングムが留守のときに部屋に忍び込み、数々の医書の題目を書き写したりした。そうしてチェ尚宮が罠《わな》を仕掛けているあいだに、とうとう新味題の日を迎えることになった。

水刺間の前庭には長くて背の高い膳《ぜん》が置かれ、内人たちは緊張した面持ちで自分の作った料理の前に立っていた。チェ尚宮とハン尚宮は料理の味をみてまわった。ヨンセンは高麗人参と長芋《ながいも》の冷菜を作った。

「長芋を入れたのか？」チェ尚宮が言った。

「はい、長芋は気力が衰えたときに食べるといい食物です」

「そうだ、山の薬といって強壮剤として用いられてきた。生で食べても消化がよいため、冷菜の材料にとても適している」

「そうですよね？　本当にそうですよね？」

ヨンセンは嬉しくなって何度も念を押した。

クミョンはスン菜でキムチを作った。チャンイはくるみのつくだ煮、ヨンノは雉肉《きじ》の煮つけをそれぞれ作った。ところがチャングムの前に料理はなく、竹筒だけがぽつんと置かれていた。

チェ尚宮は上目づかいにチャングムをにらみながら言った。

「これは何だ？」

「竹筒ご飯でございます」

「竹筒ご飯とな？」

「竹に含まれている天竹黄《てんちくおう》は薬料としても重宝されています。竹筒のなかに穀物を入れて炊くと竹の樹脂と天竹黄が溶けだし、甘くて香ばしいご飯ができるのでございます」

チェ尚宮は竹筒ご飯を口に運んだ。その美味《おい》しさに内心驚きはしたが、平然とした顔でひとこと言い放った。

「まああだな」

ハン尚宮の評価では、発想の奇抜さと芳《かぐわ》しい香り、そして甘さと香ばしさが調和した、一位に値する見事な料理であった。クミョンのキムチもさっぱりした後味で絶品ではあったが、チャングムの竹筒ご飯には及ばなかった。

ハン尚宮は満足げに顔をほころばせていた。ところがチェ尚宮は一位を決める段になって予想外の提案を出してきた。

「次はお前たちが評価してみなさい、隣の子の料理を試食するのです！」

チャングムはぎくりとしてハン尚宮のほうを向いた。ハン尚宮は戸惑い、その提案の意図を探ろうと、チェ尚宮の次の言葉を待った。

「最高尚宮様がおっしゃるに、料理の腕は人それぞれ異なるが、味をみることは概して平等であると。ならば私の舌だけでどうして評価できよう。それぞれ交換して友の料理を評価してみなさい」

どうやら最高尚宮の信念について疑いを抱いているようであった。チェ尚宮は、料理は平等などと言うような立派な人間ではない。何かを察してわざとそんなことを言っているのであれば、この場は切り抜けられるとしてもすべてを知られるのはもはや時間の問題だ、ハン尚宮はそう思っていた。

ハン尚宮とチャングムがまごついているあいだ、ヨンノはすばやく自分の料理とチャングムの料理を交換した。チャングムは罠が仕掛けられていることも知らずに、ヨンノの雉肉の煮つけを食べながら、どういう味がするかとあれこれ考えていた。

「雉肉の淡白な味と水飴《あめ》の甘さ、それに醬油《しょうゆ》の味が適度になじんでいてとても美味しいです」

チャングムは味を評価してみろと言われてたどたどしくそう答えた。チェ尚宮は口を歪《ゆが》ませて笑った。

「そうか」

よくぞ引っかかったという表情であった。

審査が終るとハン尚宮とチェ尚宮は最高尚宮のところへ赴いた。そこでチェ尚宮は意外なことを口にした。

「チャングムの竹筒ご飯が最高でございました」

最高尚宮はひとまず様子を見ようと、調子を合わせて言った。

「ほう、そうか」

「はい、竹筒に米や栗《くり》、ナツメなどを入れて炊き込んだのですが、これがまことに美味でございました。しかしながら最高尚宮様!」

〝そうくると思ったぞ!〟

最高尚宮は予想どおりだと言わんばかりであった。

「チャングムの味覚が完全におかしくなったようです」

「何だと? そんな馬鹿な!」

最高尚宮は反論したが、ハン尚宮は真っ青になって顎《あご》をぶるぶると震わせた。

チャングムは最高尚宮に呼びだされた。チェ尚宮はチャングムの味覚が正常か否か調べるために、あるものを準備していた。チャングムが来たとき、そこには大きさも形も等しい三つの小皿が並べられていた。

「それらの皿にはそれぞれ塩水、砂糖水、酢水が入っている。いずれも極少量ではあるが、水刺間の者であれば誰でもその味を区別できるだろう。やってみなさい」

チャングムはようやく事態を把握して、ぎゅっと目をつむった。不吉な予感は見事に的中した。ヨンノの雉肉を試食したときから、ずっと不安がつきまとっていたのだ。

チャングムは目の前の皿を凝視した。色も量もすべて同じ。これらを判別できるのはこの世でただひとつ、人の舌しかないように思えた。もちろん味覚の狂っていない舌に限ってはいるが。逃げも隠れもできない。当たって砕ける以外方法はなかった。チャングムは三つの皿のうちのひとつを手にとり、唇を濡《ぬ》らした。最高尚宮は渇いた唾《つば》をのみ込んで、訊《き》いた。

「何の水だ？」

「……さ、砂糖水です」

チャングムはそうやって残りふたつの水についても勘だけで答えた。

「もうよい。それらはすべてただの水だ。下がりなさい」最高尚宮が言った。

泡が消えるように、チャングムの存在は一瞬にしてしぼみ、そして果てしなく小さくなっていくようだった。肩を落として力なく去っていくチャングム。ハン尚宮はそんなチャングムの後ろ姿を痛々しく見つめた。

「媽媽《ママ》！　味覚を失ったのは事実ですが、チャングムには味を創りだす才能があります」

「ハン尚宮はこのことをすでに知っていたのですね？」チェ尚宮が言った。

「私が責任を持って教育していきます」

「殿下《でんか》の水剌《スラ》を預かる仕事だ。味覚を失った宮女に、そんな大事な仕事をどうやって任せるというのだ」最高尚宮が言った。

「これまでも味覚の障害がありながら他の内人たちよりすばらしい働きをしてきたではありませんか。醬《ひしお》の味が変わった原因を突き止めたのもチャングムです。それで味噌鍋《みそなべ》を作ったのもチャングムです」

「たまたまそうなったのでしょう」チェ尚宮が言った。

「いいえ、チャングムなら必ず克服します。味を創りだせる子なのです」

「ふん！　味を創りだす？　まるでこじつけです」

「チェ尚宮も竹筒ご飯が一番美味しいと言ったではありませんか」

「竹筒ご飯は味つけの要らない料理です」

「あの子なら作れます。これまでもそうして来たし、これからも変わりません。私が指導すればチャングムはどんな料理でも作ることができます」

「どんな料理でも作れるですと？　いいでしょう」

チェ尚宮は最高尚宮に視線を移すと言った。

「媽媽！　このたび進上された鯨の肉ですが、いかに調理するかとお考えになっておられましたね？」

「そうだが」

「熟手《スクス》たちも鯨の肉は初めて調理するので頭を悩ませております。そこで、もしもチャングムが鯨の肉で新しい料理を創りだすことができたら、黙ってあの子を受け入れましょう。ハン尚宮の言うとおり、誰も味わったことのない料理をチャングムが創りだせるというのであれば」

最高尚宮もハン尚宮もすぐに答えることができなかった。チェ尚宮はそんな二人に向かって強気に詰め寄った。

「しかし、それ相応のものが作れなかった場合、チャングムはもちろん、職務への公私混同という意味で、ハン尚宮にもきつくその罪を問うことになります。それでもやりますか？」

選択の余地などなかった。

「わかった。チェ尚宮の提案を受け入れよう。ハン尚宮、承知したな？」

ハン尚宮に向けた最高尚宮の言葉には、チャングムのことを事前に相談しなかったことへの恨みと叱責《しっせき》が込められていた。


その話を聞いたチャングムは真っ先にウンベクを訪ねた。

「だめだと言ったではないか！」

「ですが、いずれ誰かが試さなくてはなりません」

「その誰かがお前でなきゃならん理由などない」

「そうではなく、私だから試せるのだとお考えください。成功しても失敗しても、ナウリを恨むようなことは決してしてしまいません」

「恨まれることが問題ではない。取り返しのつかないことになるのではないかと心配なのだ。私が治療したことで、患者にさらなる苦痛を強いることになるかもしれない、そう思うと怖いのだ」

「私は大丈夫です」

「……そういう無謀なところが、いつもお前を危険なほうに追い込んでいくのだ」

「その無謀なところが、常に私に新しい一歩を踏みださせるのです」

「生涯を上監媽媽《サンガム》の水刺に捧《ささ》げるにしても、自らの命までかける必要があるのか?」

「上監媽媽の水刺のためではございません。自分自身のためです」

「命を落とす可能性もある。ましてや私が針を刺すわけじゃない、蜂が刺すのだ。どこをどう刺すかもわからないのだぞ!」

チャングムはここである提案をした。ウンベクはそれについて深く考えた。そして本当に可能かどうかあれこれ言い合っているうちに、結局チャングムの提案を受け入れることになった。その提案とは、蜂が直接患部を刺すのではなく、予《あらかじ》め蜂から針を抜きとっておいて、その針でウンベクが施術するというものだった。

ウンベクは味覚神経が集まっている経穴をひとつひとつ慎重に探して針を入れていった。ウンベクは施術を終えると、チャングムに薬袋を投げてよこし、じろりとにらんだ。熱心に治療にあたってくれたときの真剣な顔はどこへやら、チャングムが愚かに見えて仕方ないといった表情であった。

「息が苦しくなったり身体がかゆくて耐えられなくなったりしたら飲むんだ。蜂の針液を解毒する煎じ薬だ」

「解毒したら、蜂針の効果もなくなってしまうのではないですか?」

「この馬鹿者! 息ができなくて死ぬかもしれないのに、それでも薬を飲まずに耐えるっていうのか?」

「い、いいえ、薬は飲みます」

　チャングムは稲妻のような怖い声にびっくりして、煎じ薬を持ってあたふたと出ていった。それから大きな声で叫んだ。

「ナウリ、ありがとうございます、そして申し訳ありませんでした」

「調子のいいことを言うな！　気持ち悪くて背中に虫唾《むしず》が走る！」

　しかしチャングムはウンベクとの約束を守らなかった。全身が腫れてかゆくなっても、煎じ薬を飲まずに最後まで耐え抜いた。どこまでも強気で素直じゃない自分に、愛想が尽きる思いだった。だが、強くないと生きていけなかった。弱いことは罪であった。弱ければ自分はもちろん、周りの人たちにも迷惑をかけることになる。それが宮廷で生きていくということだった。

　チャングムは、熟手の調理場にトックがいると聞いて走って会いに行った。トックだったら鯨の肉について何かしら知っているかもしれないと思ったのだ。トックは釜《かま》の蓋《ふた》をひっくり返して蜂の巣をのせ、そこへとき卵を注いで何かを作っていた。トックはチャングムに真っ赤な血の塊を差し出した。

「これは何ですか？」

「胆嚢《たんのう》だ。ものすごく苦いのを食べると、味覚が戻ってくると聞いて手に入れたんだ」

「あとで、あとでいただきます。それよりおじさん、鯨の肉を食べたことあるでしょ？」

「もちろん、あるさ。あれは東海《トンヘ》に行ったときのことだ。船に乗って沖に出ると、家みたいに大きい鯨に出会った。するとやつは船を丸呑《の》みしようと、がばっと口を開けて……。ともかくあれは桁《けた》はずれに大きかった」

「食べてみましたか？」

「もちろん。あいつに食われなかったから、今こうして生きているんじゃないか。味はそうだな、魚みたいな、肉みたいな。とにかく部位によって味が違うから、十二種類もの味があるといわれている。あの味をずばり何て言えばいいのか、つまりその……」

「肉のようなら牛肉に似ているのですか？」

「まるで同じというわけじゃないんだが、似ているな。うん、とても似ている」

このとき長番内侍《ネシ》が調理場に入ってきて、乱暴なまでにトックに反撃した。

「きさま、お前が食べたことのない食べ物がどこにある！　五十年寝かせた鰻《うなぎ》、百年寝かせた白蛇、千年寝かせた野生の高麗人参……。このインチキな男のせいで、わが息子たちはいまだモヤモヤしているのだぞ！」

妙な丸薬を売りつけたときの誤解は解けたはずだった。それでも長番内侍はトックを懲らしめてやろうと躍起になった。チャングムは先に失礼するといって、胆嚢を持って出ていこうとした。トックはそんなチャングムにそっと耳打ちした。

「チャングム、牛肉の味だからな」

そのころチェ尚宮は、兄のパンスルが手に入れてきた鯨の肉の調理法を、オ・ギョモから伝え聞いていた。

「水刺間だけでなく、焼厨房《ソジュバン》で仕入れる塩もすべて最高級の塩に替えた。形だけの最高尚宮のはずが、あの者一人にふりまわされて何たるざまだ！」

「もうしばらくお待ちください。自分で自分の首を絞めていることも知らず、いい気になっているのでございます。息絶えるのも時間の問題です」

「今回はソ・チャングムという邪魔者から片付けよ」

「言われるまでもございません」

チェ尚宮がにらんだとおり、二番目の対決の勝機は、はじめから一方に傾いてるように見えた。水剌間の人々が出てきて見守るなか、男の使用人たちが鯨の肉を運んできた。チャングムはそれを目にしたとたん弱気になり、ハン尚宮もため息をついた。調理法を予め覚えてきたチェ尚宮たちにくらべ、チャングムたちの知識はまっさらであった。

使用人たちが材料を置いて出ていくと、チェ尚宮が前に出て言った。

「はるか沖合で捕らえられ、進上された鯨の肉だ。簡単に手に入らないこともあって、これまで宮廷でも料理したこともなければ、食したこともない。鍋と蒸し物は上級内人の役目であるから、チャングムとクミョンが調理するように」

厳達が下ると、チェ尚宮とクミョンはすぐさま手を動かし始めた。チャングムはぼんやりと鯨の肉を眺めるだけだったが、やがて味をみようと生のままつまんで口に入れた。チャングムは首を傾《かし》げ、その姿を見ていたハン尚宮も心配そうに首を傾げた。

だがそのまま何もしないわけにはいかなかった。チャングムは突然袖《そで》をまくり上げると、与えられた材料に手をつけ始めた。料理がひらめいたようだった。ハン尚宮もほっとして料理にとりかかった。

やがてそれぞれの料理が完成した。誰も食べたことのない食材ということで、特別に最高尚宮が味をみることにした。ハン尚宮は熟肉《スユク》（茹《ゆ》で肉）を作った。チェ尚宮も同じものを作ったが、こちらは味付けされていた。

「海のものだが、肉質は牛肉のようにやわらかい」最高尚宮が言った。

「はい。ですが牛肉と違って生臭いので味付けを濃くしてみました。また、鯖《さば》のように脂気があったので、ごま油はごく少量に抑えました」チェ尚宮が言った。

「臭みもなく、やわらかい肉質が梨汁《なし》とあいまって牛肉のユッケに劣らぬ味だ」

最高尚宮はチェ尚宮の料理を大いに褒め、今度はクミョンが作ったチム（蒸し物）の前に足を運んだ。

「ふむ、これもとても美味しい」

チャングムが作ったのはサンジョク（肉の串《くし》焼き）であった。最高尚宮はそれをひと口食べると首を傾げた。そして何も言わずにすぐに大殿へ持っていくように命じた。チャングムは緊張と不安で膝《ひざ》ががくがくしたが、あとは王が召し上がり、どう判断が下されるかを待つしかなかった。

最高尚宮は大殿から戻ってくると、水剌間のすべての人間を大広間に招集した。余った鯨の肉を調理して食べながら、皆で日頃の仕事を慰労することにしたのだった。

「皆初めての材料にもかかわらず、すばらしい料理に仕上げてくれてありがたく思う。特に、殿下にあられては、チャングムが作ったサンジョクを召し上がって大変満足された」

あちらこちらから歓声がもれた。チャングムはあまりの嬉しさにどうしていいかわからなかった。大殿にともに赴き、すでに結果を聞いていたハン尚宮とチェ尚宮は、特に表情を変えることはなかったが、クミョンは一人瞳を曇らせていた。

「鯨の肉は新しい食材だ。全員ひと口ずつ試食してみなさい」

われ先に食べようと、場内が急に騒がしくなった。チャングムも高鳴る胸を落ち着かせて、ひと切れつまんで口に入れた。一回、二回……。肉を噛《か》みしめるたび、チャングムの表情がみるみる変わっていった。こわばっていた顔をほころばせるチャングムに、ヨンセンが嬉しそうに言った。

「チャングム、あなたってやっぱり天才よ、天才!」

向かい側に座っていたクミョンは、その言葉を聞いて青ざめた。それまで沈黙していたチェ尚宮が発言したのは、まさにそのときだった。

「媽媽! 私が負けました」

全員が食べるのを止めて、突然何を言いだすのかとチェ尚宮を注目した。

「これまで扱ったことのない鯨の肉で、このような料理を考えるとは驚きました。ましてやチャングムは味覚を失ったというのに」

場内が再び騒然となった。チャングムが味覚を失ったという事実が、全員に知れわたった瞬間であった。

「チャングム! 味覚を失いながらもこのような見事な料理を手がけるとは天晴《あっぱれ》だ」チェ尚宮が言った。

「実は……そういうことではなく……」

「しかしながら申し上げます！　水刺間は料理の腕がいいというだけで居られる場所ではありません。幸いにもこれまでは支障なく過ごしてきました。ですが、これからはチャングムが料理するたびに不安がつきまとい、ともに働くことなどできません！　才能を発揮できないのはまことに残念ではありますが、味覚が戻るまでは水刺間を離れるのがやはり筋かと存じます」

「これまで問題がなく、ましてやまだ問題も起こしていないうちから追い出すとは、おかしくないか？」

「そう申されるのであれば、皆の前で確かめさせるべきかと」

「確かめる？」

最高尚宮の困惑した眼差しが、チャングムの目を捉《とら》えた。チャングムはその挑戦を受けて立つと目で合図した。最高尚宮はそれでいいのかと眉《まゆ》を上げて確認した。チャングムはそっと目を閉じて、開いた。

「わかった、そうすることにしよう。チェ尚宮が用意するあいだ、お前たちは料理を食べてしまいなさい」

チャングムが味覚を失ったという事実に関心を奪われ、全員食事どころではなかった。なぜそんなことになったのかと心配する声から、まんまと騙《だま》されたという皮肉まで、チャングムは質問攻めにあった。おかげでハン尚宮にだけこっそり伝えようと思っていたことも、言えずじまいであった。

小ぶりの壺《つぼ》が五つ運ばれてきた。各々の壺の前には醬油皿が並べられており、そこにはあみの塩辛の汁だけが入っていた。

「ちょうど見習い生たちがあみの塩辛について習うころなので、用意してみました」

見習い生のことなど口実に過ぎなかった。汁の味だけをみて何種類ものあみの塩辛を区別するのは、味覚の正常な内人にさえ難しいことであった。しかしチャングムは文句も言わずに五つの皿の前に立った。そして最初の皿の汁を舐《な》めると、特に迷う様子もなく自信ありげに答えた。

「これはオジョッです」

「なぜそう思う？」

「オジョッは五月に獲ったあみだけで漬け込みます。あみは肉がつき始めるころで、身が赤く甘いのが特徴です」

最高尚宮の指示によりチェ尚宮が壺の蓋を開けた。なかには間違いなくオジョッが入っていた。一度ならまぐれということもあり得ると思ったのか、チェ尚宮は特に驚きもしなかった。

「次はどうだ」

「これは六月に漬けたユクジョッです。ほかのものに比べて塩辛く、歯ごたえもよくて、惣菜として好んで食べられます」

これも正解であった。チェ尚宮はだんだんとうろたえ始めた。

「次は？」

「これは秋に水揚げされるあみで漬けたチュジョッで、身は小ぶり、皮が薄いのが特徴です。薄味で風味があり、和《あ》え物、キムチ、汁物を作る際に使用します」

チャングムは続けてセハジョッ、サンムジョッまで見事に当てた。

チェ尚宮はそんなはずはないとばかりに首をふった。

最高尚宮はほっとしながらも、どういうことか気になってチャングムに訊いた。

「チャングム、味覚を失ったのではなかったのか？」

「申し上げようと思っていたのですが……。実は味覚が戻ったのでございます」

「おお、そうか！　それはまことによかった」

最高尚宮はどよめく場内を鎮めてから話し始めた。

「みな、お聞きなさい！　チャングムが味覚を失ったのは、王子様の麻痺を治そうとして高麗人参と肉豆蔲を食べたためだ。料理人が危険をかえりみず自らの身体を実験台にして原因を突き止めたことは無謀と言えなくもないが、必ずしも責められることだけでもない。我々は苦楽をともに分かちあってゆく宮女だ。一人でつらい思いをしてきたチャングムの痛みを、今からでも皆で分かちあうべきではないだろうか。私はこの先も、失敗したからといって誰かを追い出すのではなく、苦楽をともにしながら手を取り合って歩んでいこうと思う」

場内は粛然とし、チェ尚宮は塩辛の汁の入った皿ばかりじっと見つめていた。それはぞっとするほど恐ろしい目だった。皿は今にも、パリン、と音を立てて真っ二つに割れそうであった。チェ尚宮は、内人から見習い生まで全員が揃《そろ》った席で、見事に恥をかかされた結果となった。

集会がひらけたあと、チャングムはウンベクのところへ飛んでいって、味覚が戻ったことを報告した。ウンベクがたいそう歓んでくれると思いきや、彼の関心は蜂針の効果にばかり注がれた。チャングムがその対応にふくれると、感謝しているなら酒でもおごれと絡んでくる始末だった。

茶栽軒からの帰り道、内禁衛の訓練場がふと目に映った。チャングムは立ち寄ってジョンホに礼を言おうかと考えた。しかしいつも口ばかりで誠意に欠けると思ったチャングムは、感謝の気持ちを何か形にして伝えることに決め、そのまま宿所へ戻っていった。


宿所ではヨンセンがチャングムを待っていた。

「どこに行ってたのよ」

「味覚を取り戻すのに力を貸してくださった方に挨拶《あいさつ》してきたの」

「私にはひと言も相談しないで、素振りすら見せなかったくせに」

「何も考えられないくらい途方に暮れていたのよ……」

「だったらなおさら話してほしかったわ。一緒に途方に暮れることもできたのに……」

「あなたまでそうなったら、もっとつらくなりそうで」

「私はいつだってあなたの力になれないのね」

「あなたがそばにいてくれるだけで、私はとても心強いの」

ヨンセンはその言葉に感動したのか、一瞬にして鼻先が赤くなった。そして涙を見られるのが恥ずかしくて、ふとんのなかにもぐり込んだ。チャングムも目頭が熱くなってきた。きまり悪さに何となく部屋のなかを見まわすと、積み重ねられた医書にふと目が留まった。

「とてもお世話になった人がいてね。その方にお礼をしたいと思っているのだけれど……何をあげたらいいと思う？」

「そうね……。絹の織物とか、ノリゲとか」

「どうかしら、そういうものはあまり好きじゃないと思う」

「お米は？」

「それもね……」

「じゃあ、気持ちをあげれば？」

「どうやって？」

「最高尚宮様が常日ごろおっしゃっているじゃない。料理には真心を込めるんだって。だから何か作って差し上げたら？」

「さすがね！　やっぱりあなたは最高の親友よ」

チャングムはさっそく出ていって食材を見繕った。いつもやっていることだったが、誰かのために、個人的に料理するのは初めてだった。切迫感と緊張感ではない、胸をときめかせながら料理するということ。チャングムはジョンホのために腕をふるいながら、ようやくそのことに気づいたのであった。

「使いを出そうと思っていたところでした」

ジョンホは走ってきて早口にそう言うと、しばらく呼吸を整えてから再び続けた。

「知り合いに腕のいい医者を紹介してもらいました。ソ内人の話をしましたら、治せるかもしれないと言っておりました」

「ナウリにお気遣いいただいたおかげで完治いたしました」

「何と、本当ですか？　ほほう、何と喜ばしいことだ。おめでとうございます。これまでのご心労お察しいたします」

「ありがとうございます。以前ナウリもお会いしたことのあるチョン主簿様が、蜂針を施してくださったのです」

「ならばなお喜ばしいことです」

「すっかりよくなりましたので、お借りしていた医書を返そうと思ってお呼び立てしました。それから……」

チャングムはもじもじしながら、料理を詰めた風呂敷包みを差し出した。包みの紅色よりももっと鮮やかに、チャングムの頬《ほお》が紅潮していた。

「ナウリにはずいぶんとお世話になったので、そのお礼に少しばかり夜食を包んで参りました」

「何もしてあげていないのに、なぜこのようなことを？」

「いいえ、書物を貸していただいたこともそうですし、励ましのお言葉や助言、それに……。ナウリがくださったすべてが、私に大きな力を与えてくれました。私は料理人として、召し上がる方のお顔がいつも笑顔でいられることを願っているのです」

「そうですか。武術は身につけても人を傷つけるだけですが、料理は人を歓ばせるものなのですね」

「この料理を通して、私の願いがナウリに伝わればと思っております」

受け取るジョンホも、渡すチャングムも、まともに顔をつき合わすことができなかった。チャングムは逃げるようにその場を離れ、ジョンホは礼さえ言えなかった。

内禁衛に戻ってきたジョンホは、さっそく包みを開けた。なかには色とりどりの熟實果《スクシルガ》（果物を使った韓国特有の菓子）があふれんばかりに詰まっていた。栗の甘露煮、ナツメの甘露煮、栗菓子、ナツメ菓子が、色鮮やかに筋状に並んでいた。ジョンホは食べることなど端《はな》から考えていないのか、いつまでもそれを眺めていた。そうやって見ているだけで、幸せになれる気がした。

〝召し上がる方のお顔がいつも笑顔でいられることを願っているのです〟

チャングムの言葉を思い出しながら、ようやく栗菓子をひとつつまんで口に入れた。よく嚙んでもいないうちから、ジョンホの顔に笑みが広がった。包みを渡しながら頰を赤らめていたチャングム。その姿を思い浮かべて、ジョンホはますますにこやかになっていった。


早朝から内侍府《ネシブ》より指示が下りてきた。ハン尚宮が最高尚宮の執務室に行くと、めずらしく寝坊をしたのか最高尚宮は鏡の前で髪を梳《と》いていた。結いをほどいた姿は、すっかり衰えた老女でしかなかった。ハン尚宮はその現実に胸ひしぐ思いだった。そして伝えるべきことも忘れてただ呆然《ぼうぜん》とした。

競いあう当事者たちよりも神経をすり減らし、心配事の絶えない日々。そのせいか近ごろいっそう年老いたように見えた。

「どうしたのだ」

「……はい。内侍府より、雲巌寺《ウナムサ》に派遣する水剌間の内人を一人選ぶようにとの伝言を預かりました」

「それはどういうわけだ？」

「チョ尚宮様が雲巌寺で療養中でございまして、世話係が必要とのことです」

「チョ尚宮様ならば、王妃様が輿入《こしい》れする以前からずっとそばについていらした保姆《ポモ》尚宮ではないか。王妃様もさぞかし心配しておられるだろう。水剌間はそれでなくとも人手が足りないから、生《セン》果房《グァバン》か餅《ピョングァバン》果房の内人から選ぶことにしよう。気立てのいい子はおるか？」

ハン尚宮が誰か適当な人物がいないかと考えているところへ、長番内侍が現れた。

「そなたももう耳にしたか？」

長番内侍が事前に連絡もなく執務室を訪れるということは、よくも悪くも何か大きな事態が起きたことを意味していた。

最高尚宮はひとまず覚悟を決めてから訊《たず》ねた。

「何かあったのでしょうか？」

「提調《チェジョ》尚宮が、最高尚宮を選ぶのに料理対決をさせるのは不当だと、大妃に申し出たそうだ」

「それはまことでございますか？　まったく、何を今さら……」

「成り行きからして形勢不利と考えたのだろう。チャングムの味覚も戻ってきたことだし」

最高尚宮とハン尚宮は言葉を失ったまま黙り込んでしまった。刻苦の末にやっとここまで来たというのに、ともすればふりだしに戻りかねない事態になったのだ。虚脱感で気力が一気に萎《な》えていくようであった。目的を果たすためなら手段と方法を選ばない者たち。彼らと正々堂々と闘うことがこれほど骨の折れることだとは思わなかった。こちらは険しいいばらの道のつもりで、一歩一歩、慎重に踏みだしながら誠実に進んでいっても、相手は平坦な早道を行き、それでもなお不服だと、便法まで用いていつの間にか先回りしていた。

大妃は朝の挨拶に赴いた王に、水刺間の最高尚宮を王が自ら選出することについて咎《とが》めた。これはあくまで内命婦《ネミョンブ》の問題ということであった。王は母の心情をおもんばかり、その咎めを聞き入れた。しかし、すべてを白紙に戻す代わりに、この件は大妃が責任を持って引き継いでくれることを強く申し入れた。自分にも興味のある事柄であり、民の食の手本となる水刺間の最高尚宮を選ぶのだからそれだけ重大な問題であると王は主張した。

こうして料理対決は新しい局面を迎えることになった。王子の誕生日を皮切りに、勝負は三回行うこととし、判定は大妃に一任された。

チェ尚宮は会心の笑みを浮かべた。不利な形勢を逆転できる機会が訪れたことに加え、チェ氏一族に好意的な大妃が判定を下すことになり、すでに勝ったも同然と考えたのである。さらに料理対決という名分もはっきりするのだから、なお好都合であった。

最高尚宮とハン尚宮は多少なりとも失望したが、それでもすべてが無為にならなかったことを、せめてもの慰めとした。

当初、王子の誕生の宴《うたげ》は盛大に行われる予定で、進宴《チニョン》の際の儀軌《ウイゲ》(行事計画表のような文書)用意された。ところが急きょ王命が下り、献立はご飯、汁物、惣菜の三品に変更することになった。長い梅雨で凶作が続いたせいで民は困窮を極めている、そこへ豪勢な誕生の宴などもってのほか、と王が激怒したのである。

大妃も王の意志に共感し、課題を新たに出題した。課題の内容は、これまで調理法がわからずに捨てたり避けたりしていた材料を使い、美味しく食べられる料理をあみだすこと、であった。

チャングムが材料を調達しに宮廷の外へ出かけているとき、ジョンホは急な任務を与えられて宮廷を留守にしなければならなかった。王命にしたがって、内禁衛の従事官《チョンサグァン》であるジョンホが、療養中の保母尚宮のために医官のチョン・ユンスと熟手のカン・トックを連れていくことになったのだ。保母尚宮が滞在している雲巌寺の近くには成均館《ソンギュングァン》の学田があり、最近になって収穫量が激減していた。内禁衛長はそのことで何か問題がないか調べるようジョンホに命じていた。

ジョンホはしばしの別れを告げようとチャングムに会いに行った。だが留守にしていると聞いて肩を落とした。雲巌寺は遠かった。行って帰るだけで優に五日はかかる。そのうえ学田のことまで調べるとなると、何日かかるかわからなかった。おそらく一か月は顔が見られないと思うと、チャングムが恋しくなった。

「まったく何ということだ……」

そんな風に思う自分が別人のようだった。ジョンホは気持ちをごまかすように、むなしく咳《せき》払いばかりした。

チャングムはハン尚宮にコムタン（牛のテールスープ）を作ってみたいと言った。食べる機会のさほど多くない料理であったが、気力を回復させ、疲れた胃を保護してくれる、民にとっては肉を食べる代わりの栄養食として好まれていた。ハン尚宮は司饔院《サオンウォン》で調達してくればいいと言ったが、チャングムはいい牛骨が要るといって市場の肉屋に向かった。仕方なく先に宮廷に戻ってきたハン尚宮は、クミョンが司饔院から牛骨をもらってコムタンを作っていることに、なぜか不安をおぼえた。

コムタンを煮だすには、何より時間をかけることが大事だった。しかしチャングムは夜になっても帰ってこなかった。夜が明けたころにようやく帰ってきたチャングムは、ハン尚宮の心配もよそに、白丁《ペクチョン》の村でいい牛骨を手に入れてきたと嬉しそうに言った。ヨンセンはたまらず文句を言った。

「だけどコムタンは材料の質よりも、どのくらい煮だすかがずっと大事なのよ」

「心配しないで、私に考えがあるの。コムタンを三日間も煮だすのは、脂を固めたり冷ましたりを繰り返すからでしょ。でも煮だった汁に紙を入れると、その紙が脂を全部吸いとってくれるから手間が省けるのよ」

チャングムは自信にあふれていた。味覚を取り戻したことで意欲が湧《わ》いているようだった。そのことはハン尚宮をいっそう不安にさせたが、ひとまず結果を待つことにした。

提調尚宮と至密《チミル》尚宮、長番内侍が緊張しながら待つなか、大妃が大広間に現れた。王妃まで従えてきた大妃は、どこか心穏やかでない様子だった。

チャングムとクミョンが膳《ぜん》を置いて下がっていった。ふたつの膳には、それぞれご飯とコムタン、小皿に盛られた惣菜が一品ずつこぢんまりとのせてあった。

「民はいつもこのような簡素な食事をしているのか？」大妃が言った。

「これよりもっと粗末なことのほうが、多いくらいでございます」

長番内侍の言葉に、大妃は舌を鳴らした。

「それゆえに王は一日たりとも気が休まらないのだ。ところで、惣菜は普段民が食べないような材料で作ったのだな？」

大妃はそう言ってチェ尚宮の膳に目をやった。見た目は塩辛のようだったが、よく見ると今まで見たこともないような変わった食材が小皿にのっていた。

「何の塩辛だ？」

「魚のエラだけで漬けた塩辛でございます。イワシやイシモチ、スケトウダラの卵と腸《はらわた》で漬けた塩辛はすでに広く普及されており、例外なく捨てられているのは、このエラだけでございました」

「ほう、それで？」

「エラで塩辛を作ってみたところ、その味は決して他の塩辛に劣りませんでした。貧しい民も気軽に食することができ、これ以上にないすばらしい食材かと思います」

「なるほど。ではこちらは菹《チョ》（漬物の一種）か？」

大妃はハン尚宮の小皿を指してそう言った。

「はい、媽媽。梅の実の漬物でございます」

「梅の実だと？　すっぱくて渋いため、酒を造るときなどに使う材料ではないのか？」

「そうでございますが、漬物にしてみましたら、すっぱくて渋い味は消えてなかなかの味になりました」

「ふむ、まさにそのとおりだ。しかも食欲をそそるではないか！」

「梅の実は胃と肝臓によいばかりでなく、水、血、食べ物、この三つに含まれる毒素を消してくれることから薬料としても使われております」

「まことに優れた食材ではないか」

「腐ったものや害のあるものを食べて頻繁に食中毒を患う民にとっては、すばらしい食材であり、優れた薬になると思います」

「ふむ、これは弱ったことになった。両者とも、これまで捨てられていた食材を工夫して、美味しくて身体にいい料理を見事にあみだした。優劣をつけるのはまことに難儀だ。如何《いかが》したものかのう」

大妃はしばらく考えて汁物で決着をつけることにした。まずはクミョンの膳からご飯をひと匙《さじ》すくい、コムタンを口にした。そして水を含み、口のなかをまっさらにしたあと、今度はチャングムのコムタンを試食した。

「決まった」

コムタンのほうは優劣をつけやすかったようだ。皆緊張した面持ちで大妃に視線を集中させた。

「チェ尚宮のコムタンのほうがよいな」

評価はそれですべてだった。大妃は、タン、と匙を置いて身を起こそうとしたが、チャングムの姿を捉えると目を細めて言った。

「ハン尚宮の膳のコムタンを作ったのはお前か？」

「はい……」

「スン菜の饅頭を作ったときのお前はどこへ行ってしまったのだ？　成長したのは自信だけか？」

チャングムは当惑して、何も言えず、ただうろたえた。その隙《すき》に大妃は、冷たい風が吹きぬけるようにさっさと出ていってしまった。

チェ尚宮の得意満面な笑みと笑い声に、チャングムの心が乱れた。チェ尚宮にしてみれば、憎らしい競争相手が皆の前で大恥をかいたのだから、これ以上愉快なことはなかった。チェ尚宮はハン尚宮のそばにいくと、これ見よがしにニタニタと笑いながら言った。

「梅の実の漬物もすばらしい料理よのう」

ハン尚宮にとってはそんな皮肉よりも、チャングムのほうが許せなかった。ハン尚宮はチャングムを部屋に呼びつけた。意気消沈しているチャングムを目の前にしていると、腹の底から熱いものがこみ上げてきた。

「コムタンは時間をかけて煮だすものだ。それはお前も知っていただろうに、なぜ早く帰ってこなかった」

「肉屋では質のいい骨がすべて売り切れていたので、白丁の村まで行って……」

「いい材料がほしかったのか？」

「はい、クミョンもそうすると思いましたし、どうしても勝ちたかったのです」

「このたびの課題が何だったか言ってみなさい」

「捨てられる材料を使って、民が気軽に食べることのできる新しい料理を……」

「では、民がいい肉や骨を使って汁を作れると思うか？　コムタンとはどんな料理だ？」

「……」

「どんな料理だ？」

「そ、それは……」

「コムタンは、いい肉や骨を食べられない民が、骨の髄からうまみをじっくりと引きだして作る汁だ。それなのにお前は隠し味だといって、コムタンに高価な牛乳粥《がゆ》まで入れた。私はこれまでお前の才気を称《たた》え、味を創りだす才能があることを諭してきた。だがお前は今や料理に対する真心など二の次で、いい材料と秘訣《ひけつ》を求めることだけにとらわれている！」

ハン尚宮は怒りをあらわにした。チャングムはそんな師を見るのは初めてだった。チャングムはどうにかしてその怒りを鎮めたかったが、方法は見つからず、戦々恐々とするばかりであった。怒りは鎮まるどころか、ハン尚宮は床が抜けるような大きなため息をついた。

「私が呼び覚ました才気が、逆に仇《あだ》となったようだ」

ハン尚宮は失望と怒りに絶望した。その姿は、見ていて気の毒になるほどであった。チャングムは剣山の上にでも座っているかのごとくつらかったが、立つことも動くこともできなかった。お咎めの言葉だろうが何だろうが、師の命令をひたすら待つしかなかった。そして長い沈黙のあと、チャングムに青天の霹靂《へきれき》のような命令が下った。

「王妃様が信頼を置いている保母尚宮様が体調を崩され、雲巌寺で療養中だ。世話係と水剌間の内人を必要としている。お前が行きなさい！」

「媽媽！　お許しください。お願いです、どうかお許しください」

次の対決を前にしてチャングムに宮廷を離れろと命じるのは、ハン尚宮が最高尚宮の座をあきらめると言っているようなものだった。チャングムはハン尚宮の足元にひれ伏し、必死に頼み込んだ。手足が擦《す》り切れるほど懇願し、訴えたが、ハン尚宮は頑として聞き入れなかった。最高尚宮も駆けつけて行き過ぎた処置ではないかと反対したが、ハン尚宮は一度決めたことを覆そうとはしなかった。結局チャングムは荷物をまとめることになった。

そのころクミョンは宿所で干し柿《がき》を作っていた。それは熟實果だった。やわらかい干し柿の片側を裂いて種を取りのぞき、種のあったところにくるみを入れ、その断面が見えるようにした。丸い平皿には、予め作っておいた蓬《よもぎ》菓子、桔梗《ききょう》菓子、蓮根《れんこん》菓子、山葡萄《やまぶどう》菓子が、色とりどりに隙間なく並んでいた。

見ているだけでも涎《よだれ》が滴《したた》るような菓子を抱えてクミョンが向かった先は、内禁衛の執務室だった。ジョンホを訪ねたクミョンだったがそこで聞かされたのは、ジョンホは雲巌寺に行っていて留守にしており、いつ戻ってくるかわからないという残念な知らせであった。

極楽殿の切妻屋根の色あせた丹青が、古色蒼然《そうぜん》としていた。寺の庭の前方には、載岳山《チエアク》の三峰が芍薬《しゃくやく》の葉のように美しく広がっていた。載岳山は芍薬山とも呼ばれた。芍薬山の青嵐が木の葉を運んできて、古寺の庭では落葉が方々に舞っていた。燦爛《さんらん》とした風景であった。

芍薬山がくっきりと見える庭の一角に、ピョンサン（寝台の一種）が置いてあった。トックは昼間から酒に酔い、そこで居眠りをしていた。陽の光を追いながら山菜を干している居士《こじ》の姿とはまるで対照的だった。居士は、陽ざしを出し惜しみしているかのような冬の太陽に山菜を当てようと、まめに手を動かして働いていた。太陽は徐々に移行し、いつしかトックが寝ているピョンサンを照らしていた。居士はそっとトックを押しだして、そこへ山菜をきれいに広げた。トックはピョンサンから地べたに放りだされてしまった。

「ああ、痛い、あたたた！」

その声は静けさをこわして、寺中に響きわたった。だが居士は相変わらず山菜を干すことに集中している。その動きは忙しくも丁寧であった。

「おい！　山菜を干すからって人を放りだすことないだろう」

「陽の当たる場所で寝ているからですよ」

「さっきまでは日陰だったんだ！」

「山菜を干さなきゃならないので、どいてください」

「雲が覆ったらしまって、陽が出たら広げて、風が吹いたらしまって……。まったくちんたらちんたら何をやってるんだか……」

ぐちぐちと文句を言われても気に障るのか障らないのか、居士は依然として山菜ばかり相手にしていた。トックの愚痴も居士ののんびりした動作も、雲や太陽や風のせいかもしれなかった。

「ああ、むしゃくしゃする！　おお、妻よ！　やっとお前の気持ちがわかった。イライラして死んじまう……」

そう言って首に手をかけたトックは、山門を入ってこようとしている女に気づいて、目をぱちくりさせた。

「おや、誰かと思ったらチャングムじゃないか？　チャングム！　チャングム！」

「おじさん！」

チャングムは息を切らして走ってきた。その姿は元気がなく、げんなりとしていた。

「料理対決に勝ちたいからと、こんなところまで供養しに来るはずもないし……。もしやお前が尚宮様の世話を？」

「はい、そういうことになりました」

「なんと嬉しいことだ、こんなに嬉しいことはない。何もない自然のなかでどんなに寂しかったか。頭を刈って坊さんにでもなろうかと思っていたところさ」

トックは、チャングムの元気がないのは長い道のりを歩いてきたせいだと思い、話し相手ができたとばかりに大喜びしていた。するとその喜びを妬《ねた》むかのように、離れのほうからすさまじい悲鳴と、助けを呼ぶ声が聞こえてきた。

「媽媽がまた発作を起こしたか？」

トックは急いで駆けつけ、チャングムも後を追って部屋に入った。しかし次の瞬間、すっぱい匂《にお》いと、痛ましい光景が五感を刺激した。肌着姿の保姆尚宮は胸をつかんで苦しそうに息をつき、医官はもだえる保姆尚宮の身体にどうにか針を入れようと必死になっていた。

トックとチャングムは慌てて駆け寄り、保姆尚宮の両肩を押さえつけた。その隙に医官がすばやく針を入れると、保姆尚宮の荒い息遣いは次第に治まっていった。

「もう先は長くないだろう」

離れの土間で、トックはわかめ汁の材料を用意しながら何気なくそうつぶやいた。チャングムは、これから激しく燃えるであろう釜戸の種火に視線を投げたまま、黙って耳を傾けていた。

「死期が近づいているからなのか、幼いころに兄上がくれたという米が食べたいと、そればかりおっしゃるんだ」

夜の礼拝が始まったようだった。まるで木魚の音に驚いたように、弱々しかった薪の火が突然青い火花を散らした。

「保姆尚宮様は幼くして両親を亡くし、兄上と二人で物乞《ご》いをして暮らしたそうだ。腹を空《す》かして泣きながら駄々をこねる幼い妹に、兄上はある日、米をひと握り握らせてくれた。妹は夢中になって米を食べ、気がつくと兄上は隅っこのほうで昏《こん》々と眠っていた。だがそれは眠っているんじゃなくて死んでいたのさ。その恨《ハン》は一生心に残るだろうな」

チャングムは漠然と話を聞いていたが、気がつくと涙があふれていた。この世にたった一人しかいない肉親に死なれる。それを経験したことのない者には、想像もできぬ悲しみだ。保姆尚宮の兄はひと握りの米で妹を救い、そして死んだ。それなのに葛《くず》の根で母を救えなかった娘は一体ここで何をしているのだろう……。

「その米をどうしても棺に入れてくれと言うんだが、これぱっかりは……。飯でもなく、餅《もち》でもないその生の米は、しこしこして香ばしいそうだ。米という米をすべて手に入れたがどれも違うとおっしゃる」

「本当にないのですか？」

「何を言うんだ！　食べられなくて腹が減ってようやく口にした米だ、うまいのは当然だろう。だいたい炊いてもいない生の米がしこしこすると思うか？」

「そうかもしれませんね」

「とにかくお前が来たんだから、俺も少しは気が楽になる。これからはお前が保姆尚宮様の食事を用意しなさい」

「おじさん、申し訳ないのですが、当分はおじさんが作ってください」

「寝ても覚めても料理しか頭にないお前が、一体どうしたんだ？」

「何となく、力が出なくて」

「歩きすぎたからか？」

トックは器から目を離してチャングムの顔色を見た。火が当たっているからなのか、興奮しているからなのか、まるで熱があるように頬が赤かった。予想どおりその夜チャングムは熱を出して床に伏してしまった。

こうして身も心も痛いまま、雲巌寺での最初の夜が過ぎていった。

第十二章

勝負

近年、高麗人参《こうらいにんじん》が不作だったことは一度もなかった。予想していたとおり、誰かが成均館《ソンギュングアン》の学田から収穫物を横領していたようだった。

学田は、学校の維持管理費や運営費を補うために、朝廷や権力者たちから寄付を受けた、学校所有の田畑である。中国の宋《そう》代以降、学校が発展してきたのも学田の収益によるところが大きかった。当時の朝鮮は郷学の設置とともに学田制度を設けて租税免除の対象としたが、これを口実に土地兼併の弊害が生まれたため、のちにその数が制限されたという。

ジョンホは上層部の指示があるまで慎重に行動するように言い、学田の見張りに立っていた二人の兵士を帰した。今日は日暮れまでに戻って、やるべき仕事があった。

季節は立冬を過ぎていた。それでも少し歩いただけで背中が汗ばんでくる。ジョンホは水の音にひかれて渓谷を下っていった。そして岩に腰かけ顔を洗おうとしたとき、流れのなかにチャングムの顔を見た。

ジョンホは激しく頭《かぶり》をふってぎゅっと目をつむった。心にすっかり居ついてしまったのか、チャングムの顔がたびたび出没する。現れたり隠れたりを一日中繰り返すこの隠顕を、一体いつまで心のなかだけに閉じこめておくつもりなのか。いつか自分を抑えられないときがくる、そんな気がして怖かった。ジョンホがもっとも恐れているのは、感情を抑制できなくなることだった。

昨晩の夢見が悪かったせいか、自分が宮廷を留守にしているあいだにチャングムの身に何か起きたのではないかと心配になった。足首を怪我し、約束の時間に現れずそのまま姿を消し、そして味覚を失い……。思えば、大なり小なりいつも問題を抱えている女性であった。だから余計に心配で、目の届くところにいないと心がうつろになった。

男に生まれ、王を守る内禁衛《ネグムウィ》の武官になったことは栄誉なことだった。しかし、思いを寄せる女を慎ましく守る生き方もまた男としての歓《よろこ》びであるはずだ。だが何という皮肉であろうか、堂々と守ることのできないあの人がよりによって王の女とは……。

途切れることのない想念に、心は複雑だった。すべてはあの憎らしい栗《くり》菓子のせいかもしれなかった。食べる人が笑顔になるような料理を作りたい、そうあの人は言った。食べたときは笑顔になったが、食べた後はこんなにも心が痛むのだから、酷な食べ物ではないか……。

ジョンホは思いをふり払おうと、氷のように冷たい川の水のなかに手を浸し、水面に映るチャングムをつかんだ。ところが、チャングムは消えずにそこに留《とど》まっている。しかもこの期に及んでは、悲しそうに泣いている。幻影を見ているのか、目がどうかしてしまったのか。怖くて落ち着かなくて、ジョンホは水を飲んだ。そしてふと顔をあげると、渓谷の高い岩の上に座って両膝《ひざ》のあいだに顔を埋めているチャングムの姿が目に入った。水面に映っていたのは幻影ではなく、本物のチャングムだったのだ。ときおり肩を上下させているところを見ると、本当に泣いているようであった。

保姆尚宮《ポモサングン》を世話するために水剌間《スラッカン》の内人《ナイン》が来るといったトックの言葉を思い出した。ジョンホは声をかけるのをやめて、静かにその場を離れることにした。あんな風に泣いているチャングムを目の前にしたら、思わず抱きしめて放せなくなるであろう。

ジョンホがつらい気持ちを抱えて去っていくことも知らず、チャングムは先ほどからハン尚宮の言葉ばかり思い返していた。

〝私が呼び覚ました才気が、逆に仇《あだ》となったようだ〟

考えれば考えるほど、悲しく、恨めしかった。考えが甘かったのは確かだが、雲巌寺《ウナムサ》に送られるほどのひどい罰を受けることとは思えなかった。紆余《うよ》曲折はあったが、これまでだって力を尽くしてきたし、少なくとも料理に関して失敗したのは今回が初めてであった。その失敗も、怠けたり要領よくふるまったりしたのではなく、一生懸命に努力した結果である。それだけに情状酌量の余地があってもいいはずであった。

〝私が呼び覚ました才気が、逆に仇となったようだ〟

ハン尚宮の言葉を思い出してまたもや涙がぽたりとこぼれた。チャングムはその声から逃れるように勢いよく立ち上がった。

礼拝の時間でもないのに、経を読む住職の重々しい声が伽藍《がらん》にひびいていた。阿弥陀《あみだ》三尊像のある極楽殿では、こちらに背を向けて座っている男がいる。間違いなくジョンホであった。どうやら法事を行っているらしく、チャングムは通りかかった居士に訊《たず》ねてみた。

「あそこにいらっしゃるナウリは、法事を行っているのでしょうか？」

「ナウリが生まれてすぐに母上様がお亡くなりになり、三年前には奥方を亡くされました。そのための法事でございます」

ジョンホが妻を亡くしていたとは思いもよらなかった。両班《ヤンバン》の子息にしては結婚が遅いとしか思っていなかった。あの紳士で温厚なジョンホにもそのようなつらいことがあったとは。チャングムは清夜の伽藍にじっと立ったまま、ジョンホの詫《わ》びしい後ろ姿を呆然《ぼうぜん》と眺めていた。

その夜、チャングムは床についてもなかなか寝つけなかった。


「チャングム！　手に入れたぞ。ついに手に入れた」

トックはヘラヘラと笑いながら酒瓶を見せた。

「酒と肉にありつけなくて身体が変になっちまいそうだったよ。しかし酒はあるが肉がないな。どうだ、チャングム、昔みたいに二人で狩りに行かないか？」

「狩りですか？」

「ああ、うさぎでも捕まえて、うまい酒の肴《さかな》にしないとな」

「でもここはお寺ですよ」

「だから飲まないとやってられないんだ！　いけないことをやるのは面白い。でも何でいけないか知っているか？　あまりにも面白いからだよ」

トックは、気乗りのしないチャングムを無理やり山に連れていった。松の木だけの山かと思いきや、登るにつれ、ハマゴウ、ウルシ、チョウセンミネカエデ、イタヤカエデが見事に色付いていた。

散策すると、気分がずっとよくなるようだった。

　トックとチャングムは小枝で焚《た》き火をして、うさぎの巣穴のなかに煙を流し込んだ。うさぎは昼間は棲《す》み処《か》で眠り、夜に起きて行動する習性があるので、捕まえるにはこの方法が最適であった。息を殺してじっと待っていると、ついに一匹が巣穴から出てきた。網がなかったので、チャングムがチマを広げて捕まえようしたが、まんまと逃してしまった。その次からはチャングムが追い込み、トックが捕まえることにした。二人は必死になったが、うさぎは股《また》のあいだをすり抜けて逃げていくばかりであった。

　あと一歩のところで逃したこともあった。至近距離で顔をつき合わせたのだが、うさぎがひどく怯《おび》えたように「キッ！」と鳴いたため、怯《ひる》んでしまったのだ。普段は「フウ」と鼻で息をつくが、怯えたときは「キッ！」と鳴くことを、チャングムは知っていた。白丁《ペクチョン》の村に住んでいたとき、両班の子どもたちとうさぎを捕まえていたからだ。

「おじさん！　来て！」

「どこ、どこだ！」

「こっちです、こっち！」

　チャングムがトックのほうへうさぎを追い込みながら叫んだ。トックは足を広げ、中腰になって構えた。だがその格好はいかにも頼りなく、またも逃がしてしまいそうだった。予想どおり、わっと駆け寄るトックをかわして、うさぎはすばやく逃げていった。とそのとき、ジョンホが茂みから音もなく出てきて、逃げるうさぎをさっと捕まえた。

「捕まえた、捕まえたぞ！」

うさぎを捕まえていたときののろさはどこへやら、トックは矢のように飛んでいった。トックがジョンホにあれこれ話している姿を見ながら、チャングムは突然恥ずかしくなった。チマの裾《すそ》は大胆にまくれているし、髪はほつれて汗のにじんだ額にぺたりと貼《は》りついていた。

熟手《スクス》がいるのでうさぎ一匹を調理するくらいお手のものであった。だがトックは肉が焼けるあいだに酒を三杯も飲んでしまい、うとうと居眠りをし始めてた。

「二杯ほどしか飲めないのです」チャングムが言った。

「それなのにあんなに酒を恋しがったのですか？」

「おじさんが言うには、家のお酒をたくさん飲むとおばさんに怒られるので、少量のお酒でも酔える技を身につけたそうです」

ジョンホは大声で笑ったが、チャングムは寂しい気持ちになっていた。うさぎを捕まえるたびに自分をお仕置きした母のことを思い出していたのだ。男たちと一緒になってうさぎを捕まえたのだから、ふくらはぎが腫《は》れあがるほど、鞭《むち》を打たれたかった。お仕置きしてくれた母は逝《い》ってしまったのに、娘である自分は、ジョンホのように母の供養すらできず、親不孝者としてこの世に残った。

「ソ内人、うさぎを追う姿を見ていましたが、なかなか慣れていらっしゃった」

「子どものころ、母に鞭打たれ怒られながらも、両班のお坊ちゃんたちとうさぎを捕まえて遊んでいました」

「ところでなぜお一人になってしまったのですか？」

「私が悪いのです。母も、内禁衛の武官だった父も、私のせいで……」

「私の所属している内禁衛にお父上が？」

ジョンホは嬉《うれ》しさと驚きで訊《き》きかえしたが、チャングムは涙を流していた。

「お恥ずかしい姿をお見せして申し訳ありません」

「い、いいえ。余計なことを訊きました。つらいことを思い出させてしまって、私こそ申し訳ありません」

恥ずかしいと言いながら、チャングムは涙を止めることができなかった。一生懸命に涙をこらえようとしたが、水を防いでいた土手が崩れるように、涙は止めどなく流れ、声も大きくなっていった。

ジョンホは何と言って慰めればいいのかわからず、つらい気持ちで空を見上げた。点々と瞬く星のあいだに、流れ星がひとつ、尾をつけて勢いよく流れていた。流れ星を見ながら願い事をすると、願いが叶《かな》うと聞いたことがある。だが言葉が長すぎて、すべてを言う前に流れ星は消えてしまった。

〝食べる人が笑顔になるような料理を作れるよう、どうかこの方の願いを叶えてください。そしていつまでもこの方のそばにいて、この方を守れるようにしてください〟

流れ星のように、人の一生も一瞬にして消えてしまうもの。その短い一生を生きるあいだに願うことは多く、唱えるには長すぎた。

チャングムはチョン・ユンスの使いで、切らした薬を急ぎ買ってこなければならなかった。山のふもとの市場に用があるといったジョンホと、偶然にも同行することになった。一時間後に再び会う約束をして、二人は薬房の前で別れた。ジョンホはその足で酒屋に向かった。そこで身分を隠した軍官《クングァン》らと落ち合い、これまで集めた情報を分析することになっていた。

学田で横領された高麗人参が、チェ・パンスルの商会に横流しされているのは、ほぼ間違いなかった。今回の任務はひとまず情報を集めることにあったため、このあたりでいったん内禁衛に戻らなければならなかった。だが、ジョンホは軍官たちだけを先に帰し、自分は雲巌寺に留まることにした。

それぞれの用事を済ませたチャングムとジョンホは、帰り道を歩いていた。ジョンホはふと、背後から誰かがついてくる気配を感じた。

〝一人、二人、三人、四人……〟

自分だけならまだしも、チャングムがいては四人を相手にするのはまず無理であった。後をついてくるだけでそのまま引き返してくれることを願ったが、ジョンホの心中を嘲《あざ》笑うかのように、男たちが目の前に現れた。ジョンホはすばやくチャングムの前に立ち、刀を抜いた。

数は多いが、幸いにも剣の立たない者ばかりであった。ジョンホがあっという間に三人を片付けると、残った一人はとたんに逃げ腰になった。学田の収穫物を横領するような輩《やから》に、刀を扱えるはずもなかった。

ジョンホは怯えているチャングムの手をつかんで走りだした。追ってくる者はいないか、チャングムの息が切れていないかと気を配りながら走っていたため、山寺に着く前にジョンホも息が苦しくなっていた。松の木の下にチャングムを座らせてしばらく休んでいると、耳元をびゅん、と矢がかすめていった。矢は親指の爪《つめ》くらいの間隔をあけてチャングムの頭上に刺さり、その身を震わせた。後ろをふり向くと、男たちが追ってきていた。その数は先ほどよりもさらに増えていた。

呼吸を整える間もなく、再び走らなければならなかった。寺に行く手前に居士の家があることを知っていたジョンホは、ひとまずそこへ逃げ込むことにした。ちょうど土間から、居士がゆっくりと外へ出てきていた。

「何者かに追われている。すまぬが、かくまってくれぬか」

居士は慌てることなく、二人を裏庭に案内した。そして蔵の扉を開けてチャングムとジョンホをなかに入れると、目につかぬ場所だから心配するなと二人を安心させ、その者らをうまくまいてくるから自分が戻るまでじっとしていろと言って出ていった。

「ナウリ！　どういうことですか？」チャングムが言った。

「部下たちにあることを調べさせていたのですが、どうやら相手に感づかれてしまったようです」

ジョンホは外の様子をうかがうことに神経を集中させていたため、半分うわの空でそう答えた。

チャングムはひとまず息をつくと、あらためて蔵のなかを見まわした。そこは蔵というより穀物倉庫に近かった。サルナシの実、ジュンサイ、干しペポカボチャ、生の山菜、干した山菜、干し菜(大根の葉を干したもの)、唐辛子の葉、桔梗《ききょう》、蕨《わらび》、蕗《ふき》など……。黄衣をまとって紐《ひも》で括《くく》られた山菜が、いくつも束になって天井からつるされていた。ざっと見ただけでも、南瓜《かぼちゃ》、半夏生《はんげしょう》、紅花などの種から、五味子《ごみし》、クコの実、甘老野《あまどころ》、柿《かき》の葉、菊、松の葉、緑茶、花梨《かりん》などの茶の原料、そして松茸《まつたけ》、平茸、ホウキタケ、きくらげまで、土から生まれた植物は、すべてここに集められたかのようであった。

扉の開く音に心臓がどきりとしたが、ひょいと顔をのぞかせたのは居士であった。

「行きました。もう出てきてもいいですよ」

居士は、追っ手がまだ近くをうろついている可能性があるからご飯でも食べていけと、二人を留まらせた。

部屋のなかも至るところに山菜が広げてあった。二人きりにされたジョンホとチャングムは、どこか気まずくて向かいあって座ることもできず、居士が膳《ぜん》を持ってくるまでずっと立っていた。

「寺のご飯ですので、ろくなおかずがありませんで」

「御馳走《ごちそう》なのに、おかずがないですと？」

ジョンホは膳を受け取りながら驚いて言った。味噌鍋《みそなべ》は香ばしい匂《にお》いを漂わせ、色とりどりの山菜は見るからに美味《おい》しそうだった。

「ソ内人も召し上がってみてください。すばらしいお味ですよ」

先に料理を口にしたジョンホが、早く食べてみなさいと勧めた。チャングムは口のなかが荒れていて、あまり食べる気になれなかった。それでも何とはなしに味噌鍋をひと口すると、その味に仰天した。

「宮廷でもこのような味は出せません」

「何をおっしゃいます！　宮廷の味にはとうてい及びませぬ」居士が言った。

「いい加減なことを言っているのではありません。どのようにして作ったのですか？」

「はい？　やめてください、何を言い出すんですか」

「本当に知りたいのです。秘訣《ひけつ》を教えてください」

「秘訣などありますか、そんなものありませんよ」

以来チャングムは、居士の後をついてまわっては料理の秘訣を教えてくれとうるさくつきまとった。だが居士は、いくら頼まれても秘訣などないと言って、いっこうに取り合わなかった。

「山菜はどこで採ってくるのですか？」

「山に行けば山菜はごまんとあるのに、なぜそんなこと訊くんです？」

「では干し方の秘訣を教えてください」

「私が干すわけじゃない、お日様が干すんです」

一時が万事この調子だった。居士は間違いなく秘訣を隠している。そうでなければ、あのごつごつした不器用そうな手で、味噌鍋や山菜をあれほど美味しく作れるはずがない。

その間にも保姆尚宮の容態は日一日と悪くなっていった。日に何度となく気を失い、熱にうなされながらもかろうじて目を開けると、「兄上のくれた米がほしい」とうわごとを言った。死の間際まで探し求めるとは、一体どんな米なのだろうか。チャングムは気になって、もどかしくて、何としてもその米を手に入れたかった。

チャングムが米のことを考えながら庭をうろうろしていると、居士が陽当たりのいい場所で稲を広げていた。いかにもゆったりとした動作だったが、その仕事ぶりはとても丁寧であった。米のことが気になっていたチャングムは、その稲を何粒か口に入れてみた。

「まだ乾ききってないですよ。蒸《ふか》した稲をいま干しているところですから」

「稲を蒸してから日に干すと、白米よりも固くなりますか？」

「そうです」

「ではその干した米をよく嚙《か》むと、しこしこして香ばしい味がしますか？」

「よくご存知ですね」

「きっとこれだわ、尚宮様がお探しになっているお米は」

「尚宮様はオルケ米を探しているのですか？」

「オルケ米とは何ですか？」

「山の田んぼは収穫が遅いんです。ですから秋夕のときも、ご先祖さまに新米をお供えすることが難しいわけです。そこでまだ実りきっていない稲を収穫して釜《かま》で蒸し、こうして干してからお供えするんですよ」

「居士様！　このお米を少しばかり分けてください」

「それはできませぬ」

「少しだけでいいんです。いつ息をお引きとりになるかわからないお方のためなのです」

「それでも差し上げられません。いくら日がよくても四日以上は干さないといい味は出ないのです。すっかり乾いたものを臼で挽《ひ》いてから食べるのがいいのです」

「私が早く乾かしますから」

チャングムはそう言ってチマを折り曲げると、そこへ盗むように米を入れてさっさと行ってしまった。

「急《せ》いては事を仕損じる……。よくわかっていないようだ……」

居士の心配などよそに、チャングムはトックに頼んで火をおこしてもらい、持ってきた稲を釜の蓋《ふた》に広げて乾かし始めた。

「四日も日に干している時間はありません。おじさん、薪をもう少し持ってきてください」

「ああ、こうすればすぐにでも乾くのに、あののろまの居士ときたら一日中、お日様に当てたりしまったり、当てたりしまったり……。まったくイライラする」

こうしてチャングムは、急いで乾かした米を保姆尚宮に献上した。尚宮はつらそうに身体を起こして米を口にしたが、三、四回嚙むと食べるのをやめてしまった。

「……尚宮様、このお米ですか？」

「そのようだが……」

「何か？」

「あの味がしない……」

「お探しのお味ではないのですか？」

「ともかく感謝する」

そう言って再び横になる保姆尚宮を見ながら、チャングムはがっかりして泣きたくなった。この米に違いないと信じて、期待に胸を膨らましたのに、結局は勇み足にすぎなかった。

トックとジョンホはやるだけのことはやったと慰めてくれたが、チャングムの耳には届かなかった。チャングムにとっては、遠い昔、あの洞窟《どうくつ》で息を引きとろうとする母に葛《くず》の根をあげたときと同じくらいに、切実だったのである。

思い出の米をもはや食べることはできない、そうあきらめたからなのか保姆尚宮の病状はますます悪くなっていった。煎《せん》じ薬を飲むことすらままならず、ひと口飲むとふた口を吐きだすといった具合だった。

医官のチョン・ユンスとトック、それにジョンホまでも協力して煎じ薬を飲ませていると、不意に部屋の扉が開いて居士が入ってきた。

「あの……オルケ米ができましたので……」

居士が米を差し出すと、煎じ薬すら吐き出していた保姆尚宮は、全身の力をふりしぼって米を食べ始めた。

「固いのでしっかり噛んでください」居士が言った。

保姆尚宮の顔にうっすらと笑みが広がったかと思うと、ふた筋の涙が頰《ほお》を濡《ぬ》らした。

「もうこれで思い残すことはありません。このお米をどうか棺に入れてください。あの世に行ったら兄上に差し上げたく存じます」

泣いては噛んで、また泣いては噛んで……。保姆尚宮は死ぬまで背負っていた悔恨の念を、この瞬間にすべて吐き出しているかのようだった。

チャングムは途方に暮れた。土間に下りてきてオルケ米をひと口食べた。釜の蓋で乾かした米とは比べものにならないほど歯ごたえがよく香ばしかった。

「秘訣が……何か秘訣があるわけじゃなかったのね」

チャングムが独りでつぶやいていると、居士が土間に入ってきた。

「特別に秘訣があるわけじゃなかった。山菜も米も、ただお日様に当てては しまい、当ててはしまい、それを繰り返すだけだった……。待つことを理解するその真心が、秘訣だったのですね」

「そのとおりです。よく母が言っておりました。腹を満たすほどいっぱい食べられないのだから、せめて真心で腹を満たしてやりたいと。だからどんなに急いでいても、中途半端なものを人に食べさせるものではないと……」

それを聞いてなおさら言葉が出なかった。

チャングムがすっかり気を落として庭へ出ると、ジョンホが荷物を背負って芍薬山を眺めていた。

「私の何が悪かったのかようやく気づきました。いつ命絶えるかわからないことを口実に、浅はかなことをしてしまったのです。そうして献上した私のお米は尚宮様の心を動かすことができず、正直者の居士の米は尚宮様の心を動かしました」

「一刻も早く食べさせてあげたいと思ってやったことです。浅はかなことではありますまい」

「いいえ。師であるハン尚宮様のお言葉も、今になってようやく理解できます。私の才気が逆に仇になったと言ったその言葉の真相を。真心がなく、才能だけに秀でた人間になるのではないかとひどく心配されたのです」

「すばらしい師がいらっしゃって羨《うらや》ましいかぎりです。ハン尚宮様も私と同じく、ソ内人を信じておいでなのです。ほんの少し道を踏みはずしたかもしれませぬが、ソ内人は夢をあきらめるような方では決してありません。食べる人が笑顔になるような料理を作りたいと言ったあの素朴な夢を」

〝笑顔〟という言葉を口にしたとき、ジョンホの顔にも温かい笑みが広がった。その笑顔につられて、チャングムも明るくほほえんだ。

寺のほうからは蕭《しよう》蕭と風が吹き、山の頂からは青嵐が降りてきて庭を取り巻いた。青い夕闇《ゆうやみ》が降りるその庭に、向かいあって立つジョンホとチャングムの影が仲むつまじく映っていた。とそのとき、山門を抜けて寺に入ってくる一人の女がいた。クミョンだった。クミョンは二人の姿を見ると身を隠した。ジョンホとチャングムはクミョンの存在に気づいていなかった。

保姆尚宮が永眠した。最初に気がついたのはチャングムであった。手を開いてみると、オルケ米がひと握りにぎられていた。あれほど求めていたオルケ米をあの世に持っていくことができたからか、保姆尚宮はこの上なく安らかな顔をしていた。

保姆尚宮の位牌《いはい》を抱いて山寺を出ようとするチャングムに、居士が大きな包みを持たせてくれた。

「干し茸やらカタクチイワシやら山菜やらをいろいろ混ぜて臼で挽いたものです。毎日使っていたので気づかなかったのですが、鍋物や和《あ》え物なんかを作るときに少し入れると、まあ、入れないよりはましな味が出ます」

チャングムは何度も礼を述べて、雲巌寺を後にした。来るときは一人だったが、帰るときはトックとジョンホが一緒だったので、三百里の道のりもそれほど長くは感じなかった。何より、大事なことを気づかせてくれた旅でもあり、心も軽かった。

早く帰ってハン尚宮とヨンセンに会いたい、チャングムはそう思って早足で歩いていった。しかし宮廷に戻ると、以前とは状況がまるで変わっていた。最高尚宮《チェゴ》は一人では身動きがとれないほどに容態が悪くなっており、風邪が流行っていて体調のすぐれない宮女《きゅうじょ》が多くいた。そんななか二番目の料理対決の課題が出されていた。内容は、一年中食べることのできる魚の膾《なます》（刺身）を探せ、というものであり、これは大妃がチェ尚宮に手を差し伸べたも同然であった。

夏には塩辛い塩物の魚すら取り扱わないのに、一年中食べられる魚の膾など皆無であった。済州《チェジュ》島《ド》をのぞいた全国の山、田畑、海から獲れるありとあらゆる山海の珍味を取り揃《そろ》えているチェ・パンスルの商会なら、何とか入手できるかもしれなかった。

ところが課題の食材を探すためにチェ尚宮とハン尚宮が宮廷を留守にしているあいだに、宮女の宿所を騒がす事件が起きた。内禁衛長が最高尚宮を訪ねてきたのは、酉《とり》の刻を過ぎた遅い時刻だった。

内禁衛長が言うには、数日前に東宮殿で壁書事件が起き、内禁衛で内々に調査したところ怪しい人物を見つけたが、追っている途中で逃がしてしまい、だが間違いなく水剌間の尚宮の部屋に隠れているので捜査できるよう許可してくれとのことであった。

最高尚宮がヨンセンに支えられて庭に出ていくと、水剌間の宮女たちが全員集まっていた。どの部屋も灯《あか》りがついていたが、二部屋だけ暗かった。

「なぜあの二部屋だけ暗いのですか？」内禁衛長が言った。

「二人の尚宮の部屋ですが、ただ今大妃様のご用命を受けて外出しています」

最高尚宮がそう言うや否や、軍卒《クンジョル》たちが部屋のなかを調べ始めた。壁書の犯人はチェ尚宮の部屋の戸棚に隠れているところを捕らえられ、轡《くつわ》をはめられたまま引きずり出された。

騒ぎが鎮まると、最高尚宮はそれでなくとも脚が悪くて立っていられないのに、事件の衝撃でさらに力が抜けてその場にへたり込んでしまった。チェ尚宮の部屋は完全に荒らされ、犯人とともに引きずり出された書物や物で、部屋のなかはめちゃくちゃになっていた。最高尚宮は内人たちに部屋を整理するように命じた。だが内人たちは片付けなど後回しで、散らばった装身具に目を奪われてはしゃいでいた。金品なら両班にも劣らぬ家柄だけあって、その装身具の種類や質は、王妃の次をゆく豪華さであった。

最高尚宮は内人たちを叱《しか》ろうとしたが、ふと扉の前に転がっている書物に目が留まった。開かれた頁にはごま粒のような文字がびっしりと書かれており、描かれている絵はひと目で食べ物だとわかった。色あせた紙や、擦《す》り切れ破れたところなどを見るに、年季の入った料理本であることは間違いなかった。最高尚宮はその内容がどうしても気になって、目をそらせずにいた。

書物をとって最初の頁を開いた瞬間、最高尚宮は驚いて目を見開いた。頁をめくるたびに顔色が変わっていき、ついには全身を震わせた。歴代の最高尚宮だけに伝授されるはずの水剌間の料理本が、先代の最高尚宮から、自分を飛ばして、チェ尚宮の手に渡っていたのである。

「天下の悪党ども！　水剌間の最高尚宮だけが受け継ぐべき秘本を……。チェ尚宮、まんまと私を欺きおったな！」

暗黒に潜むネコ科の動物の眼《まなこ》のように、最高尚宮の目が熱く燃え上がっていた。それは怒りと敵意に燃えていた。

壁書事件の主犯は東宮殿の別監《ピョルガム》であることがわかったが、噂《うわさ》が広まることを考慮してこの一件は内密にすることになった。宮中はひっそりとしていながらも、風邪が流行っているせいでどこか落ち着かなかった。ミン尚宮とチャンイも、力が出ないと不調を訴えていたが、そのうち床に伏してしまった。

チャングムが戻ってきたとき、このように宮廷には奇妙な雰囲気が漂っていた。ハン尚宮はチャングムに再会しても、喜ぶどころか顔さえまともに見てくれなかった。課題のことを訊いてもじろりとにらむだけで、見知らぬ人に接するようによそよそしかった。だがそのことをのぞけば、チャングムは久しぶりに自分の仕事場に立つ充実感を味わっていた。

居士から教わったクコの実粥《がゆ》を作るときは、自《おの》ずと心が浮き立った。クコの実を煮だした汁で粥を炊き、きれいに刻んだ蓬《よもぎ》を入れて塩と蜂蜜《はちみつ》で味をととのえると、味もよく、風邪の予防にもいいと言われた。チャングムはハン尚宮に食べてもらおうと蓬を刻んでいると、隣にクミョンが立った。こうして二人並んで料理をするのも久しぶりのことであった。

目の前ではちょうどハン尚宮とチェ尚宮が肩を並べて、それぞれの料理に使う野菜を切っていた。

「ハン尚宮様が許してくれないの。まだ怒っているみたいだわ」

「あなたは多くのものを持ちすぎている」

クミョンに会えたことが嬉しくて思わず本音を吐いたのだが、返ってきたのは意味のよくわからない言葉だった。

〝私がこの世で一番ほしかったもの、誰にも言わずに大切にしていたもの、あなたはそれをすっかり持っているのよ〟

クミョンはそうつけ加えたかったが、我慢して心に留めることにした。雲巌寺で見かけたジョンホとチャングムの姿は、クミョンの心を反覆させた。こしらえた御馳走の包みを放り投げながら、葛藤《かっとう》と自負心、未練と良心、それら諸《もろ》とも捨てた。ジョンホの心に自分が割り込む隙《すき》などなかった。心を動かされるのは、もはや宮廷と料理、そしてチェ氏一族の権力しかなかった。

クミョンが、半分は衝動的にチェ尚宮のところへ行って、秘本を読んでみる覚悟ができたと告げたのもそのためだった。

「あれだけ引き止めたのに息抜きしてくると出かけていって、いかがしたのかと思ったら、大人になって帰ってきたようだな」

才能があり努力さえすれば十分だ、料理の秘訣など必要ないと言っていたクミョンがすっかり心変わりしたことに、チェ尚宮は嬉しくてならなかった。しかし、秘本を取りだそうと戸棚を開けたチェ尚宮は、いつもと違う雰囲気に不意に緊張感をおぼえた。

ハン尚宮がチャングムに声をかけたのは、チェ尚宮が秘本を見つけようと戸棚中を探しているときだった。一年中食べられる魚の膾を手に入れたから、試食してみよとハン尚宮は言った。チャングムはハン尚宮の声を聞けただけでも嬉しくて、いきなりぱくりと食べたが、次の瞬間、口に広がるつんとした匂いに吐き気を催した。

「嫌でも吐き出さないで食べてみなさい」

ハン尚宮の言葉に逆らえなくて、飲み込むことも吐き出すこともできず噛むふりをしていたが、次第に独特の風味が広がってきた。普通の膾に比べて歯ごたえがある上に、後味も割にすっきりしていた。

「ガンギエイの膾というものだ。済物浦《チェムルポ》で偶然会った全羅道《チョルラド》の船乗りから買った。全羅道の海辺に住む人たちだけが食べるそうで、一年中食べられる膾としては最適だと思う」

「身体にもいいのですか?」

「私も気になって薬房に立ち寄って訊いたところ、ガンギエイは去痰《きょたん》を促し、消化を促進させ、血液循環をよくするそうだ。そのうえ腸をきれいにするというから殿下《でんか》には最適であろう」

チェ尚宮がどんな食材を見つけたかは知らないが、ガンギエイ以上のものはないように思えた。ハン尚宮も以前のやさしい姿に戻り、二番目の課題にも自信を持ったチャングムは、ようやく安心して眠りにつくことができた。だが、そのころチェ尚宮は、秘本がなくなったことで焦りに焦り、戦々恐々としていた。秘本がないことに気づいて監察尚宮が探しにやって来たのかと思いきや、最高尚宮が来ていたと聞き、チェ尚宮は驚愕《きょうがく》した。

料理対決は四日後に迫っていた。当日、皆の集まる席で秘本のことを暴露されたら、自分はもちろん、提調尚宮《チェジョ》まで責任を取らされるのは避けられないはずである。手順と掟《おきて》を守らなかったとして、大妃が提調尚宮にどんな処分を下すか予想できないことであった。

二人の尚宮が最高尚宮に会いに行ったのは、料理対決を二日後に控えた戌《いぬ》の刻（現在の午後八時ごろ）のころだった。チェ尚宮はやみくもに自分が悪かったと謝った。提調尚宮は秘本があるべきところに収まったのだから、過ぎたことをむやみに蒸し返して内部の混乱を招く必要はないと、最高尚宮を説得した。だがそれでも最高尚宮が黙っていると、チェ尚宮は二番目の料理対決は自分が負けてもいいと言って、さらに一歩譲った。最高尚宮は彼らの話をひと通り聞くと静かにひとこと言い放った。

「話が終わったのならお帰りください」

最高尚宮を丸め込む作戦が失敗に終わると、提調尚宮とチェ尚宮は料理対決自体をなくそうと企て始めた。ところが、そんな面倒なことをわざわざやる必要のない、思いがけない事態が発生し、彼らに有利に事が展開し始めたのである。

宮中で流行り病が猛威をふるっているとの知らせが内医院から届いたのは、その日の夜のことであった。すでにかなりの人が病に倒れていたが、それは風邪ではなく流行り病にかかったのであり、さらに原因がわからないという。これまでの疫病とは違って、症状に大きな特徴がなく風邪と似ていたため、病気にかかった者も内医院も流行り病とわかるまで時間がかかったのだった。

その夜のうちに、少しでも症状のある者は容赦なく隔離しろという王命が下った。流行り病の特性を鑑《かんが》みれば一刻を争うことだったので、顔色が悪いというだけで隔離の対象となった。特に、食べ物から感染する可能性が高いとされ、水剌間の人々には一段と厳しい診察がなされた。

チェ・パンスルから話を聞いたオ・ギョモが、内医院の医官を唆《そそのか》して最高尚宮を隔離させたのも、すべてその夜に起きたことだった。鼻と口を覆った監察内人が、武官とともに最高尚宮の部屋に来てオンジン村に行かなければならないと告げたとき、最高尚宮は直感的にそこに怪しい影を感じた。だが王命と言われて拒否するわけにもいかなかった。

料理対決はなくなり、自信にあふれていたハン尚宮とチャングムは虚脱感に陥った。そのころ提調尚宮は連日大妃のもとを訪れて、いつ戻ってこられるかもわからないチョン尚宮の代わりに、他の者を最高尚宮に据えるべきだと説得していた。

大妃は、流行り病が猛威をふるっている最中に、それは最優先に解決すべき問題ではないといって言下に聞き入れなかった。しかし提調尚宮のしつこい諫言《かんげん》によって、大妃はとうとう臨時の最高尚宮を任命する権利を与えた。チョン尚宮が戻ってくるまでと条件を付けたことが、せめてもの救いであった。

提調尚宮は水刺間と焼厨房《ソジュバン》のすべての尚宮を召集して、代理の最高尚宮を任命した。当然、代理はチェ尚宮に決まった。チェ尚宮は宮中が騒然としているなか、不安におののく水刺間の人々を大広間に集めた。

ハン尚宮をはじめとした尚宮たち全員が最前列に並んで立ち、続いて内人と見習いが入ってきて席に座った。皆が席につくと、最後にチェ尚宮が入ってきた。歩き方にしろ目つきにしろ、いくら大きな職務を預かったとはいえ、その態度は傲慢《ごうまん》この上なかった。

「新しい代理最高尚宮様である」

ハン尚宮のひと言に、場内は一瞬、煮え立つ釜の湯のようにどよめいた。誰もが口を開いて何かしら言っていた。

「皆静かにして代理最高尚宮様に礼をあげよ」

ハン尚宮が最初に礼をした。その心は鬱憤《うっぷん》と失望、嘆きと挫折《ざせつ》に沸きたっているはずなのに、ハン尚宮は決して面には出さなかった。一方で礼を受けたチェ尚宮は、口角をつり上げてニヤリとし、嬉しさをあらわにした。

「チョン尚宮様が療養しているあいだも様々な大事な仕事があるゆえ、私が代理を務めることとなった。大変なときであるからこそ私の指示に従い、一心に職務に専念してもらいたい。まずは、流行り病で多くの者が床に伏して手が足りない状況であるため、人事を異動する。大妃伝のキム尚宮と太平館《テピョングァン》のイ尚宮、東宮殿のチョ内人は大殿の水剌間に来るように」

チャングムはまさかという不安を抱きながら、チェ尚宮の次の言葉を待った。代理最高尚宮になったのだから当然のごとくハン尚宮を冷遇するであろう。

「四日後には明《みん》国より使臣が参る。朝廷では、世子問題について大国の同意を得ようと、このたびはことに神経を使っている。よって使臣の接待と儀典には、若干の落ち度もあってはならない。すなわちもっとも優れた者がこの仕事に当たらなければならないということだが、ハン尚宮、よいな？」

もっとも優れているハン尚宮とチャングムが太平館に行かなければならない、チェ尚宮は遠回しに、命令調でそう言ってきた。

「そなたを信じてこの仕事を全面的に任せよう」

そして故意に上の者の口調を真似た。

太平館は誰もが避けたい場所であった。問題が絶えないうえに、使臣たちが何かにつけ言いがかりをつけるため、一日も心が休まらない。いくら頑張ったところで手柄など立てられず、ひどい目に遭うのが常だった。

そんな場所に左遷させられても、ハン尚宮は黙々と仕事に打ち込んでいた。悔しい素振りを見せないのはわかっていたが、愚かなほどに平然とふるまう姿に、チャングムはどうしても耐えらなくなって訊いた。

「ハン尚宮さまは悔しくないのですか?」

「悔しくないわけがない」

「心配ではないのですか?」

「大いに心配だ」

「ならばなぜこのように平然としていられるのですか?」

「平然となどしていない」

正直だが捉《とら》えどころのない答えに、チャングムは依然としてもどかしさを感じていた。そうやってハン尚宮の顔をじっと見ていると、二人のところへ内人がやって来た。トックから手紙を預かってきたとのことだった。

その手紙を目にしたハン尚宮は、もはや平然となどしていられなかった。手にしていた魚を放り投げるようにして置くと、手紙を開いた。チャングムが見ても気の毒になるほど、その手は震えていた。

手紙はオンジン村から届いたものであった。ハン尚宮は、最高尚宮の様子を見てきてほしいと、四日前にトックにその旨を頼んでいた。手紙は、自分の病は流行り病とは何ら関係がないという内容に始まり、すぐに帰るので動揺するなとの言葉で締めくくられていた。

「悪党め……極悪人ども……」

手紙を読み終えたハン尚宮は、誰に言うともなしに罵《のの》り、手をぶるぶると震わせた。

「最高尚宮様は大丈夫ですか？」

「最高尚宮様は流行り病ではなかった。絶対に動揺してはいけないと重々申されているから、お前もそうするように努めなさい、わかったな？」

ハン尚宮は拳《こぶし》を握りしめながらそう言った。チャングムがハン尚宮の瞳《ひとみ》に見たのは、何があっても決して引き下がらないという、強くて悲壮な決意だった。

当時、明国はつまらない言いがかりをつけては太子の世子封爵をずるずると引き延ばしていた。王の心慮も相当なもので、それゆえに来朝した使臣の接待は、王の水刺膳《ぜん》よりもさらに気遣われた。ましてやこのたびの正使は、たいそうな食通としてその名が知られていた。長番内侍《ネシ》はハン尚宮に落ち度のないよう重々申しつけて太平館を出ていくと、医女《いじょ》のションが煎《せん》じ薬を持ってやって来た。その薬は、糖尿病を患っている使臣に進上するようにと内医院から贈られたものだった。

太平間の宴会場ではオ・ギョモが使臣と向かい合っていた。白い髭《ひげ》を長く伸ばした使臣はいかにも頑固で気難しい印象を与えたが、意外にも流暢《りゅうちょう》な朝鮮語を話した。

「正使様はどこで朝鮮語を習われたのですか？」

「乳母が朝鮮から来た女性でした」

オ・ギョモが大げさにうなずいているところへ膳が運ばれてきた。たっぷりと盛られた料理はさっぱりとして美味しそうだったが、脂気のある食べ物はなく、青菜だけであった。オ・ギョモはすぐさま長番内侍を呼びつけて叱《しか》り、すぐに新たな膳を用意するよう指示した。ところが、次に出された膳もやはり青一色であった。

正使の顔色が変わるのを見て、オ・ギョモは冷や汗をかき、慌てふためいた。

「一体、どのような方と心得てこんな料理を……」

オ・ギョモがあまりの腹立たしさにわなわなと震えていると、先ほどから扉の前で落ち着かない様子で立っていたハン尚宮が丁重に言葉をかけた。

「恐れながら、正使様は持病のある身で遠い道のりを来朝されました。ですので……」

オ・ギョモはそれ以上聞こうともせず、直ちにハン尚宮を連れ出せと言って激怒した。チャングムが女の使用人に茶を持たせて宴会場に来たとき、ハン尚宮はちょうど連れ出されていくところであった。チャングムは後先も考えずに宴会場に飛び込むと、床にひれ伏した。

「お、お、お前は何者だ？　内人の分際で、ここをどこだと思っている。恐れ多くも……」

チャングムはオ・ギョモの言葉などまるで耳に入らなかった。

「遠い道のりを来られて持病の糖尿病が悪くなられたのではないかと思ったのでございます。糖尿病には薬よりも食べ物のほうがはるかに重要でございます。しかしながらその工夫を怠りますと、百薬の効果も失《う》せましょう。ですからハン尚宮様は、ご自分の料理の腕前を披露することよりも、正使様の身体によいと思われる料理だけを進上されたのです」

「直ちにその女を連れ出し、正使様が満足されるような山海珍味をお出しするのだ」

「今は舌で感じる甘味が、身体に障るときでございます。何卒ご諒察《りょうさつ》くださいませ！」

「この不届き者！　何をしておる！　直ちにその女を引きずり出せ！」

「十日間、いえ、五日間だけでもどうかこの料理をお召しあがりくださいませ！」

チャングムは引きずり出されながらも叫び続けた。その声だけは耳に届いたのか、オ・ギョモの笠《かさ》のひさしばかりを見つめていた正使が、ようやく料理に関心を示した。

「五日間と言ったな？　もし五日後に何の改善の兆しもみられなかったら、お前とお前の師を私の思いのままにしてもよいか？」

「はい」

「命を差し出せといっても？」

「……はい」

「よかろう！　五日間の猶予を与えよう。だが私は味にはうるさい。身体によいからといってうまくないものを食べる人間ではないぞ」

とりあえずその場はハン尚宮を助けることができた。しかしハン尚宮が五日間だけ生きながらえるのか、あるいはその後もずっと長く生きられるのか、それはチャングムの腕にかかっていた。

噂《うわさ》はまたたく間に大妃殿にまで広がった。代理最高尚宮になるやいなや厳しい責任を問われることになったチェ尚宮は、すぐさま太平館に駆けつけ、チャングムをにらみつけながら言った。

「愚かなところはハン尚宮にそっくりだ！　出て行け！　正使様にお出しする料理は私が作る！」

「それはできません」

「何だと？」

「チェ尚宮様こそ出て行ってくださいませ。正使様は、五日間は私が作った料理を食べてくださると約束されました。したがってこれから五日間は、私がこの厨房《ちゆうぼう》の責任者です」

　チェ尚宮はものすごいけんまくで食ってかかったが、ついには折れて引き下がった。その場で厳しく責任を追及し、思うぞんぶん懲らしめることができれば、さぞかし清々したであろう。だがチャングムが正当なことを言っている以上、意地を張っていても仕方がなかった。代わりにチェ尚宮は、その足で兄にことづてをして、満漢全席《マナンジョンソク》を作るための材料をすべて揃《そろ》えてほしいとお願いした。

　チェ尚宮にとってはむしろそのほうが好都合かもしれなかった。脂気の多い料理に慣れ親しんだ食通の正使が、チャングムの作る菜食料理に満足するはずがなかった。満を持して満漢全席を進上すればすべてが順調に運ぶ。自分は功を立て、チャングムとハン尚宮は追い出されるのだ。二人まとめて、しかも永遠に……。

　チャングムは陽《ひ》のあたる場所を探して野菜や山菜、野草を干して、干し椎茸、カタクチイワシ、昆布を挽いた。それらの材料を使って、初日は味噌鍋とナムルを作った。正使は最初のひと匙《さじ》を口に運ぶと眉間《みけん》にしわを寄せた。膳が下げられるまで表情を和らげることはなかった。

次の日は海藻類で惣菜を作った。ワカメ、海苔《のり》、アッケシソウ、青海苔は見るからに新鮮であったが、正使はまたしても顔をしかめた。三日目には太刀《たち》魚を入れて煮たわかめ汁を出した。四日目には豆腐のチョンゴルを進上した。五日目にはスン菜の水キムチと竹筒ご飯をこしらえた。正使はそのすべてを食べながら、一貫して厳しい表情を崩さなかった。

やるべきことをすべて終えたチャングムは、疲労困憊《こんぱい》して厨房を後にした。他の内人や使用人たちは、チェ尚宮の満漢全席を作るために忙しく働いていた。満漢全席の材料に、豚肉十五斤、鴨《かも》八羽、羊肉二十斤、スッポン四匹、ガチョウ五羽、鹿《しか》肉十五斤、鶏六羽、魚二十斤、そして鹿の尾まで用意したという話は、ヨンセンから聞いて知っていた。

鹿の子宮、熊《くま》の手、白鳥、孔雀《くじゃく》、ヒキガエルなど数十種類の野生動物と鳥類を素材とした、虎《とら》の睾丸《こうがん》で作る清湯虎丹《チョンタンホダン》、四不像《サブルサン》（シカ科に属する動物）の頭部で作る一品麒麟面《イルプムキリンミョン》、鹿の眼球で作る明月《ミョンウオル》照金鳳《ジョグムボン》などが膳にあげられた。正使は二百あまりにわたる山海珍味を三日三晩にわたってたいらげ、昼夜違わず宴会を開くだろうと、ヨンセンはつけ加えた。

結果が出たわけではなかったが、チャングムは流れる涙をどうすることもできなかった。一生分の努力を一瞬にして使い果たしてしまったかのように、全身の力が抜けた。ぼんやりして何も手につかず、むなしさに泣き崩れたい心境であったが、ハン尚宮もチョン尚宮もそばにいなかった。あの華麗な料理の数々のように、はじめから正使の好みに合うものを作ることができたら、今ごろはハン尚宮もチョン尚宮も安泰であっただろう。それができなかったために二人は隔離され、自分も世の中から一人取り残されてしまったような気がした。わびしかった。わびしさが骨にしみた。

　正使はチェ尚宮が進上した満漢全席のなかからフカヒレ汁を食べていた。ウルジンから取り寄せたテゲ（カニの一種）の肉を削《そ》いで入れ、風味を加えた。満漢全席は一品だが、二十を超える主菜と副菜が用意されていた。そこに冷菜、乾果、蜂蜜煎餅《せんべい》、果物が添えられているため、料理の品は三十にも四十にも及んだ。ひとつの主菜に四つの副菜をあしらったのは衆星捧月《チュンセンボンウォル》、すなわちひとつの月を四つの星が取り巻くという意味で、一人の皇帝とそれに仕える臣下たちを表していた。

　とにかく正使は眉《まゆ》ひとつしかめることなく料理を食べた。命をも差し出すと言ったチャングムは、結果を伝えられるためにその場に呼び出されていた。正使は美味しそうに満漢全席を食べていたが、突然箸《はし》を置いて山海珍味はここまで、と言った。口が裂けんばかりに笑顔を作っていたオ・ギョモとチェ尚宮は、その意味がわからず目を見開いた。

「わしは美味で脂気の多いものに目がなく、糖尿病を患ったにもかかわらず、それを絶つことができずに病を悪化させたのだ。私はこの国の人間でもなければ、ここに長くとどまる人間でもない。私の口に合うものを作ればそれで済んだものを、なぜお前はあんなにも料理にこだわったのだ？」

　チャングムに問いかけた言葉であった。

「私はただ師の意志を継いだだけでございます」

「その意志とは何か？」

「いかなる場合でも、それを食べる人に害となる料理を出してはならぬという志でございます。それが料理を作る者の務めとされました」

「そのせいで自分の身にたいへんな危険が及ぶとしても？」
「正使様も、連れて行かれたハン尚宮様の姿を見られたはずです」
「うむ、なんと頑固な師とその弟子であることか。料理を作る者に道理と信ずるところがあるように、料理を食べる者にも道理があるもの！　作り手が私の身体をおもんばかるのに、食べる私が身体を害するものばかり選んでよいものか！　出発の日まで私の食事は頑固者のお前の師とお前に任せよう」

チャングムはひと言も返せぬまま、むせび泣いた。最初はただ助かったという安堵《あんど》感から涙が出たが、そのうち、ハン尚宮が間違ってなかったこと、自分がそんな人の弟子であることに改めて幸せを感じ、泣いたのであった。

正使は欣然《きんぜん》と世子封爵の問題に決着をつけ、王と大妃はそのことをいたく喜んだ。ところがこの一件で功を得たのは、オ・ギョモとチェ尚宮であった。使臣接待の総責任者がオ・ギョモであったためである。

何はともあれ、チャングムはハン尚宮が解放されたということだけで、あたかもこの世を手に入れたかのように幸せだった。もっとも愛する人が、チャングムにとってのすべてであったのだ。

そのころ、傷心により床に就いていた王妃が、ようやく身を起こすようになった。文定王后《ムンジョンワンフ》である。太子の仁宋《インジョン》を産んで六日後に章敬王后《チャンギョンワンフ》が産褥《さんじょく》熱によって亡くなると、士林派《サリムパ》を中心に、廃妃《ペビ》シン氏の復位問題がふたたび浮上した。しかし太子の地位を揺るがす恐れがあるとの世論に押され、結局ユン・ジイムの娘が王妃となった。それが中宗の二人目の継妃、文定王后だ。

早くに亡くなった母親に代わり、血のつながり以上の情を注いでくれた保姆尚宮の死は、王妃の胸に深い悔恨を残した。王妃は亡くなった保姆尚宮を慕うあまり身体を壊し、何日かぶりに精を取り戻した。王妃は保姆尚宮の最期を看取った水刺間の内人を、すぐに呼んでくるよう命じた。

チャングムは長番内侍に連れられて中殿に上がった。王妃とチャングムは、ひと目会ったそのときから互いに心惹《ひ》かれるものを感じた。

「保姆尚宮は安らかに逝《い》かれたのか？」

「はい、媽媽《ママ》。王妃様と巡り会い、お世話していたときがとても幸せだったとおっしゃっていました」

「そうか、実の母親より深い愛情を注いでくれた方であった。私が手ずからやるべきことを……。最期を看取《み》ることもできずに……」

王妃が涙を浮かべると、長番内侍が気を紛《まぎ》らわそうと話題を変えた。

「媽媽、この娘ならば、保姆尚宮の最期を安らかに看取って差し上げられたことと存じます。私もこのたびの太平館での一件で、この子を見直しました」

王妃が太平館での出来事に興味を示したので、長番内侍は事の一部始終を丁寧に説明した。王妃は朝の挨拶《あいさつ》のために大妃のもとを訪れ、その際に太平館での一件を話して聞かせた。おかげで提調尚宮はひどい屈辱をこうむることになった。糖尿病を患っている正使に豪華な満漢全席を進上したことに加え、それを自分の手柄のように振る舞ったとして、大妃が烈火のごとく怒ったのである。

王が病に伏しても口に合う御馳走《ちそう》しか作らないだろうと、その愚かさを罵《ののし》ったのだ。

提調尚宮とチェ尚宮にとって、面白くない事件がさらに続いた。流行り病が収束に向かいながら、その原因が肝臓と関係していることが明らかになると、オンジン村に隔離されていた宮女《きゆうじよ》たちも宮廷に戻ってきたのである。そして水刺間の宮女たちに召集がかかり、大妃がチョン尚宮の還宮をじきじきに指示した。

宮女たちの一団のなかで、ミン尚宮の介添えを受けながらチョン尚宮が歩いてきていた。ハン尚宮、チャングム、ヨンセン、チャンイは、涙を浮かべてチョン尚宮を迎え入れた。

「化け物でも見たのか？　帰ってきたというのに挨拶の言葉もないのか」

「身動きもままならないようでございますので心配なのです」ハン尚宮が言った。

「やるべきことがまだ残っている。そのために力を振り絞っているのだ」

そこにはチェ尚宮と提調尚宮の姿もあった。

「提調尚宮様がじきじきにお迎えくださるとは、そうまでしていただかなくてもよかったものを。チェ尚宮、そなたは私の代理を務めて苦労が多かったようだな」

チョン尚宮の言葉には底意が込められていた。だが実のところ、チェ尚宮と提調尚宮はチョン尚宮ではなく別の人物を待っていた。二人は別監から、大妃がお出ましになるという知らせを受けていたのだ。

王妃を従えて現れた大妃は、チョン尚宮の還宮に安堵しながら、これまで棚上げにされていた料理対決について言及した。

「お前が危険を顧みずすばらしい料理を作ったと？」大妃が言った。

「はい、しかしながら実はわたくしではなく上級内人のチャングムが……」ハン尚宮が言った。

「うむ、その話も聞いている。最初はたいしたことではないと思っていたが、中殿の言葉を聞いて思うところがありここまで足を運んだ。中殿が言うには、水刺間の最高尚宮の徳目は、料理の腕前だけに限られるのではなく、時には強い信念と意志によって王をも負かす度量が必要であるとのことだ」

全員が直立不動で大妃の話に聞き入っているなか、チャングムはそっと頭を上げて王妃を見つめた。すると王妃もそれに気づき、二人はしばし親しみのこもった微笑を交わすことができた。

「それでこそ王の健康が保たれるというもの。いや、まさにそうだ。よって課題を出したわけではないが、このたびはハン尚宮の菜食料理とチェ尚宮の満漢全席を二回目の対決と見なし、ハン尚宮に軍配をあげよう！」

さらに大妃はその場で最後の課題を出した。

「最後の課題は、特に指定しない。それぞれ好きな料理を作って王と私に進上せよ。味と健康、この両面に対するお前たちの想《おも》いを表現できる料理であれば十分だ」

こうして決戦の日は大妃の誕生日に決まった。凶作により王と王子の誕生膳でさえつつましやかであったため、心のこもった料理であればそれでよいとの言葉を残し、大妃は退いた。

チャングムは胸がいっぱいになり、部屋に戻ってそっと母の料理日記を開いた。

『今日、親友と一緒に柿酢を作り、瑢源殿《ソノンジョン》の裏庭にあるビャクシンの木の下に埋めました。将来どちらかが最高尚宮になったときに使おうと約束しました』

日記を読んでいると、自然に笑みがこぼれることはしばしばあったが、この一節は読むたびに心惹かれた。親友と柿酢を作り、人目を忍んで木の根元を掘り起こす、二人のかわいらしい内人。その姿は容易に想像することができた。母の親友とは一体誰なのだろう。チャングムはそれが気になって仕方なかった。

〝母の親友は、まさかもう最高尚宮になられたのだろうか〟

ふとチェ尚宮の顔が浮かんで身震いしたチャングムは、一人くすくすと笑った。

母と親友との関係は、まるでヨンセンと自分のようだった。幼い時分から、つらいときはともに泣き、嬉《うれ》しいときにはともに笑った、ただそこにいるだけで心癒《いや》される友である。ヨンセンと二人で柿酢をこしらえて桜の木の下にでも埋めようか、でも最高尚宮の座をめぐってヨンセンと争うのは不自然だ、きっとヨンセンはからかわないでと言ってふくれ面をするだろう、チャングムはそんなことを想像していた。

しかし次の瞬間クミョンの顔が浮かび、チャングムの顔から笑みが消えた。クミョンとだったらいつか最高尚宮の座をめぐって競うこともあるかもしれない。だが、いつからこんな風に善意のない競争に振り回され、争う仲になってしまったのか。

クミョンに残されたのは、ひたすら勝たなければならないという勝利に対する欲望だけであった。必ずや勝利し、チャングムの天性の味を創りだす能力よりも自分の才能が優れていることを、クミョンは証明したかった。叶うならば、それによってチャングムに深い傷を負わせたかった。クミョンがチェ尚宮の作る大妃の進宴膳で、粥と後食《フシク》（食後のデザート）を担当すると自ら申し出たのも、その陰鬱《いんうつ》な欲望があったからだった。

最後の料理対決で、ハン尚宮は主菜を八卦湯《パルグアタン》に決めた。亀の精肉と肝を強火で炒《ひた》めたものに、冬虫夏草と鶏で煮だしただし汁を注ぎ、亀の卵とともに煮込んだ料理が八卦湯である。ところが、冬虫夏草を買いに出たハン尚宮は、進宴《チニョン》の前日になっても戻ってこなかった。チャングムはまたしても気をもまなければならなかった。しかし、そのころハン尚宮は何者かに連れ去られ、どこだかもわからない蔵に監禁されていた。妹の豪語にもかかわらず、情勢が不利に働いたと判断したチェ・パンスルが、外出の機会をねらってハン尚宮を拉致《らち》したのだ。結局チャングムは、最後の対決をも一人で競わねばならなくなった。

チャングムの鮑《あわび》の内臓を使った粥は、クミョンの五子粥《オジャ》に比べると見劣りした。鮑の内臓だけで炊いた粥よりも、桃、杏《あんず》の種、くるみ、松の実、ごまで炊いた五子粥のほうに大妃は惹かれたようだった。そば粉で作った餅《もち》も、チェ尚宮の鱈《たら》の皮でこしらえたサム（海苔、白菜などにご飯やおかずを包んで食べる料理）に多少押されているようであった。

チェ尚宮の主菜は鶏肉と水参《スサム》（生の高麗人参）を使った冷菜であった。鶏の肉汁に豆の煮汁を混ぜて作ったたれが淡白でよいと、大妃も王も賞賛を惜しまなかった。チェ尚宮は最大の野心作でお褒めをもらったことで、すでに勝ったような気でいた。

結局ハン尚宮が戻らなかったため、八卦湯を作ることはできなかった。チャングムは逸《はや》る気持ちで海鮮の冷菜を出したが、こんな平凡な料理では大妃の目を引くことはできなかった。大妃はしばらく箸もつけずにいたが、王妃が食べるのを見て少しだけ食べる真似をした。大妃はひとくち食べ、さらにひとくち口にすると、今度はしっかりと吟味した。

「中宗王《チュンジョン》、これは驚きました。こんなにさわやかな味は生まれて初めてだ」

「口の中で魚が生きて動いているようではありませんか？」王妃が加勢した。

「平凡な海鮮の冷菜だと思ったが、独特な味だ。どのように作ったのだ？」

王もうなずいてチャングムに訊ねた。

「これまで宮中では主に松の実の絞り汁を使ってきましたが、それでは冷菜の特長であるさわやかさを十分に引き出すことはできません。そこでにんにくの絞り汁を使ってみました。にんにくが魚の臭みを消し、さわやかさを助長するものと思われます」

「ほう、なるほど。からしのように鼻を刺すような刺激もなく、ほどよい甘味とぴりっとした辛味がさっぱりとしている」

予想はしていたものの、期待以上の反応にチャングムはどうしたらよいかわからなかった。ましてや、この海鮮の冷菜は母と母の親友とが作った料理であったため、格別な想いであった。にんにくの絞り汁に特別な酢を入れたくてあれこれ考えているうちに、母の料理日記に記されていた柿酢を思い出した。それを探し出すまで少なからず手間がいったが、苦労が報われたのである。大妃と王の反応がそのことを証明してくれた。

「しかしながら母上、このさわやかな味は単ににんにくだけの問題ではないように思われます。ほどよい酸味とすがすがしい味の秘訣が他にあるような気がしませぬか？」

「王の話を聞いているとそのような気もする。して、にんにく以外に使ったものはあるか？」

「はい、土の中に二十年間寝かせておいた柿酢を入れました」

「なんと……。二十年といえば山河が二度変化してもなお余りある年月ではないか？」

大妃は満足げに膝《ひざ》をたたき、ほかの王族たちも感心したように互いに目を合わせてうなずいていた。しばらくしてから大妃は、冷菜はどちらも非の打ちどころがなく甲乙つけがたいとし、判定を王に委《ゆだ》ねた。王はしばし迷っていたが、やがて威厳を漂わせた表情で口を開いた。

「どちらも申し分ないが、酢を数十年も大切に保管しておくという真心から、後者のほうが勝ると考える」

チャングムの顔がようやく明るくなった。ハン尚宮と自分の命まで懸けた正使による評価よりも、苦しいまでに待ち望んでいた言葉であった。

対決の当事者たちこそ神経のすり減る思いだったが、宴は終始和気あいあいとした雰囲気のなかで進行された。その間に幸いにもハン尚宮が戻り、チャングムは俄然《がぜん》元気づいた。ハン尚宮の苦難について聞く間もなく、二人は次の料理を準備するために忙しく立ち回った。二人は、松茸とトッカルビの焼き物、鶏の土焼き、海鮮石焼ピビンバ、クマイチゴの花菜《ファチェ》（果物のシロップ漬け）、水参とナツメの天ぷらの順に、料理を出した。それに対してチェ尚宮らは、酒漬けのエビの焼き物、仔豚の土焼き、子持ち蟹《かに》のピビンバ、柚子《ゆず》の花菜、ツルニンジンの揚げ物で対抗した。

もっとも熾烈な争いを繰り広げたのは鶏の土焼きと仔豚の土焼き、それと海鮮石焼ピビンバと子持ち蟹のピビンバであった。蓮《はす》の葉で包んだ鶏肉に赤土をぬって焼いた鶏料理と、牝豚の腹のなかにいる仔豚を取り出して焼いた料理は、その調理法だけでなく、味も独特であった。蓮の葉のほのかな香りがしみた鶏肉料理と、やわらかくてコクのある豚肉料理が、真っ向から対決したのである。

海鮮石焼ピビンバの要《かなめ》は石焼きの釜《かま》にあった。それはちょうど一人前の米が入るほどの小さな石釜であった。当時は、富める者は養うべき家族が多く、貧しい者は子沢山《だくさん》のため、ご飯はいくら大きな釜で炊いても間に合わないといった、そんな時代であった。そのため、たった一人前のご飯を炊くための釜、ましてや石で作った釜など、誰も考えつかない奇抜な発想であった。

ハン尚宮は対決に先立って工曹《コンジョ》の攻冶司《コンヤサ》を訪ね、特別に釜を注文していた。王のためだけにご飯を炊くことのできる石釜。ハン尚宮の意を解してくれた老いた石匠に出会えたのも、また幸運であった。

ついに最終判定を下すときがやってきた。王や王妃はもちろん、ほかの王族たちも意見を言うことはできたが、あくまでも大妃の意見が尊重された。長老であり、宴の主役でもあった大妃の見解に、異見などあり得なかった。

チェ尚宮とクミョンは勝利を確信しつつも内心はいらだっている様子だった。それに比べてハン尚宮とチャングムは、いっさいの緊張と不安からようやく解き放たれた安堵感からか、超然とした面持ちであった。最善を尽くしたあとは結果を待つのみである。もはや気をもむ必要もなかった。

チャングムは全神経を大妃に注いでいたが、ふいに伝わってきた体温を感じて、自分の手に視線を落とした。隣にいるハン尚宮がそっと自分の手を握ってくれていた。温かい手だった。けれども長いあいだ水や調味料にさらされていたその手は、ざらざらしていた。ざらざらして温かい手。チヤングムはそのぬくもりを感じて静かに涙を流した。

「どれもすばらしい料理であった。特に仔豚のやわらかい肉は、肉料理を好む私の口によく合った。また、子持ち蟹のピビンバも絶品で、蟹の甲羅にご飯を入れて食べると、まことに珍味であった」

チェ尚宮は落ち着かない様子で顔を赤らめた。提調尚宮は得意満面にチョン尚宮を横目でにらみ、クミョンは冷ややかな眼差しをチャングムに投げかけた。チャングムの動揺が伝わったのか、ハン尚宮が手に力を込めた。

「私はこのたびの対決にあたり、味と健康の両面に優れ、お前たちの真心がこもっていればどんな料理でもよいとした。味と健康という面では、どれも非の打ちどころのない完璧《かんぺき》な料理であった。だが、そう遠くない将来、死ぬときを迎えるであろう年寄りの心を動かしたのは、そして生涯最後となるかもしれぬ膳を食べ、ひとりの母として、また万民の母として、生きている牝豚の腹を切り裂いて取り出した仔豚の焼き物には感心しない」

瞬間、宴会場は息づかいさえ聞こえなくなるほど静まり返った。チェ尚宮とクミョンは息が止まる思いであった。

「私はこの国の大妃の座に就いているが、貧しい民を思うと、仔豚の焼き物や子持ち蟹のピビンバは度を越した好事となろう。それに対して、蓮の葉や石釜には限りない真心がこめられており、つつましやかで、なおさら心惹かれた」

ハン尚宮は手に何度も力を込めた。チャングムはその手の力強さを切々と感じていた。

「したがってこのたびの対決の最終勝者は、これらの料理を作ったハン尚宮とする！」

第十三章

離別

「次にお会いするときには、以前から差し上げたいと思っていたものを必ずお持ちします。もらっていただけますか？」

外出休暇をとる前、ほんのつかの間のあいだ顔を合わせたときにジョンホが言った言葉であった。チャングムが胸をときめかせながら聞いていると、ふいに頬《ほお》がひんやりとした。雪が降ってきたのだ。初雪だった。こんな索漠とした宮中でも雪を溶かすぬくもりくらいは残っている、そういわんばかりに降っては溶けていった。乱れ散る雪片のように、ジョンホの視線が空《くう》を漂い、チャングムへと降りていった。

チャングムが七日間の休暇をとるために宮廷を出たその日、王は腹の具合がよくないと言って、朝からしきりに冷や汗をかいていた。夕方になって御医《オイ》（王や王族を診るための医者）が診察すると、温《オ》疫《ニョク》、すなわち流行り病の疑いがあるとのことだった。

その夜のうちにオ・ギョモが大殿にかけつけ、内医院の都提調《トジェジョ》、典医監《チョニガム》（医薬について管轄した機関）の判事ら、三医司《サミサ》（三大医療機関の内医院、典医監、一般庶民の医療を管轄した恵民署の総称）の長も集まった。対策を熟議する席には長番内侍《ネシ》と提調尚宮《チェジョサングン》も加わった。

「温疫とは確かなのか？」

オ・ギョモがにらみつけるように御医のユ・サンチョンに詰め寄った。オ・ギョモは、王妃が男児を出産したため姪《めい》の后妃計画を保留せざるを得なく、また、ここで王に万が一のことがあれば、これまで築き上げてきたものがすべて水の泡となるかもしれないと思った。戸曹《ホジョ》（戸籍や租税などに関する政務を執り仕切った中央機関）傘下の宣恵庁《ソネチョン》（米、布、銭の出納を管轄した機関）の庁官の地位に甘んじるわけにはいかない。それどころか王にもしものことがあれば今の地位さえ危ぶまれるのだ。

「脈が速く、悪寒、発熱があり、耳が腫《は》れて痛みを訴えるところをみると、温疫のなかでも大頭温《テドウオン》症《ジュン》のようです」御医が言った。

雷頭風《ネドウプン》とも呼ばれる大頭温症はよくみられる流行り病であったが、死亡率は高かった。

「温疫に間違いないのだな？」

「このあいだ流行り病が治まったばかりだというのに、またしてもこのようなことが起こるとは」

「昨夏の水害が甚大であったことと、夏も終わったというのにいまだ気温が高いせいで、温疫が猛威をふるっていると思われます」

流行り病は、寒いはずの時期に寒くなく、暑いはずの時期に暑くないと発生すると考えられ、ことに大頭病《テドウピョン》は、四季にそぐわない天候に影響を受けるとされていた。

「だとしたらどうすればよいのでしょうか？　仮に流行り病だとしても殿下《でんか》を隔離させるわけにはいきません。また、万が一このことが外部に漏れた日には、宮中はおろか、国中が……」

「だからこそ早いうちに手を打たなければなりません。いかなる手をつかっても蔓延《まんえん》を阻止するのです。ユ・サンチョン、何か対策はあるのか？」

「まずは針治療をしてから既済解毒湯《キジェヘドクタン》を服用していただきます。三、四日後に改善の兆しがみられなければ荊防敗毒湯《ヒョンバンパドクタン》に変えてみましょう」

「大頭病は、頭部にこもっている邪気を下げるための薬だけを服用してはいけません。性質の冷たい薬をゆっくり飲んだり、炒《い》ったりして服用するのはそのためです」

事が重大かつ急を要していただけに、すぐに治療が行われた。王は既済解毒湯を飲み、ユ・サンチョンの勧めに従って床に横たわった。薬効が頭部に及ぶよう、既済解毒湯を服用した後は必ず安静にしなければならなかった。

そんななかヨンノはチャングムの留守を狙《ねら》い、彼女の部屋に忍び込んである物を探していた。チェ尚宮がチャングムは料理対決の際に何か特別な手を使ったに違いないと激怒したため、ヨンノはチェ尚宮をなだめようとこんなことを言っていたのだった。

「チャングムは大妃媽媽《ママ》の進宴《チニョン》準備の際に何か書物のようなものを隠し持っていて、こそこそ読んでいました」

「書物だと？」

チェ尚宮は最初、最高尚宮《チェゴ》に代々受け継がれる秘本のことかと思った。だが、その秘本の内容なら自分もだいたい覚えていたため、別の書物に違いないと思い直した。また、秘本には石釜《がま》や蓮《はす》の葉と鶏の土焼き、にんにくの絞り汁の薬味の作り方などは記されていない。たとえ記されていたとしても、あの堅物のチョン尚宮がチャングムに秘本をわたすとは考えにくかった。

対決には敗れたものの、チェ尚宮は最高尚宮の座をあきらめるつもりはなかった。最高尚宮の座にはまだチョン尚宮がいるのだ。ハン尚宮がその座に就く前に、どんな手を使ってでも阻止しなければならなかった。そのためには口実が必要である。ハン尚宮とチャングムを追い出すためには、何としてもそれなりの理由を手に入れなければならなかった。

チェ尚宮はヨンノに、隠密にその書物を探し出すよう命じた。ハン尚宮が最高尚宮になり、チャングムがゆくゆく水剌間《スラッカン》の尚宮になれば、お前など人差し指についた米粒にも満たない存在になるだろうと脅したのだ。ヨンノはわが事のように懸命に仕事をした。タニシでも畦《あぜ》を越えるくらいの知恵はあったとみえ、ヨンノは立派にその役目を果たした。こうして料理日記を手に入れたチェ尚宮は、チャングムがミョンイの娘である事実を知り、恐怖におののいた。

万が一チャングムが当時の事件のことを口にすれば、自分は最高尚宮の座はおろか、命さえ危ぶまれる状況であった。今のところ母親に毒を盛った者が誰かはわかっていない。であれば、くすぶっている火種は早くに踏みつけて消し去ってしまわなければならなかった。それでこそ後患が防げるのである。チャングムは直ちに摘むべき芽であった。木の節のようにことごとく自分の邪魔をしていた者がミョンイの娘だったとは……。いずれにしてもあの母娘とチェ氏一族は、ともに生きることのできない運命のようであった。

王は改善の兆しをみせるどころか、息切れや呼吸困難、吐き気まで訴えだした。やがて王の病状が大妃の耳にまで届くと、宮中は騒然とした。そんななか御医のユ・サンチョンの行動は怪しいばかりであった。症状に改善の兆しがみられない場合には荊防敗毒湯を処方すると言っていたにもかかわらず、ひたすら時間をおくだけで治療に当たろうとしなかった。長番内侍が早く治療するよう促してもなかなか動こうとせず、ずるずると長引かせ、いざ処方する段に至っては人々を退けるよう要求した。感染を防ぐためというのがその理由であった。

長番内侍は指示に従おうとしたが、毒蛇《へび》のような提調尚宮までも欺くことはできなかった。感染を阻止するための処置はすでに講じていたからだ。石雄黄《ソグンファン》（砒素《ひそ》の化合物）、羚羊角《ヨンヤンガク》（カモシカの角）、雌《チャ》黄《ファン》（硫黄《いおう》と砒素の化合物）、明礬《みょうばん》、ニシキギの皮をふり分けて紅い絹の袋に包み、目につくあらゆる場所につるしていた。またそれらを藍《あい》色に染めた布に包んで大殿の庭で燃やしもした。さらに大殿に出入りする際には、綿棒にごま油や石雄黄の粉をまぶしたものを鼻孔に塗りつけ、用心を重ねた。

ユ・サンチョンが別の理由で人を遠ざけようとしているのは自明だった。

提調尚宮はチェ尚宮を内医院に遣わし、ユ・サンチョンが処方した煎《せん》じ薬の内容を確認させた。高麗人参《こうらいにんじん》、茯苓《ポンリョン》、オケラの根、シャクヤク、カンゾウ、神麹《シングク》……。こうしてユ・サンチョンが荊防敗毒湯ではなく、参朮健脾湯《サムチュルコンビタン》を処方していたことが明らかとなった。参朮健脾湯といえば、消化不良により腸にガスがたまって腹痛を起こしたり、消化管粘膜の傷害によって嘔吐《おうと》があったりしたときに使われる薬である。

提調尚宮はチェ尚宮からある提案を受けて、このことを直ちに上層部に報告する代わり、ユ・サンチョンを呼びつけた。提調尚宮が明らかな証拠を突きつけると、ユ・サンチョンはもはや逃げ場を失い、ありのままを白状した。

「温疫だと思っていたのですが、実は消化不良だったのです」

「こんな馬鹿な話があるか。御医ともあろう者が消化不良であることも見極められず、温疫と診断して処方しただと？」提調尚宮が言った。

ただでさえ消化不良で体温が低下しているのに、そこへ大黄《テファン》、黄連《ファンリョン》などの熱を冷ます薬ばかり服用させていたため、王の病状が悪化するのは当然のことであった。さらに、薬効が頭部に及ぶよう安静にしていたのも問題であった。

「もはや御医の命は旦夕《たんせき》に迫っています。どうするおつもりですか？」チェ尚宮が言った。

「どうすればよろしいのでしょうか？」

命のかかっている御医、そして提調尚宮とチェ尚宮は、御医の身代わりを立てることで意見が合意した。チェ尚宮にとっては、チャングムが休暇中であることが悔やまれたが、ハン尚宮が罠《わな》にかかれば、チャングムなどはわざわざ手を下さなくとも自ずと罠にひっかかるだろうと考えた。

温疫の原因は食べ物にあり、前日の晩に食べた水剌に問題があったという診断が内医院から下されると、水剌間は修羅場と化した。当日の水剌を担当していたハン尚宮と、水剌間の最高責任者であるチョン尚宮が呼び出され、二人は手厳しく追及された。ハン尚宮は、晩の水剌に問題があるはずなどないと、表情ひとつ崩さずに堂々と主張した。

事実、その日の水剌は味、栄養ともに完璧《かんぺき》であった。ハン尚宮はケジャン（蟹《かに》の醤油《しょうゆ》漬け）を作りながら、干し柿《がき》は膳《ぜん》にあげないよう生果房《セングァバン》に指示を出していた。柿には収斂《しゅうれん》作用があるため、ケジャンとともに食すと消化不良や食中毒を引き起こす恐れがあるからだ。

生果房は水剌間の要請に従い、水剌間とともに自らの役割をしっかりと果たしていた。ところが問題は別のところで生じていた。後宮に戻った王が、敬嬪《キョンビン》パク氏が差しいれた干し柿のサムを食べていたのだ。その干し柿が単に消化不良を引き起こしたのだが、それをユ・サンチョンが温疫と誤診したために事態が大きくなったのである。

事の真相がわからぬハン尚宮にしろ、罪をかぶせることに躍起になっているユ・サンチョンにしろ、気がかりなことには変わりなかった。ハン尚宮は過ちを犯した覚えはないと言い、ユ・サンチョンはこれといった名分を探せぬまま、互いに気をもんだ。実際、温疫の原因が食べ物にあったというだけでは説得力を欠いた。そのうえ、温疫であろうがなかろうが王の症状を食い止められずにいることで、ユ・サンチョンに対する責任問題が持ち上がっていた。

労せずに政敵を退けられることができたと、これまで身を引いていた提調尚宮とチェ尚宮も、この段になると本格的に策を講じはじめた。チェ尚宮が監察《カムチャル》尚宮に中《チュンジョン》殿の周辺を探らせると、大造《テジョ》殿《ジョン》の礎石の下から呪符《じゅふ》が見つかった。王妃の腹のなかの男児を女児に変えるという呪符が、またしても出てきたのである。あらかじめチェ尚宮から買収されていた占い師はハン尚宮からの依頼だと言い、事件はまたたくまに大きくなっていった。

内密の問題が水面に浮上してきたのも、このときからである。トックから話を聞いたチャングムが慌てて宮廷に戻ったとき、ハン尚宮はすでに義禁府《ウイグムブ》に引き渡されていた。義禁府は、黒幕を白状させようとハン尚宮に乱杖刑《ナンジャンヒョン》を処し、さらにチョン尚宮までも連行した。水剌間の尚宮たちや内《ナ》人《イン》たちも次々と呼び出され、審問を受けた。

「そんなはずはない……。そんなはずはない……」

信じられない事実を前にして、チャングムは泣くことすらできなかった。助けを求められるのはジョンホしかいなかったが、よりによって長期外出で留守であった。チャングムには知る由もなかったが、ジョンホはそのとき成均館《ソンギュングァン》の学田に出向いていた。内禁衛《ネグムウィ》長を通して、横流しされた高麗人参がチェ・パンスルの商会に入っていることを報告したが、それにもかかわらず何の処置もなされなかったため、さらに確実な証拠をつかもうと再び学田に行ったのである。

その夜、一睡もせずに悩んだ末、チャングムは王妃に謁見を賜る決意をした。もはや王妃のほかに、誰も事の真相を明らかにできる人はいなかった。呪符のせいでかつて自分が監禁されていたこと、母の料理日記のために弁明すらできず辛苦をなめたこと、さらに、必要ならばヨンセンがクミヨンの姿を見たことまですべて告白する覚悟であった。ハン尚宮が死に瀕《ひん》しているのである。ハン尚宮が死に直面している今、自分の何を隠し、何を守るというのだ。

チャングムはまず長番内侍に会うことにした。料理対決のさなかには日に何度も顔を合わせていたが、内人の身分で尚醞《サンオン》（内侍府に所属する堂上官）である長番内侍に会うことは、かなり骨の折れることだった。

「私も信じられずにいろいろと調べているところだ。しかしながら再調査を指示できるのはただ一人殿下のみ。しかしあのとおり病床に伏しておられるのが、何とももどかしいかぎりだ。大妃媽媽が常にそばについておられるので、申し上げる隙《すき》もない。提調尚宮の目も盗まなくてはならないし……」

「それでは大妃媽媽に申し上げていただくことはできませんか？」

「大妃媽媽の心中は王のことでいっぱいだ。私が殿下に申し上げる機会をうかがおう。心配なのはわかるがもうしばらく待っていなさい」

「待っている時間などありません。そんなことは誰よりも尚醞様がよくご存知ではありませんか！天下の豪傑でさえ義禁府の乱杖刑には耐えられないと聞いております。まずは刑だけでも止めていただきたいのです」

「とは申しても、事が事だけに私にも手のつけようがない。下手をすれば私まで巻き添えをくうことになるのだ」

無理強いはできなかった。日ごろよりハン尚宮とチョン尚宮に好意的であった人なら誰しも安心できない状況であった。

「ならば中殿媽媽にお目にかかれるよう橋渡しをしてください！」

「中殿媽媽にお目にかかれるようにしてくれだと？　正気で言っているのか？」

「もちろん正気でございます」

「このたびの件でもっとも大きな衝撃を受けていらっしゃるのは中殿媽媽だ。その媽媽にお会いしてどうしようというのだ？」

「だからこそ中殿媽媽にお会いして、申し上げなければならないのです。お目にかかれるようにしてください」

長番内侍は困惑した表情で、考えあぐねていた。チャングムにしてみれば、彼が口を開くまでのその短い時間ですら、とてつもなく長く感じられ、全身の血の気が失《う》せるようであった。

「事がうまく運ぶよう人を手配する。だからお前はもう帰りなさい」

「お力添えいただけるということですか？」

「お願いはしてみよう。だが、お前に会うか会わないかは中殿媽媽の御心しだいだ」

チャングムは宿所に戻り、知らせが来るのをひたすら待った。まさに一日千秋の思いであった。こうしている間もハン尚宮がむごい拷問に苦しめられていると思うと、いっときも座っていることができなかった。夜は更け、気は焦るばかりなのに、長番内侍からはいっこうに連絡が来なかった。仮に王妃が断ったのならば、その知らせが届いていてもおかしくないころだった。長番内侍が労を惜しんでいるとも考えられた。

チャングムはこれ以上手をこまねいて待っていることができず、さっと立ち上がり、大造殿に向かった。ハン尚宮様にもしものことがあれば、自分も生きてはいられない。いや、生きていたくなかった。どうせ死にゆく身ならば、力の限り声をあげて死のう、チャングムはそう心に決めていた。

大造殿へ向かうまでの道のりは、厳しく警備が敷かれていた。事件があってからは警備が一段と強化された。だがチャングムは、以前のようにやみくもに隠れることはしなかった。長い宮廷生活によって、禁軍《クムグン》の警備体系をおおかた把握していたからだ。禁軍とは禁軍三廳《クムグンサムチョン》、すなわち王室の警備と身辺保護を預かる内禁衛と兼司僕《キョムサボク》に属する武官の総称である。

彼らは、王が起居する周辺や、一般人の出入りが禁止されている地域の守備を任されていた。宮廷内には衛将所《ウィジャンソ》が四か所あり、将校たちは交代で宿直し、巡察した。その際、擲奸牌《チョッカンペ》を身につけていなければならなかった。擲奸牌とは、偽装、変装した犯人を判別するために、将校が携帯するよう義務づけられている身分証のことである。

チャングムは衛将所付近の殿閣《でんかく》の下に隠れ、将校らの宿直の交代時間に合わせて、大造殿の塀を飛び越えた。チマのまま飛び越えるのは躊躇《ちゅうちょ》されたが、この切迫した状況では考える余地などなかった。チマの裾《すそ》をひっかけたのか、地面を踏んだ瞬間、瓦《かわら》がけたたましい音をたてて落ちてきた。

「誰だ！」

険しい声とともに、人影がこちらに向かってすばやく近づいてきた。その声は大造殿の正面のほうから聞こえてきた。チャングムが降り立ったところは建物の脇の塀の下であったが、身を隠す場所といえば自分の背丈にも満たない一本の柏槙《びゃくしん》しかなかった。

王妃の侍女尚宮《シニョ》が見守るなか、チャングムは禁軍の兵士らに連行されていった。燃え上がる松明《たいまつ》のせいで目を開けていることができなかった。だが恐怖心が鎮まるにつれ、気持ちも落ち着いていった。

「恐れ多くも中殿の塀を乗り越えるとは！」

「中殿媽媽にお会いしたいのです」

「きさま！　たかが内人の分際で何を口走っているのだ」

「折り入って申し上げたいことがあるのです。どうか中殿媽媽に御目通りさせてください」

「よくよくみると、大妃媽媽の進宴で料理対決をしていた内人ではないか？　さては呪符を書いたハン尚宮の仲間だな！」

「そのことでどうしても申し上げたいことがあるのです。どうか、どうか中殿媽媽に御目通りを」

「誰か！　この女を直ちに義禁府に引き渡せ！」

身動きできないまま引きずられながら、チャングムは死を覚悟で叫んだ。もしかしたら中にいる王妃にこの声が届くかもしれないと思ったのだ。

「中殿媽媽！　中殿媽媽！」

しかし王妃は、大妃とともに王を見舞うため中殿を留守にしていた。

「中殿媽媽！　チャングムでございます。中殿媽媽！」

喉《のど》が裂けんばかりに王妃を呼んだが、チャングムの必死の叫び声はむなしく自分の耳にこだまするだけであった。


間違いなく草むらの辺りに落ちたが、いくら探しても見つからなかった。武官であった親友からの贈り物だといって、生前、祖父が大切にしていた矢であった。それは桃の木で矢筈《やはず》をかませ、雉《きじ》の羽をつけた矢である。横木には祖父の名が刻まれ、金箔《きんぱく》まで張ってあった。

元気のいい草がしきりに足首に絡みついた。手で掻《か》き分け、足で払いながら一歩一歩進んでいった。だが、不意に右足が傾き、身体がまたたく間に落下した。落とし穴だった。

「うわあっ！」

自分の悲鳴に驚いて目が覚めた。寝床が湿っていた。その夢はあまりにも生々しく、見慣れぬこの部屋の光景を見ているほうが夢のように思えた。胸騒ぎを覚えたジョンホは、朝食をすませると、すぐさま旅支度を始めた。同じ道のはずであったが、チャングムとともに歩いたときとは比べものにならないほど遠く、わびしく感じられた。

ジョンホが宮廷に到着したとき、事はすべて終わっていた。剪刀周牢《チョンドチュレ》（両脚をそろえて縛り、その間に棒を差し込んでひねりあげる拷問）の刑を受けたハン尚宮は獄死し、チョン尚宮は持病が悪化して実家に戻されていた。

あのやさしかったハン尚宮が亡くなったと聞いて、ジョンホは驚きのあまり声も出なかった。

「チャングム！」

ジョンホはチャングムの安否が気になり、ほとんど正気を失いかけていた。

チャングムは島流しの刑を受け、済州《チェジュ》の監営《カミョン》（地方の官吏が職務を執った官庁）に官婢《クアンビ》（下女）として、四日前に出立したということだった。済州島に渡るならヘナムで船に乗るはずだが、その道のりは、健康な青年が休まずに歩いてもまる十五日間はかかるという千里の道であった。昼も夜もなく馬を走らせれば、船に乗る前に、遠くからでもチャングムの姿を見られるかもしれない。手綱を引くジョンホの目が血走っていた。

行く道々、強い風が吹き荒れていた。その風に雪や雨が混じり、前がよく見えなかった。それでもジョンホは休まなかった。ジョンホの足が地につくときは唯一、馬に餌《えさ》をやるために宿に寄るときだけであった。腹が減れば減るほど、睡魔に襲われれば襲われるほど、寒さが肌を刺せば刺すほど、留《とど》まることなどできなかった。チャングムはどれほどつらく、寒く、悲しい思いをしているだろう。皮沓《ぐつ》など履いているはずもなく、この厳しい寒さのなか、ポソン（足袋）とコムシン（ゴム靴）

だけで耐え忍んでいるかもしれないのだ。そう思うたび、ジョンホは血涙をかみしめ、手綱を引いた。

眼前に見えるのは、索漠とひろがる竹藪《やぶ》ばかりであった。それが果てしなく続くと思われた矢先、突如そびえたつ山が現れた。頂には雪をかぶり、その麓に椿《つばき》林が深く黒々とひろがっている。木の葉のあいだには、早くもぽつぽつと赤いつぼみが見られた。月出山《ウォルチュルサン》であった。

縄に縛られて引かれていく罪人たちの列が、ゆるやかなくねり道の向こう側へ消えようとしていた。ジョンホは馬をさらに速く走らせ、ようやく一行に追いついた。

「ソ・チャングムという女性がこのなかにいますか?」

飢えと寒さでへとへとになっているせいか、誰もジョンホの問いかけに答えようとしなかった。見上げることさえ億劫《おっくう》だとでもいうように、皆、生気のない目を伏せてひたすら前の者について歩いていた。焦りを感じたジョンホは、列の前後を行き来しながらチャングムを探した。しかし、吹きすさぶ雪を避けようと一様にうなだれて歩く人の群れのなかで、その顔を見分けることなど到底できなかった。

そのときであった。真っ白い雪のなかで椿のような真っ赤なリボンが、ジョンホの目に留まった。そのリボンを目にしただけで目頭が熱くなった。

「ソ内人!」

チャングムはびくりとして後ろをふり向き、辺りを見まわして、そしてようやくジョンホの姿をとらえた。裂けてひび割れた唇。痛々しいまでの唇を震わせて、チャングムは何事か言っていた。

だが距離が離れていてその声は届かない。二人は切なくも、見つめ合うだけであった。

「そこをどけ！」

ジョンホはそばに近づくことができず、馬から降りた。そして人々を掻き分けて進もうとすると、軍官《クングアン》がやって来てそれを阻んだ。

「内禁衛の従事官《チョンサグアン》、ミン・ジョンホだ。しばし顔だけでも見られるよう取り計らっていただきたい」

「なりません。規則で禁じられていることはよくご存知のはずです」

「手間はとらせない。いっときも目をつぶれぬというのか？」

軍官が強硬な姿勢を見せたので、ジョンホは急迫して職権を振りかざした。軍官はたじろいだものの自らの職分を忘れなかった。

「なりません。ただちに立ち退《の》いてください」

「愛する女性だ。このまま別れたら、もう二度と会えないかもしれないのだ」

「事情を察して差し上げたいところですが、大逆罪を犯し、懲罰を受けた罪人たちです。誰も近づけないよう厳命を受けております」

「ではこれだけでも渡せるよう情けをかけてはくれまいか」

ジョンホの口調は懇願の色を帯びていた。もはや軍官もそこまでは拒否できず、早くすませてくれと目配せをした。

チャングムは足をとられながら、懸命に首を伸ばしてこちらを見ていた。チャングムの身体がよろめくたびに、心臓がどくどくとうずいた。ジョンホは袂《たもと》から三作ノリゲを取り出して、チャングムに差し出した。チャングムも力の限り腕を伸ばしたが、列をなして歩く人々に阻まれて、手がノリゲに触れたり離れたりした。いく度か繰り返すうちに、指の先がようやくノリゲの房をつかんだ。とそのとき、ジョンホはチャングムを連れて逃げてしまいたい衝動にかられた。身体じゅうの骨が悲しみでずきずきと痛んだ。

「必ずやお戻りください。お待ちしています」

その言葉が耳に届いたかどうか。雪はそのあいだもさらに勢いを増して降っていた。チャングムが何か口にしようとした瞬間、人波に押され、その顔は遮られた……。

ジョンホは呆然《ぼうぜん》とその場に立ち尽くし、去りゆくチャングムの後ろ姿を見送った。白い雪のなか、彼女の赤いリボンが椿の花のように、血の雫《しずく》のように鮮やかに揺らめいて、やがて視野から消えていった。

軍官の目につかないよう距離を置きながら、ジョンホは一行の後をついていった。彼らが止まれば自分も止まり、彼らが歩けば自分も馬を走らせ、彼らが泊まる場所のすぐ隣に自分も泊まった。遠い昔、チョンスがミョンイの後を追ったときのように……。

船は遠い海に向かってゆるやかに進んでいった。ジョンホは風雨のなかに立ち、その船が点となり、やがて消えてなくなるまでいつまでも見送った。

地面を掘って水槽を入れ、雨水を受けるようにした。そしてこの奉天水で洗濯をした。エゴノ木で水を受けると、飲み水としても長持ちするが、チャングムは時間の許すかぎり、遠く浜辺の泉まで出かけた。この土地では、玄武岩から地下にしみこんだ雨水が下流へと流れてゆき、やがて浜辺の湧き水となるのだ。ムロボク（済州に伝わる民具で、飲料水を運ぶときに用いる瓶）で汲《く》んだ湧き水を、ムランという大きな瓶に蓄えておくのが古くからの慣わしだった。

浜辺には大きな岩がひとつだけぽつんと横たわっていた。遠い昔、噴出した溶岩が竜頭の形で固まったものだという。また、その岩には言い伝えもあった。不老長寿の薬草を採りに来た竜王の使者が、山の神の射た矢に刺さり、そのまま死んで固まったという話だ。満潮時には、海上に突き出た部分が、頭をぐいともたげる竜のように見えた。今まさに飛び立とうとしてそのまま固まってしまったかのような竜頭。チャングムはそれを見るたび、自分の境遇を目にするようでもの悲しくなった。

広々とした海はひっそりとしていた。このままままっすぐ泳いでいけば、ヘナムのどこかにたどり着くかもしれない。ヘナムの船着場では、今でもジョンホが立っているような気がした。漢陽《ハニャン》からヘナムまでを千里の道といったが、その距離は、目の前に広がるこの海よりも果てしなくはない。漢陽はあまりにも遠かった。ぼんやり海を眺めていると、自然と涙がこみ上げてきた。

まだ三月だというのに、済州島はもう暖かかった。ぼこぼこした玄武岩の隙間から、浜旗竿《ハマハタザオ》が白い葉をのぞかせていた。ムロボクを担いでのぼる路傍の畝《うね》間や石垣にも、春の陽射《ひざ》しが満ち満ちていた。

監営の観徳亭《カンドクチョン》に掲げられた扁額《へんがく》は、いつ見ても涙を誘った。世宗《セジョン》王の三番目の息子である安平《アンピョン》大君の書である。『特別に重大な罪名でないかぎり、流罪には処せず』。つまりここは重罪人だけが送られる幽閉の地であった。その書は、王宮のにおいを感じられる唯一のものであり、場所であった。

観徳亭は世宗王の時代、地方長官であったシン・スクチョンが兵士の訓練と武芸修練のために建てた東屋である。その後、成宗《ソンジョン》時代の長官であったヤン・チャンが修復し、今日に至っている。すでに高麗時代より倭寇《わこう》がしばしば侵入し、殺人や放火、略奪を繰り返していた。それを阻止しようと世宗十九年に、三つの城、九の鎮《チン》（地方軍隊）、十の水戦所、二十五ののろし台、三十八の烟臺《ヨンデ》など、各防御施設を整備した。

済州島に地方長官が置かれたのは太宗《テジョン》十六年。島の東側は旌義縣《ソニヒョン》、西側は大靜縣《テジョンヒョン》となっており、それぞれを縣監《ヒョンガム》が統治した。

監営の庭には、アカザがわきかえるようだった。新しい判官が赴任してくるというので、官員、官婢とも掃除や料理に奔走していた。監営の首長は観察使であったが、実質的な任務はその下の判官が一手に引き受けていた。

「海で溺《おぼ》れ死んだのかと思った。水を汲みに行ったきり梨《なし》のつぶてで、どういうこと？　奉天水もあるというのに、なぜいつも遠いところまで湧き水を汲みに出かけるの？」

チョン氏はチャングムを見るとそう言って舌打ちした。チョン氏は、両班《ヤンバン》宅の奥方であったが、貞節を守らず他の男と情愛を交わしたため、官婢の身に転落した女であった。チャングムは自分よりも年上で、元両班でもあるチョン氏に丁寧にふるまおうとしたが、チョン氏はそういう態度を心から嫌がり、対等に付き合ってくれることを望んだ。情愛を交わした男は、おそらく賤民《せんみん》だったのだろう。

「戸房《ホバン》（戸曹関連の担当部署）の官吏が何度もやって来てあなたを探していたわ。宴の料理の準備がどうなっているのかって」

そう言われてもチャングムは、特に反応を示さなかった。監営には観察使以下、中央から任命された都事、判官、中軍等の補佐官がおり、一般民政は吏《イ》・戸《ホ》・礼《イエ》・兵《ピョン》・工《コン》・刑《ヒョン》の六房《ユクパン》が請け負っていた。この業務は地方民から選出された郷吏《キョンニ》が担当したが、刑房《ヒョンバン》の官吏は、チャングムを初めて見たときから物欲しげな視線を投げかけてきた。

「戸房の官吏が探しているっていうのに何をしているの？　行って、スズメダイの塩辛がよくつかっているかどうか味見してきて」

チャングムはそのすべての言葉を聞き流していた。戸房の官吏だろうが誰だろうが、あえてこちらから出向かなくとも、必要ならばまたやって来るだろう。チャングムは土間に入って汲んできた水を瓶に注いだ後、甕《かめ》置き場に行った。かわいらしく立ち並ぶ甕たちを見ると、大きな松の木が思い出された。松の木に向かってお辞儀し、儀式を行う人々。小さな器にこんもりと盛られた味噌《みそ》。その風景はハン尚宮に対するなつかしさを呼び起こした。

チャングムは甕の蓋《ふた》を開けたり閉めたりしただけで、味見もせずに閉めてしまった。もはや食べ物に対する興味も失せ、ハン尚宮を思い出させる甕置き場にいることすら嫌になった。そうしてチャングムが急いでその場を離れようとしたとき、ふとどこからか歌声が聞こえてきた。

「すもの花に月が輝き、天の川が真夜中の空にかかるとき、そのひと枝の春の趣を、ほととぎすよ、鳴いて教えてくれようとも、感じやすい私の心、なかなか眠りにつけないことよ」

チョン尚宮がよく詠っていた時調（韓国固有の定型詩）の節であった。ヨンセンやチャンイと一緒に聞いたチョン尚宮の時調は、どんなに楽しかったことか。会いたい人たち、そして温かい思い出があまりにも多かった。だが今やそのすべてが傷跡でしかなかった。

この土地に吹く風にうんざりした。風は、癒《い》えることなくむき出しになった傷口に容赦なく吹き込み、ときにその風のなかに宮廷で聞いたあの優しい声を聞いた。

「チャングム、お前は私の娘……」

逃げるように甕置き場を離れた。監営に戻って建物の裏に行くと、宴のために臨時に設けられた日よけがあった。各盆には海鮮や海草がたっぷりと盛られていた。水はけがよすぎて田作りに適さない済州島では、米の代わりに雑穀を、野菜の代わりに海草を普段から食していた。ヤンニョムをのぞき、素材の味を生かすように調理し、暑い気候を考慮して塩加減を濃いめにした。

チョン氏がスズメダイを骨ごと刻み、味噌と醤油を混ぜて膾《なます》を作っていた。大きな盆には野菜の串《くし》焼きを作るための材料が盛ってある。チャングムもワラビの汁を煮る準備をした。生のワラビをゆでて灰汁《あく》を抜き、やわらかくゆでた豚肉を細かく刻んで、ねぎ、にんにく、胡椒《こしょう》で下味をつけたあと、ワラビと一緒に肉のゆで汁のなかに戻し、さらにひと煮立ちさせた。それから小麦粉を溶いてとろみをつけ、塩をふって味を調えれば出来上がりであった。

アマダイの粥《かゆ》は、アマダイを煮込んだ汁に米を入れ、再び沸騰したら魚の肉を削《そ》ぎ、弱火で長時間煮込めば完成である。アマダイの粥を炊くのはたいした手間ではなかったが、面白味もなく、ただうんざりし、さっさと片付けてしまいたかった。機械的に手を動かして膾を作った。自分の包丁ではないことが気に障り、同時にハン尚宮の話を思い出した。ハン尚宮の親友であった母の悲願が込められた包丁。その包丁だけは持ってこなければならなかったのに……。

「どこへ行ったのかと思ったら、ここにいたのか。それで、料理の準備は整っているのだろうな？」

刑房の官吏はそう言いながらチャングムに近づくと、しつこく絡んできた。チャングムを見るその目は、獲物を狙う獣のようだった。官吏は自分の欲望を満たすためなら手段を選ばないような人物だったが、生つばを呑《の》み込むだけで、むやみに襲いかかることはしなかった。たとえ官婢であっても、チャングムは死ぬまでたった一人の男、つまり王の女だからである。

新しく赴任した判官は、底ぬけのお人好しのようであった。おそらくそのせいで、彼が連れてきた首医女《スイニョ》（医女《いじょ》の長）の目つきが、一段と鋭く感じられたのだろう。

「ナウリ、アマダイの粥を味見なさってください」

「アマダイの粥か……。この地方の特産物なのか？」

「さようでございます。これを調理したチャングムという娘は、今ではここの官婢ですが、以前は宮廷にいて王様の水剌を作っていた内人でございました」

「ほう、さようか？」

判官はすぐに匙《さじ》を手にしたが、首医女はまずチャングムを注意深げに見た。

「それではこの味が、殿下の味覚を満たした味というわけだな？」

「……満たすことができなかったので追い出されたのでしょう」

首医女の言葉にチャングムはどきりとした。

「真心の代わりに塩をたっぷり込めたようです。塩加減が合いません」首医女が言った。

「それは、その……、ここは気候が暑いので、他の地方より多少塩辛《から》く味付けしたのでしょう」

刑房は自分のことのようにチャングムをかばった。

「塩辛いということではありません。塩加減が合わないと言ったのです」

首医女がチャングムをまっすぐに見つめて言った。チャングムもそらさずに、その視線を正面から受け止めた。不敵ではあったが、態度に嫌味はなかった。女は女を見分けるものだ。


「そこじゃなくてもっと下……、違う、もっと下……」

チョン氏は、夜ごと皮膚のかゆみに悶《もだ》え苦しんでいた。傷はひどく、むちを打たれて腫《は》れあがった痕《あと》が無数についていた。

「そうそう、そこ……。もっとがりがり掻いて」

チョン氏は毎晩のように掻いてくれと懇願したが、チャングムは断ることも頼みを聞いてあげることもできなかった。断るのは薄情な気がしたが、頼みを聞けば自分の胸が切り裂かれそうだった。

それは乱杖刑を受けた傷痕だった。乱杖刑は元来、姦淫《かんいん》した女や人道に背いた者を罰するという名目で、村人たちの合意の下に執行された法外刑であった。

ハン尚宮は乱杖刑だけでなく、さらに剪刀周牢を受けていた。剪刀周牢のなかでも腕の周牢を受けていたので、チャングムが連れていかれたときには、両腕はすでに折れていた。腕の周牢は、足首を重ねるようにして正座し、まるで両肩が触るほどきつく腕を後ろに縛り、その間に棒を差し込んで腕をひねりあげる刑罰である。いるはずもない黒幕を白状しろと言われてハン尚宮は拷問を受けのだ。死ぬしかなかった。

中宮殿に侵入して義禁府に連行されたとき、チャングムもピジョム乱杖を受けた。死なない程度にめった打ちにされたチャングムは、牢《ろう》に閉じ込められた。牢のなかにはすでに一人の女がいた。生きているのか、死んでいるのかわからなかったが、よく見るとハン尚宮であった。

ハン尚宮は死ぬ前にたった一度だけ目を開けてこう言った。

「ミョンイ……」

はっきりとそう聞こえた。チャングムはそこで初めて、無念にも死んでいったハン尚宮の親友が、ほかならぬ自分の母であることを知ったのだ。

「媽媽！　私です。チャングムです。パク・ミョンイの娘、チャングムです」

「ああ、チャングム、私の娘」

その言葉は間違っていなかった。追放された母は父と結ばれてチャングムを生み、ハン尚宮は料理と結ばれてチャングムを育んだ。チャングムにとって二人が母であり、師であり、そして恨《ハン》であった。

こうしてハン尚宮はこの世を去った。ハン尚宮の死を見届けたチャングムは、もはや血涙を流しただ哀しむしかなかった。

この世でもっとも愛した二人の女性。チャングムは彼女たちの死を見届けた。母には葛《くず》の根を噛《か》んで食べさせることができたが、ハン尚宮にはそれさえもできなかった。母にはその屍《しかばね》の上に石を積んで墓を築いてあげることができたが、ハン尚宮には何もしてあげられず、その屍が荷物のように運び出されるのをただ眺めているしかなかった……。

チョン氏の傷は否がおうでもハン尚宮を思い出させる。だから目にするのがつらかったのだ。だがチョン氏は、チャングムが三作ノリゲひとつを持って夢も希望もないこの見捨てられた地にやって来たとき、唯一やさしくしてくれた人であった。チャングムは掻いてあげる代わりに、ほかによい方法がないか模索し始めた。そば粥を炊いてあげたかったが、官婢の身分でそばを手に入れるのは難しかった。そばは胃腸の水分を吸収し熱を下げ、消化を助けるばかりでなく、女性の冷え症と腫れ物の治療に適していた。

チャングムはそばの代わりにニレの皮を使うことにした。若葉をそのまま食べたり、幼根の皮を水に浸して搗《つ》き潰《つぶ》し、患部に当てたりした。古くなった瓦《かわら》を火で熱し、ニレの上から当てると、温熱療法としても最適であった。

そのころのチャングムは、薬草に興味をひかれていた。チョン氏の苦痛を和らげたくて始めたことだったが、次第にほかの薬草の種類や症状との関係、毒草との区別や効能についても興味をそそられるようになった。それもみな、千秋の恨みで彩られたハン尚宮の死に起因していた。食べ物が温疫の原因であった事実を解明できないと見るや、あの者たちは呪詛騒動を引き起こし、それだけでは足りないと、食べ物に毒が入っていたと話をでっちあげた。チャングムは何ひとつ認めなかったが、一体何が原因で王が病気になったのか見当すらつかず、どれだか悩んだかしれなかった。また、こんなことすら明らかにできずに、ハン尚宮を死に追いやった内医院の医官たちを、絶対に許すことができなかった。

「その三作ノリゲ、もしかして王様がくれたの？」

チョン氏の言葉がチャングムを現実に引き戻した。部屋に戻ると三作ノリゲを手にすることが習慣になっていた。降りしきる雪のなかでジョンホから手渡された三作ノリゲには、彼の体温がかすかに残っているようだった。

「そうじゃなかったら、三作ノリゲを盗んで追い出されたの？」

チャングムは苦笑いして頭《かぶり》をふった。

「人をあまり憎んではだめ。憎しみがあると、自分の身体から毒がわくの。憎い相手を倒す前に、その毒で自分の肝臓をだめにしてしまうわ」

そんな風に話すときのチョン氏は、紛《まぎ》れもない両班の女であった。

翌日、洗濯を終えたチャングムは、ざるを持って野原に出かけた。昨晩の治療で、幼根皮がほとんど底をついてしまったからだ。

春三月（春真っ盛りの陰暦の三月）のニレは、葉よりも先に鐘の形の花冠に白い花を咲かせていた。若葉を摘むには、時期がまだ早いようだった。

「幼根皮よりギシギシのほうがよい」

不意にそんな声が聞こえて、辺りを見まわすと首医女がいた。彼女もやはり幼根皮を探しに出てきていたようで、背中の網袋には、かき集めた幼根皮がはみ出すくらいたくさん詰まっていた。

「腫れ物には普通幼根皮が用いられるが、即効性からすればギシギシのほうがはるかに勝る。ギシギシは本土ではどこにでも生えているが、ここでは山に行かなければ採れない。水気があるところでよく育つのだ」

「腫れ物のための薬料を探していると、なぜおわかりになったのですか？」

「宴のときに見ていたが、あちこち掻いていた。お前と同室の奴婢《ぬひ》のことだ」

そのことだけでチャングムが幼根皮を探しに来たのだとわかったのであれば、この首医女はただ者ではないということになる。

「ギシギシの葉と根を搗き潰して患部に当てると、不思議と効く。まずは私のところに訪ねてくるように言いなさい」

「あの……どうすれば……数多くの薬草のことがわかり、見分けることができるのでしょうか？」

「天地に広がっているのが薬草ではないか」

「薬草ではないものもあります。それに効能も薬草ごとに違うではありませんか」

「どこにでもあるような草が、もっともすばらしい薬草となる。……無理に見えないところを探そうとせず、目に見えるところを探しなさい。何でもない草がもっともすばらしい薬草となるのだ」

「何でもない草がもっともすばらしい薬草……」

チャングムがその意味を銘じている間に、首医女はどこかへ行ってしまった。

その後、監営のなかでも首医女を見かける機会は何度もあったが、彼女はチャングムを見ても知らないふりをした。挨拶《あいさつ》しても返事もせずに行ってしまうのだった。チャンドクという名のその首医女は、妾《めかけ》とはいえ判官の妻であった。官婢の挨拶を、まともに返す必要もなかった。

チャングムはひと息入れようと麦畑へ出かけた。悲しいくらいに陽射しがまぶしかった。朝廷では、各監営に未開墾地を開墾させて屯田にし、その収益で鎮将《チンジャン》（地方軍隊の管轄に当たった鎮営の長官）の経費をまかなうようにしていた。ところが、軍資の補充を目的に設置したこの屯田制度による収入は、実際には官庁の一般警備や地方長官の私費として使われることが多かった。耕作は官婢たちの仕事だった。その弊害は深刻で、成宗王の時代には屯田を軍屯田と官屯田とに分け、賦役労働による耕作を禁止したが、済州島では依然として屯田耕作に官婢たちが動員されていた。

麦畑は海に面していた。春の陽射しに実りゆく麦穂は、どこまでが畑でどこからが海なのかわからないほどに青かった。もっともこの土地の人々は、海のことも畑と呼んでいた。ナマコが多く採れればナマコ畑、ワカメが多く採れればワカメ畑というように。海であろうが陸であろうが、何かが多く採れる場所がすなわち畑なのであった。だから色にしろ、名前にしろ、この麦畑と海の間には境界などないのである。

チャングムが麦畑に到着するや、麦が波打つかと思うほどの激しい悲鳴が聞こえてきた。驚いて駆けつけると、チャンドクが怯《おび》えた表情で石垣の下に座り込んでおり、その前には蛇が一匹、とぐろを巻いて舌をちろちろさせていた。周りには作業員たちがいたが、みな遠くから見ているだけで、誰ひとり蛇を追い払おうとしなかった。

長めの木の枝を探したが見つからなかった。チャングムはすばやく機転を利かせ、おやつの入ったかごをふって蛇をひきつけ、畑のほうに追いやろうとした。蛇は何度か頭をもたげてチャングムをにらみつけたが、そのうちに根負けして逃げ出してしまった。

「なんと情けない者たちだろう……。男が何人もいながら、蛇一匹が怖くて何もできぬとは」

ともに監営に戻る道すがら、チャンドクは作業員たちを罵《ののし》って息を荒げた。この土地の風習を知らなかったため、なおさら驚きも大きく、不愉快であったに違いない。

「ここはジメジメしていて蒸し暑く真冬でも暖かいので、ムカデをはじめとした虫が多い土地柄です。蛇もよく見かけますが、蛇を崇《あが》める風習があるため殺すことも追い払うこともしません。それでますます数が増えているようです」

「蛇を崇めるとは。蛇は邪悪なものではないのか？」

「雨が降りそうになると、蛇が頭をぐいともたげ、群れをなして這《は》いまわるそうです」

「この島が嫌いになりそうだ」

「蛇が怖いのですか？」

「怖くはない！　ただ嫌なだけだ……」

我ながら可笑《おか》しかったのか、チャンドクは豪快に笑った。普段の冷ややかな表情とはまるで対照的な明るい笑顔であった。

礼の言葉こそなかったが、それ以来チャンドクは、チャングムに心を開くようになっていった。

日に日に増える患者の診療をチャングムに手伝わせたり、薬草を採りに行くときに一緒に連れていったりすることも多くなった。春の間中、チャンドクについて野山をめぐるうちに、チャングムはいつの間にか医術の世界へとのめりこんでいた。

島には、丘でもなく山でもない、溶岩が噴き上げて固まった数百を超える小さな噴火口があった。島の人々はそれをオルムと呼んでいた。二人は、ノクコムル・オルム、あるいは水月峰《スウォルボン》と呼ばれるオルムを訪れた。その地にはノクコと水月という兄妹の伝説があった。それは、母親の病を治すためには百種類の薬草を食べさせなければならないと言われ、九十九種類を手に入れたが、残り一種類を手にすることができなかったというお話である。彼らが手に入れられなかった最後のひとつは、五加木皮《うこぎ》というものであった。二人は千辛万苦の末に五加木皮を見つけるが、それは切り立つ崖《がけ》にあった。水月は五加木皮を採りに行き、崖から落ちて死んでしまうのである。

「話の続きはどうなったのでしょうか？」

「どうなったって？　水月が死んだと言っただろう」

「お母さんのことです。九十九種類を食べても最後の五加木皮を食べられなかったせいで死んだのでしょうか？」

「ふむ……。伝説にはその続きはないから、お前が考えてみたらどうだ？」

百種類を食べなくてはならないのだから、ひとつでも欠けていれば死んでもおかしくない。しかし、五加木皮は強壮剤や鎮痛剤として使われるのだから、それがないからといって必ずしも死ぬとはかぎらないのではないか。チャングムがそう言うと、チャンドクは自分にもわからないと白を切った。

「私にはわからない。自分で考えてごらんなさい！」

待ちに待って瀛州山《ヨンジュサン》に登ったときには、季節はいつしか夏になっていた。獣道の両脇には、ヨメ菜と岩菊が咲き乱れていた。同じキク科の多年草らしく形と色合いはそっくりで、ふたつを見分けるのは難しかった。

「これがヨメ菜、これが岩菊……。ヨメ菜のほうが花びらが多く、紫の色も濃いような気がします」

「まったく愚かな娘だ！」

チャングムは自分なりに見分け方をあみ出して特徴を言ってみたのだが、チャンドクからは愚かな娘と叱《しか》られてしまった。

「花で見分けるのか？」

「そうでなければ、どこを……？」

「では花が散ってしまったらどうするのだ？　秋冬には薬草を使うことも、手に入れることもないというのか？　花が咲く前の春には、どうやって見分けるのというのだ」

言われてみればそのとおりであった。花の咲く前や散った後でも見分けられる何かとは？　木は、葉で見分けるというが……。

「では……葉ですか？」

「そうだ！　見なさい。ヨメ菜は葉が互い違いに生えていて、先には太い鋸葉《きょし》がある。それに比べて岩菊は、葉が卵形で先端がいくつにも裂けているではないか。花を含めた草全体を薬料として使い、中風《ちゅうぶう》(脳卒中)、婦人病、胃腸病に効果がある」

「中風、婦人病、胃腸病……」

「そうだ。花が散った後でも草は特色を表すが……。お前は花が散ったら、何をもって自分を表すのだ？」

「突然、何をおっしゃっているのか……？」

「愚かなだけではなく、勘も鈍いとはな。今のお前は草に例えれば花真っ盛りのときではないか。だがお前には夫もいなければ子どももいない！　普通の女は花が散っても夫と子どもがいることで、自分の葉を持つことができる。だが何もないお前はどうやって自分の葉を持つつもりかと聞いたのだ」

「考えたことがありません」

「考えたことがないだと？」

「考えたくもありません」

「ならばなぜ薬草の研究には熱心なのだ？」

「……どうしても明らかにしたいことがあるからです」

「明らかにしたいことがあるか。ではそのことを自分の葉とすればよい」

何も言うことができなかった。チャンドクは人の心を読める人なのだろうか。何も話していないのに、チャングムが夢を失い、失った夢を取り戻そうとしていないことを見抜いていたのだ。

そうだった。もはや料理という言葉を聞いただけでも怒りを覚えた。母もハン尚宮もそのために死んだのだ。この先宮廷に戻れるはずもなく、たとえ戻れたとしてもそこにハン尚宮はいない。ハン尚宮がいなくとも、作った料理を食べてくれる人はいくらでもいる。だがハン尚宮がいないのに、なにゆえに料理をするというのだ。もう二度と、食べる人が笑顔になるような真心のこもった料理を作れそうになかった。自信がなかった。興味がなかった。意味がなかった。

五代続けて最高尚宮を輩出した朝鮮最高の水剌尚宮と対決して、勝利を飾った。朝鮮で一番の実力を認定されたのである。しかし、一夜にして愛する人を失った。料理がどんなに上手でも人の命を救うことはできなかった。それどころか料理が人を死に追いやるということをこの期に及んで知ったのである。

「明らかにすべきことがあるなら、まずは目を覚ますことだ。そんな真っ暗な視野では、事を明らかにするどころか自分さえ見失うことになる！」

「目を覚ましたら道が見えますか？」

「見えなかったら道を探せばよい」

「見えていた道でも崖から転げ落ちてしまいました。それなのに見えもしない道をどうして探すことができましょう？」

「前ばかり見て歩いていたから転げ落ちたのだ！　他を見ようとせず、前ばかり見ていたからだ！　こんな風にヨメ菜を見たり、岩菊を見たり、猛獣が隠れていないか警戒したり、近道を探したり……。愚か者は見えるものしか見ないから足を踏み外すのだ！」

もう一度道を探す……。考えただけでも漠然として恐ろしく、意欲がわかなかった。

チャングムは聞こえないふりをして歩を速めた。クスノキ、ネズミモチ、マルバシャリンバイ、ゴンズイ、ジャケツイバラ、クサギ……。チャングムには名前しか聞いたことのない木々だったが、チャンドクはそれらの木を見ながら、持ってきた帳面に花と葉をせっせと描いていった。カラマツソウ、ヤマアジサイ、フウロソウ、イヌヤフシソウ、シャクジソウ、オオヒナノウスツボ、タンナヤマハハコ、タンナチダケサシ……。標高が高くなるにつれて草花の背は低くなっていったが、代わりに鮮やかな色彩を帯びていた。

口うるさくあれこれ言いはしたが、チャンドクは薬草についてももっとも熱心に教えてくれた。

「これはコマセンニンソウだ。幼芽は毒を抜いて食用にし、根は腰痛、喘息《ぜんそく》、風病（神経の病気）、脚気《かっけ》、発汗などに用いる……。このイソギンチャクのような花はヘクソカズラというが、実を去痰《たん》剤や去風剤として用い、腎臓《じんぞう》炎や疫痢の治療に使う」

天地にこんなにも多くの草があるとは知らなかった。ネジバナ、キオン、ヤマニガナ、ナワシロイチゴ、ノアズキ、ヤブツルアズキ、ヤマラッキョウ……。そしてそのひとつひとつが人の体内に入って、そんなにも多くの働きをするとは思わなかった。山で遊んだ子供時代も、動物や花しか目に入らず、薬草を手にしたことなど数えるほどしかなかった。チャンドクの言うとおり、見えるものしか見ていなかったのかもしれない。

山頂はぽっかり穴が開いていて、大きな釜のようだった。

「頭無岳《トウムアク》とは、まさしく頭のない山なのだな。オルムもそうだが、この島の山はみな頭がない」

噴火口に水がたまってできた池は、ひんやりとしてもの寂しかった。池はその昔、神仙たちが白鹿と戯れたことから白鹿潭《ペンノクタム》と呼ばれた。

その世界は果てしない広がりを見せていて、悲しみが増した。地にそびえるのはオルム、海にそびえるのは島。山を下る道はどれも海へと延びていたが、これほど高いところに上っても海の果ては見えなかった。道の果てはどこも海だった。その果てしない海でどうやって道を探し求め、半島の地を踏みしめるというのか。たとえ踏みしめたとしても、その地に誰がいるというのだ。

〝必ずやお戻りください。お待ちしています〟

ジョンホだ、ジョンホがいた。だが、自分は今や官庁の奴婢の身である。

「奴婢も医術を教わることができますか？」

「こんな馬鹿げた質問は初めて聞く」

「できないということですか？」

「宮廷の医女は内医院に所属し、妓生《キーセン》を兼ねるので、薬房妓生《ヤッパン》という。妓と婢は同じ意味で使われるもの！　もともと巫女《みこ》が堕落して妓生になったというから、妓生と巫女と医女は家族のようなものではないか」

チャンドクは自分の地位をあざ笑うかのように、皮肉めいた調子で言った。

「ということは、奴婢は医女になっても決して奴婢の身分を脱することができないという意味ですか？」

「病に罹《かか》っても男の医員には身体を見せられないため、死を選んだ両班の女たちのために医女が誕生したと聞いている。そのため当時は、官庁に所属していた幼い奴婢を選抜して医女として育てたのだ。悲しいことに奴婢も医女も、その身分は一、二を争う卑《いや》しさなのだ！」

「では、奴婢と医女では何が違うというのですか？」

「何が違うかだと？　一方は一生を飯炊きと洗濯に費やして死に、もう一方は人の苦痛を和らげ、またときには死にゆく人を救い出すこともできる。高官大尉の宴に呼ばれ、妾になることもある！また、王様の多くの女たちの、多くの出産についても医女でなければ立ち会うことはできない。であれば同じ卑しい身分の者同士でも、その環境はまるで違うことが自明ではないか？」

人の苦痛を和らげ、ときには死にゆく人を救い出すこともできる……。チャングムは道を探せた気がした。ついに、あの海に道を開き、半島の地に至るべき理由を見つけることができた気がした。

「……人の命を救う仕事を教わりたいのです。人を殺す料理ではなく、人を救う医術を習いたいのです」

第十四章

再会

チャングムは一生懸命にチャンドクを手伝いながら、医術を身につけていった。野菜を洗っていた手で薬草を束ね、料理を作っていた手で患者の身体に触れた。夜には各種医書を読んで理解を広げ、様々な事例に触れた。

チャンドクは毒草と毒虫に造詣《ぞうけい》が深く、虫歯と腫《は》れ物の治療を得意としていた。チャンドクの医術が評判になると、済州《チェジュ》監営《カミョン》は治療に訪れる病人たちで連日大にぎわいとなった。

地方庶民の医療のために各道に医院を設置し、漢方医と薬夫《ヤップ》（薬草や薬材の採取を担当した者）を置くよう法令を整備した王が初代王、太祖《テジョ》であった。医院では教諭《キョユ》が重要な役割を果たした。教諭は、所属漢方医と薬夫を指揮、監督するとともに、薬材を選別し、上納する仕事を請け負った。成宗《ソンジョン》九年には薬夫を専任職として世襲制にし、様々な雑役も免除するよう改正された。また、上納して余った薬材は、監営で民間治療に用いられるようにした。チャンドクはこのような制度がまだ根づいていない済州で、判官の妾《めかけ》として、漢方医や薬夫の役割まで一手に引き受けていたのである。

歯痛と腫れ物の治療に優れた医術をもつチャンドクは、済州島のみならず、遠く漢陽《ハニャン》にまでその名をとどろかせた。チャンドクは虫歯の治療の際に、銀のかんざしを使うことで有名であった。銀は毒の有無を判別し、細菌の撃退にも利用される便利なものであったが、髪に挿すかんざしを抜いて、治療の道具にしたその奇抜な発想と応用力には舌を巻くしかなかった。

チャンドクが漢陽官吏の招請を受けて遠征診療に発《た》ったのは、翌年の春のことであった。チャンドクが留守のあいだも、患者は連日押し寄せていた。チャングムは晴れて一人だちすることになった。緊張したが、これまで習得した医術をもとに、冷静に治療していった。

歯痛で訪れる患者には老人が多かった。そのほとんどが、歯に塩やねぎの根っこ、黒豆の煮汁、オオバコや菊の葉を塩と混ぜて潰《つぶ》したものを塗るなどして、あらゆる民間治療をあまねく試し、それでも痛みが治まらない患者たちであった。鎮痛剤を使って虫歯を長いあいだ放置していたせいで、十人に九人は症状が深刻であった。

あるとき、一人の老人がチャングムを訪れた。老人は、頭痛がひどく、これ以上生きていくのがつらいため、もし治療の見込みがないのならいっそ殺してくれと愁訴した。厥逆《コリョク》頭痛の類なら歯痛が原因となる場合もあるので、まずは口のなかから見てみることにした。しかし歯に問題はなく、だとすれば胃腸病が疑われた。頭痛は水分代謝の異常によっても引き起こされるが、普段と比べて胃の調子が悪く吐き気があるときにも、頭痛やめまいを感じるのである。

「ご飯はいつもたくさん召し上がりますか？」

「食べ物がないので食べられません」

「消化はどうですか？」

「鳥の餌《えさ》ほどしか食べられないのに、消化するものなんてあると思いますか？」

だがその老人は、食べ物がなく飢えているにしては身体つきがしっかりとしていた。また、高齢になるまで栄養不足が続いていた割には歯が丈夫で、その点も納得がいかなかった。どうしても心にひっかかり、チャングムは付き添いで来た嫁に、老人の普段の様子を訊《き》いてみた。すると老人は食べられないどころかひどく食い意地が張っていて、孫の分まで奪っては寝床でこそこそと食べるため、よく消化不良を起こすということだった。尿量も少ないというから、胃に水がたまっているのは間違いなかった。

チャングムは澤瀉《テッサ》（オモダカの塊根）、赤茯苓《チョクポンリョン》、白朮《ペクチュル》（オケラの根）、猪苓《チョリョン》、肉桂《にっけい》（月桂樹の樹皮）を調合して五苓散《オリョンサン》を処方した。五苓散は胃のなかの水気を抜き、腎臓《じんぞう》や心臓疾患に伴うむくみを取ってくれるので、老人の症状にも有効と思われた。

その後老人は、嘘《うそ》のように頭痛が治ったと言った。長いあいだ悩まされてきた頭痛から解放されると、かんしゃくを起こすこともなくなり、心にゆとりができたという。そしてそのことを誰よりも息子夫婦が喜んだ。嫁が再び訪れ、医女《いじょ》様のおかげだとこちらが気まずくなるくらいおだてるので、チャングムはどうしていいかわからず頬《ほお》を赤らめるばかりであった。

このことをきっかけに、済州の人々のあいだでチャングムの名が話題に上り始めた。おかげで食事の支度やら洗濯やらで暇がまったくなくなったと、チョン氏の小言が増えた。チャングムは判官の許可を得て診療に専念できるようになったが、チョン氏にはいつもすまない気持ちでいた。

ある日チャングムは、患者が途切れた時間に湧《わ》き水を汲《く》もうと海辺に出かけた。思えば、子供時代は山の麓《ふもと》で過ごし、物心がついてからは宮中の山の陰で暮らし、海など見たことのない人生であった。そのため済州に来た当初は、この世にこんなにも広大で果てしないものがあるのかと、海に親しみを持つことができなかった。

それがいつしか、しばらく見ないと苛立《いらだ》ちを感じるくらいに親しみが湧くようになった。すべてを失い、それに代わるものなど何もないと思っていたチャングムの心は、海に満たされ、新しい人との出会いに満たされ、そして薬草に満たされた。むしろ、ぽっかりと空いた心だったからこそ、あらゆることを吸収できたのかもしれない。

海はワカメのようになめらかにきらめいていた。空と触れ合うところは夕焼けがうっすらと赤かった。深く、はるか彼方《かなた》の島国という意味の耽羅《タムナ》（済州の別称）。同じ朝鮮の領土でありながらあまりにも遠く異国のようだと、その名に〝国〟がついた。

「チャングム！　チャングム！」

チョン氏が慌てながらチャングムを呼んでいた。ここまで走ってきたところを見るに、急患が入ったようだった。

「南の村から男が来たんだけれど、自分の母親が今にも死にそうだとか言って暴れているの」

「暴れているですって？」

「すぐに医女を連れてこないと、母親も死ぬし、自分も死んでやるって」

チャングムは男について遠い村まで往診に出かけることになった。道々話を聞いてみると、男の母親は海女《あま》だという。深くまで潜水し、息を止めた状態で作業をする海女たちは、高い水圧と酸欠によって慢性の頭痛、難聴、耳鳴り、胃腸病、神経痛、関節痛などに悩まされることが多かった。

また済州島は風が強く湿気の多い気候のため、喘息《ぜんそく》も珍しくなかった。

男の母親は大上軍《テサングン》で、海女として過ごした歳月は五十年にもなるといった。エギ《子ども》上軍から始めて、下軍、中軍、上軍を経て大上軍になったのである。

また、その母親は以前から擁腫《オンジョン》で苦しんできたという。擁腫、すなわち腫れ物は、済州の人々にとって寄生虫による病気と並んでよく罹《かか》る疾患のひとつであった。寄生虫による病気が多いのは、高温多湿の気候のせいであった。母親の腫れはひどい痛みを伴っており、深刻な病状がうかがえた。

タツナミソウやヨロイグサの根っこ、イヌホオズキやツユクサの球根を煮詰めた汁で患部を拭《ぬぐ》うと、腫気がおさまるといわれていた。ほかに、生の緑豆《りょくとう》をすり砕いたものや、椎茸《しいたけ》の煮汁を患部に塗ると効き目がみられた。しかし、悪質な場合は皮膚の表面はもちろん、身体のなかまで化膿《かのう》して生死をも左右した。擁腫とは、通じるべきものが滞ること、すなわち不和の結果である。それは六腑《ろっぷ》の不和によって生じるため、過去に患った腫気も怒気によって悪化するといった。つまり、火《ファ》が問題であった。水が身近な人に火の気《き》が多いというのは、一見矛盾しているようでもある。だが、呼吸するのは陸の上だけで、水中では息を止めているのだから、身体が病んでもおかしくはなかった。

済州の人々は、ほこらに「皮のお婆のピッチェト」や「海神の竜王」を祀《まつ》った。これらは皮膚病の神であった。神に祈れば病が治ると信じられていたため、治療時期を逃して腫れを悪化させることが多かった。ピッチェトを祀ったほこらには、ゆで卵をのせたご飯を供えるのが慣わしであった。そこには、殻をむくと現れる白くてなめらかな卵のような肌になりたいという願いが込められていた。

腫れは母親の背中に、まるでオルムのように盛り上がっていた。患部は熱を帯びていて、膿《うみ》があることがわかった。はじめは押しても特に反応がなかったが、三回ほど押してみると、今度は悲鳴をあげて倒れてしまった。その様子を見てチャングムは意を決したように言った。

「深いところに膿がたまっているようです。切開しなくてはなりません」

「切開する？　身体を？」

母親は切開という言葉を聞いて飛び上がり、不快感をあらわにした。痛くて身動きとれないほどの病人が、ほこらへお祈りに行かせてくれと息子に食ってかかった。あるいは行かれないのであればペマルを当ててると言った。

「ペマルですか？」チャングムが訊いた。

「この辺でよく見かける編み笠《がさ》の形をした貝です。岩にぴったりと張りついていて、刃物ではがさないと取れないほど強力です。ですからペマルを患部に当てると、強い吸引力によって腫れが治ると聞きました」息子が答えた。

「それは一時的な処方です。腫れのなかでも頭、耳の下、眉毛《まゆ》、顎《あご》、背中にできる五つの腫れ物は、死に至るとまでいわれています。根こそぎ取らなければなりません。深い場所にある膿が臓器にまで悪影響を及ぼすのは、もはや時間の問題です」

母親はそれでも、切開は絶対に嫌だと言い張った。息子はそんな母親の強情に我慢できず、もし治療を受けないのなら自分は本土に行くと脅しをかけた。その言葉に母親はようやくおとなしくなり、身体を預けた。

落ち着かなければならない、チャングムは自らに言い聞かせた。針を打つこともままならないというのに、患部を切開することになろうとは……。刃物を扱うことには慣れていたが、相手は食べ物でなく人の身体である。本で読んだことはあっても、実際に行ったことのない治療法であるだけに、震えが止まらなかった。

チャングムは患部の先端を放射状に八つに切り裂いて膿を絞り出し、針を二度打った。膿を出したので、とりあえずは安心であった。だが患者がこの上なく苦痛を訴えたので、施術を終えたときには三人とも疲労困憊《こんぱい》であった。毒をきれいに取り除かなければ粘液が出たり、縫合がうまくいかなかったりするため、最後は患部を石硫黄《ソギュファン》でいぶした。

男の家を出ると、外は漆黒のような夜が広がっていた。監営まで送るという息子の申し出を頑《かたく》なに断ったことが、悔やまれた。星は見えず、流れる雲に月が見え隠れして陰鬱《いんうつ》であった。波は穏やかだったが、夜霧がかすみ不気味であった。さらには海のほうから、これまで聞いたことのないような怪しい音まで聞こえてきた。

チャングムは何かに追われるように先を急いだ。だが気になるのか、しきりと海辺に目が行った。見てはなるまいと前方だけに注意を注いでも、すぐにふり向いてしまう。そうしてチャングムが後ろをふり返ったとき、ちょうど月が雲間から顔をのぞかせて、海岸を照らした。海岸には、巨大な船が音もなく滑り込んできていた。やがて船が停泊すると、夥《おびただ》しい数の黒い人影があふれ出てきて、村のほうへと流れ込んでいった。

監営はいつもどおり平穏であった。チャングムは直ちに判官の屋敷に駆け込むと、判官を起こした。

「倭寇《わこう》どもが攻め込んできただと？」

判官は驚きのあまり右往左往するばかりで、どうしてよいかわからず慌てふためいた。赴任してまだ間がなかったため、不安になるのも無理はなかった。のろし台でのろしを上げて角笛を吹けとの指示が下ったのは、兵士らがいくらか集まってきたころであった。

倭寇の侵入が頻繁な済州島では、世宗《セジョン》の時代にすでに安撫使《アンムサ》（咸鏡北道《ハムギョンブクト》の鏡城《キョンソン》以北の地を治めた官職）のハン・スンスが、のろし制度を体系的に整備、増補していた。そのためのろし制度は地域に根づいていた。海岸線一帯にのろし台を設置し、オルムの上からのろしを上げ、済州城をはじめとする各鎮《チン》、防御所に危険を知らせるようになっていた。

ところが、のろしも結局は肉眼に頼った連絡体系であったため、天気が悪いとその分、伝達が滞った。その日の夜がまさにそうであった。角笛を吹いてのろしを上げ、味方同士知らせ合いながら敵を撃破するという、水陸挟み撃ち作戦は失敗しつつあった。いまいましい夜霧のせいであった。西帰鎮《ソギュジン》を越えてきた敵は次々と村を占領した。三浦倭亂《サンポウェラン》の勃発《ぼっぱつ》当時、激烈な闘いを繰り広げた兵士たちさえ、今回はなす術《すべ》がなく倭寇を見送るばかりであった。防御線が総崩れした済州監営は、三日間で敵の手中に渡った。

村は焼かれ、村人は皆殺しにされた。見るからにかわいらしかった網の屋根（風で飛ばされないように網で括《くく》った屋根）や穀物庫、かやの木の林もすべて炎に包まれた。チャングムは愕然《がくぜん》とした。ようやくこの地に根を下ろす気力を得たと思ったのに、またもやすべてが一瞬にして消えようとしている。だがたとえすべてが消え去ったとしても、ただ一人生き残ることのほうがチャングムには恐ろしいことだった。そして行く先々で災いを招く自分に、自ら恐れを感じた。

顔馴染みの人々が殺されたり、怪我を負ったり、監禁されたりした。チャングムとチョン氏は、倭寇の世話係として働かされていた。そんななか刑房《ヒョンバン》の官吏だけは扱いが違った。彼は自分の命を守ろうと敵側につき、倭寇よりも暴悪を振るっていた。

「少しでも機嫌が悪いと、すぐに刃物をふり回す人だ。だから何がなんでも倭将（倭寇の大将）の口に合う食事を作るように」

チャングムは、怪我を負った兵士たちの治療もできず、倭将の食事を作らねばならない自分の境遇が恨めしかった。

倭将はまるで食事を口にしなかった。最初は口に合わないからと思っていたが、そのうちに重病を患っていることがわかった。島内で腕がよいとされる医員たちがすべからく呼び出されたが、誰一人家に帰ることはなかった。治療はおろか、病名さえ明らかにできないという理由で、その場で首を切られたからだ。

倭寇らは、もはや呼びつける医員がいないとわかると、村人に手を出し始めた。

「大変なことになったぞ。治療できる医員を探し出せない場合は、食事のたびに一人ずつ首を切っていくそうだ」

チャングムがチョン氏と土間にいると、刑房がやって来て苦言を吐いた。

「食事のたびにひとりずつ殺すですって？」チョン氏が言った。

「そうだと言っているだろ。そんなこと屁《へ》とも思っていない奴《やっ》らだ」

「医員は皆死んでしまっていないというのに、どこで見つけてくるというのでしょうか？」チャングムが言った。

「何を言っている。一人残っているではないか……」

刑房はそう言いながらチャングムを見やった。身の毛がよだった。チャングムはかっとなって声を張り上げた。

「嫌です！」

「嫌がっている場合か。食事のたびに一人ずつ首を切ると言っているのだぞ？」

「敵である倭将を治療することはできません。それに、たとえ私が治療すると言ったとしても、仮にも将軍である男が私のような小娘に身を預けましょうか？」

「それはお前が案ずることではない。今にも死にそうなのにそんなことが問題になるものか」

刑房は村人たちの命を助けるためではなく、功を立てるために必死になっていた。耐え難い嫌悪感と敵意が沸き立ち、その顔面に唾《つば》でも吐いてやりたい心境であった。

「どうしてもできないと言い張るならば仕方あるまい……。だがわしが思うに、最初の犠牲者はいちばん手近なところから探すと思うのだが？」

そう言って刑房はチョン氏のことを上から下までなめまわすように見つめた。チョン氏はぎょっとして尻《しり》もちをついた。

「猶予をやろう。もう一度考えてみるんだな」

チャングムはこぶしを握って、わなわなと震えた。しきりに咳払《せきばら》いをしながら出ていくあの刑房を、まずは殺してやりたかった。チョン氏は、恐怖と怒りが入り混じった複雑な表情でチャングムを見つめていた。もはや選択の余地はなかった。

倭将は、歯茎がまるでたわしのように腫れて裂け、多量に出血していた。皮膚のところどころに真っ青な痣《あざ》があって、関節には水がたまっていた。脈も弱く、疲労しているところをみると、病は腎臓にまで及んでいるようであった。そのまま放っておけば心不全で死に至る。それは時間の問題であった。

「この病は航海をする船員たちによくみられるものです」

通訳は刑房が担当した。対馬に近い済州島では、日本語に堪能《たんのう》な者が多くいた。

「病名は何だ?」倭将が言った。

「壊血病による急性腎不全かと思われます。長い航海生活で野菜と果物を摂取できず、壊血病が生じ、さらに放置していたために腎臓の合併症を引き起こしたかと」

「治せるのか?」

「壊血病は青橘皮や陳皮、柿《かき》の葉で治癒していきますが、急性腎不全の治療はそう簡単にはいきません」

「ここに長く留《とど》まることはできん。二日以内に治らなければお前の首を切る」

「わかりました。……その代わり条件がございます」

「条件？」

倭将は突然大きな笑い声をたてた。腰を折り曲げて笑ったかと思うと、真顔になってチャングムをにらみつけた。その目つきは、あたかも刃となって切りかかろうとする鋭さを放っていた。

「治らなければお前を切るだけのこと。それなのにわしが自分の命をかけてまで、卑《いや》しい下女と取引に応じるとでも思っているのか？」

「ならばお切りください！」

「何だと？」

「本来ならとうの昔に死んでいる身でございます。死ぬことなどひとつも怖くありません」

倭将は、再び人を殺《あや》めるような目でチャングムをにらんだ。女に身体を預けるだけでも恥辱であるのに、ましてや頭首である自分が下女と取引するなど不愉快極まりないことであった。

「……いいだろう！　条件を言ってみろ」

「船に連れ込んだ人々を全員解放してください。怪我ひとつ負わせてはなりません」

「下女のくせに度胸だけはあるようだな。よし、わかった！　ただし、二日間で治せなければお前はもちろん、この島に二本足で立つ動物は何であれ、容赦なく捕まえてその肉を引き裂いてやる」

「……急性腎不全とは、腎臓の排泄《はいせつ》と調節の機能が低下し、漸進的に回復不能の状態に至る病です。腎臓への血流がふさがれ、特に変化が見られなくても、尿意や排泄が減って血液の病に罹りやすくなります。二、三日後に排尿量は増えますが、それは機能が回復したのではなく、一時的な症状にすぎませんので油断してはなりません。排尿量が安定するまで排泄障害を抑えるために、輸液療法を並行して行います」

「治らなかったらお前を殺すまでだ。いちいち説明などしなくてもよい」

「……たとえわが同胞を殺し、わが領土を奪った敵将だとしても、あなたはもはや私の患者でございます。医術を施す者と患者のあいだで話が通じなければ、治療をしても効き目は表れません」

チャングムは恐れることなく、言うべきことをすべて言った。チャングムの言葉に一理あると思ったのか、倭将も黙ってうなずいていた。

「では、行って針と薬を持って参ります」

青橘皮と陳皮は見たことがあったが、柿の葉は自信がなかった。壊血病にはほうれん草がよく効くと言われていたが、耐寒性が強いため、済州での栽培は難しかった。チャングムがそんなことを必死に考えながら部屋を出ていこうとすると、野太い声に呼び止められた。

「死ぬのが怖くないと言ったな？　ならばお前にとって怖いものとは何だ？」

「……私が怖いのは近しい人たちをすべて失い、一人とり残されてしまうことです」


そのころ、ジョンホは海原を進んでいた。

この島かと思いきやそうではなく、あの島かと思いきやそれも違った。海と空の境界は見えず、急いで船を走らせても、前に進んだ分だけ遠のいていくようだった。水平線の先に済州島があるというが、その水平線が自ずと逃げていくのだから、苛立ちは募るばかりであった。

釜山浦《プサンポ》からついてきたカモメが、頭上をせわしく飛びまわっていた。焦る気持ちを抑えようと、ジョンホは船べりをのぞきこんだ。船の進む道に沿って、真っ黒な海から白い泡がぼこぼこと吐き出ている。

チャングムが罪に問われたことで、ジョンホは何度も上訴文を書いて朝廷に提出したが、朝廷はすべてはねつけた。挙句の果てにはオ・ギョモにひどく疎まれ、ジョンホは漢城府《ハンソンブ》の閑職に左遷させられてしまった。漢陽の行政をになう漢城府は、刑曹《ヒョンジョ》、司憲府《サホンブ》とともに、司法権を行使する三法司のひとつである。しかし、漢城府の机の前に座って戸籍を調べるような事務仕事が、ジョンホの性格に合うはずもなかった。

そんな彼にとって、このところめっきりその数が増えた、慶尚道《キョンサンド》と全羅道《チョルラド》一帯への外敵の侵奪は好材料であった。朝廷はジョンホを討捕軍の従事官《チョンサグアン》として起用し、釜山浦へ派遣した。ジョンホは漢陽を発つとき、クミョンが王の寵愛《ちようあい》を受けて従四品の淑媛《スグオン》に爵位したことを風の噂《うわさ》で聞いた。

釜山浦への派遣が嬉《うれ》しかったのは、そこが済州島から遠くない場所だったからだ。

当時朝鮮では、釜山浦、乃而浦《ネイポ》、塩浦《ヨムポ》の三浦を開港し、日本との貿易と居留を許可していた。それによって雨後の筍《たけのこ》のごとく、倭人の数が増え始めた。朝廷は倭館を設けて彼らの交易と接待を請け負ったが、次第に統制がとりづらくなってくると、激しい苛立ちを覚えるようになった。

当初は六十名たらずだった倭人の数は、世宗末年には二千名にまで膨れあがった。彼らは次第に驕慢《きようまん》になり、朝廷の命に背くようになった。そのため官吏と倭人との衝突が、頻繁に起こるようにもなった。こういったなか、中宗《チュンジョン》は王に即位するや、いっそう厳しい統制のもと倭人を監視した。一五一〇年、朝廷は対馬島主の宗貞盛《そうさだもり》に、三浦にいる倭人を連れて朝鮮を離れるよう通告する一方で、日本の船舶について徹底的に監視していった。

三浦に居住する倭人はそのことを不満に思い、暴動を起こした。それが三浦倭亂である。対馬から遠征してきた暴徒を合わせると、その数はおおよそ四、五千にもなった。彼らはいっとき乃而浦と釜山浦を陥落し、熊川《ウンチョン》の防備を撃破した。しかし朝廷は直ちに、ファン・ヒョン、ユ・タムニョンを慶尚左右道防御使《キョンサンチャウドパンオサ》に任命し、倭人を大破した。三浦の倭人は追放され、朝鮮は日本との交易をいっさい断ってしまったのである。

その二年後、日本の足利幕府からの再三にわたる再修交の要求に応じて任申条約を締結、乃而浦のみを開港することとなった。しかしこのときも朝廷は、倭人の三浦での居住を許可しなかったり、貿易船や歳遣船（朝鮮との往来を許可された定期船）を制限したりと、ややこしい但し書きをつけては彼らの不満を買っていた。中宗はその年の九月、歳遣船の数を増やしてくれという対馬島主の要請を言下にはねのけたのだった。

こうして公式的な貿易が制限されたことで、倭寇の略奪行為はさらに勢いを増した。ジョンホはこの釜山浦での勤務期間中、済州島に行く機会だけを狙《ねら》っていた。チャングムが元気に暮らしているかどうか、それだけでも確かめたかったのだ。彼女が生きていることを自分の目で確かめられるならば、もう二度と会えなくてもこの先の人生を生きていける気がした。そうしてジョンホは、数日前に朝廷から、情勢が怪しいため済州島の様子を把握して報告しろという思いがけない命令を受けたのだった。

船は休まず進んでいたが、ジョンホは甲板に立ちながら足を踏み鳴らしていた。チャングムと離れていた時間を思うと、船の速度はあまりにも遅く感じた。

船が岸に着いたとき、辺りはすでに暗くなっていた。ところが、見ると船着場を闊歩《かっぽ》しているのは島の人々ではなく明らかに倭人らであった。ジョンホは直感的に、島に異変が生じたことを察した。

「倭寇が島を占領したようだ。船を浜に着けず、この辺りから泳いでいって隠れるとしよう。まずは倭寇の船が停泊している位置を把握する。その後のろしを上げたら、直ちに集合するのだ。それからお前たちはこのままひき返して援軍を要請しろ。私はこれより変装して済州の監営の様子を見てくる」

ジョンホは作戦を指示すると、部下を船に残して海に飛び込んだ。彼が監営にいく道すがら目にしたのは、想像していた以上におぞましい略奪行為の跡だった。目につく誰もが恐怖におののき、全焼している村も少なくなかった。この阿鼻《あび》叫喚のなかでチャングムが無事でいるのか、ジョンホは心配でならなかった。

ジョンホがそうやって生きた心地もしないくらい不安にかられているころ、チャングムは無事でいた。倭将の病状がよい兆しを見せていたのだ。歯茎の出血が止まり、過量だった尿量も安定してきていた。

「約束どおり捕虜を解放しよう」倭将が言った。

半信半疑であったが、どうやら倭将は約束を守るつもりらしかった。その段になってようやくチャングムは安堵《あんど》のため息をついた。仮に倭将の病が治ったとしても、捕虜を解放してくれなかったらどうしようかと内心不安だったのである。

「明日、夜明けとともにここを出発する。身支度をしておけ」

「身支度……とは、どういう意味でしょうか？」

「完治するまで時間がかかると言ったのはお前だ」

「というと……？」

「お前はわしと一緒に船に乗るのだ」

まさに一難去ってまた一難である。一命を取りとめたものの、対馬に連れていかれた日には、もはやその場で息絶えてしまうような気がした。同じ朝鮮の地である済州島でさえもはるか遠くに感じられたのに、この期に及んでさらに遠い倭人の土地へ連れていかれるのだ。

その夜チャングムはあらゆることを考えた。最初のうちは逃げることばかり考えていたが、やがてあきらめてしまった。島の道はどれも海に出るようになっている。逃げたところで、行く先は竜宮城くらいしかないであろう。倭将を殺そうかとも思った。だがそれはあまりに無謀な気がして、ならばいっそ倭将に自分を殺させようかと考えた。

しかしそう思ったとき、ふたつのことが脳裏をよぎった。ハン尚宮《サングン》の無念の汚名を拭えないこと、そしてジョンホの面影であった。

〝必ずやお戻りください。お待ちしています〟

チャングムは三作ノリゲを胸元から取り出した。再び手にしてからは片身離さず持っていた。着替えるときも、入浴するときも、必ず目の届く場所に置いていた。かつて山中で傷の手当てをした人がイ・ジョンミョンでも他の誰でもなく、ジョンホだったとは……。長いあいだ大事に持っていたからこそ、あの日、あのつらかった生き別れの瞬間に、これをくれたのだろう。

金鶏《クムゲ》を持って急いで宮廷に戻らなければならなかったあの慌しいさなか、死にそうな人を見捨てることができず、薬草を探して手当てをした。命を救われた者も救った者も長いことそれに気づかずにいたが、二人は再び出会い、心を奪われ、そして突然の別れに悲しみを分かち合った。持ち主を失《な》くしていた三作ノリゲは、わけもわからず元の場所に戻され、今宵《こよい》こうしてチャングムを泣かせるのであった。

夜が明けようとしていた。父の形見がこうして戻ってきたように、いつか自分も元の場所に帰れるときが来るはずだ。チャングムはひとつひとつ、持ち物をまとめ始めた。

倭寇の動きが急変していた。援軍が来るまでは、少なくとも二日はかかるはずであった。だがその前に彼らがここを発ってしまうとなると、何ひとつ手を下せないまま見送ることになってしまう。村人の家からはもちろん、監営から略奪された物品が相当数あることは間違いなかった。あるいは奴隷にするために、村人たちまで連れていかれるかもしれなかった。しかしだからと言って、この時点でのろしを上げることはできなかった。こちらの兵士の大事な命までも奪われるのは、火を見るより明らかだったからだ。

ジョンホの予想は的中した。敵に制圧されてどうにも身動きがとれない状況にもかかわらず、囚《とら》われていた兵士の一人がこっそり脱出して、麗水《ヨス》に向かっていたのである。こうしてジョンホは、全羅左道の水軍節度使営《スグンチョルドサヨン》から急派された兵士らとともに、奪われた村々を取り戻し、済州の監営まで進撃していった。

しかし、ジョンホが監営に到着したとき、チャングムの姿はなかった。すでに倭将に連れられた後だったのだ。息つく間もなくのろしを上げ、兵士らとともに敵を追いかけた。どうか部下たちがのろしを確認し、自分が行くまで船を止めていてほしい、ジョンホはただそう願った。

船着場では、部下たちが倭将の一団と苦戦を強いられていた。倭寇らは敵の軍勢の多さに気がつくと、じりじりと海のほうへ退き始めた。岸には倭将を乗せるための船が待機しており、その後ろには大きな船舶が錨《いかり》を上げて、いつでも出発できる体勢をとっていた。

状況を不利と判断したのか、倭将が海に飛びこんだ。だが一人ではなかった。倭将はチャングムの首に刀を突きつけて何事か叫んでいた。自分に近づけばチャングムを殺すというようなことだった。ジョンホが桟橋に駆けつけたとき、倭将とチャングムを乗せた船は、すでに本船に向かって進んでいた。目の前でこんなふうにチャングムを見送ることはできない。そんな愚かな行為は、ヘナムの船着場のときだけで十分であった。

ジョンホは、倭将が前にいる兵士に気をとられている隙《すき》を狙って、矢を放した。夢のなかで失くしてしまったあの矢だった。ジョンホの矢は倭将の首を見事に貫通した。倭将は矢を抜こうともがいた拍子に逆さまになって海に落ち、その身体はやがて水面に浮かび上がった。薄緑色の海に、真っ赤な血が混じっていた。

「ナウリ……。これは……夢ではありませんよね？」

救出されたとき、チャングムは気を失いかけていたが、ジョンホを見るやそう口にした。もし夢ならば心臓が激しく鼓動するはずがない。

「お待ちしていますと約束しましたが、これ以上待てずに来てしまいました」

チャングムは崩れるように、倒れるように、ジョンホの胸に抱かれた。


二人はともに並んで帰ることができなかった。済州の地方長官と判官は、倭寇の侵略を防げなかったことへの責任を回避することに困難を極めると、事もあろうに問題の矛先をチャングムへと向けた。そのせいでチャングムは、倭将の身体を治療して敵と結託したとして、漢陽の義禁府《ウイグムブ》に護送されたのである。

当時朝廷は、走肖偽王《チュチョウイワン》の事件で一時も休まる日がなかった。それは、チョ・グァンジョを始めとする新進士類《シンジンサリュ》と、ホン・ギョンジュに代表される勲旧派《フング》との軋轢《あつれき》がもたらした惨劇であった。

王になってからの十年間、中宗は反正《パンジョン》功臣である勲旧の官僚らに押さえつけられ、自らの所信に従って思いどおりに政治を行うことができなかった。そこへもってきて、戊午士禍《ムオサファ》と甲子士禍《カプチャサファ》の際に、士林派《サリム》の人々が皆殺しにされたことで儒学が衰退し、朝廷の紀綱が乱れたため、追放されていた新進士類が大挙して復活したのである。野心に燃える理想主義者のチョ・グァンジョが登場したのも、このころであった。性理学に基づいた理想政治の実現を主張していた彼は、一五一八年に弘文館《ホンムングア》の長官である副提学《プジェハク》を経て、大司憲《テサホン》の地位に就いた。迷信の打破、郷約（両班《ヤンバン》が郡ごとに作成した規約）の実施、賢良科の設置などは、すべてチョ・グァンジョが考えたものであった。

彼はひたすら道学の思想だけを強調し、志を異にする文人の理論を無条件に反動として追いやった。そして勲旧派を素因として見なして徹底的に排斥し、現実性を無視した急進政策を施行しようと強引な手に出たのだった。したがって、走肖偽王の事件は、危機を感じた勲旧派の生き残りをかけた最後の防御策であり、拙劣《せつれつ》で卑劣な自作劇にすぎなかった。

ホン・ギョンジュは中宗の後宮である自分の娘に、庭園の木の葉に蜂蜜《はちみつ》で『走肖偽王』と書かせた。虫は蜂蜜の塗られたねとねとした部分をのぞいて、葉をすべて食べた。ホン・ギョンジュがこれを王に見せると、王のチョ・グァンジョに対する格別な愛は、徐々に色あせていった。「走」と「肖」を合わせた文字は、チョ・グァンジョの「趙《チョ》」であり、つまり走肖偽王とは、趙氏が王になるという意味であった。

中宗は、チョ・グァンジョを殺すようにという、ナム・ゴン、シム・ジョン、ホン・ギョンジュの勲旧派からのしつこい上訴に悩まされていた。中宗自身も、新進士類の急進的で排他的なやり方に嫌気がさしていたところだっただけに、心は複雑であった。殺すことも、そのまま放っておくこともできない問題であった。木の葉の件がでっち上げであることはわかっていたが、それを口実に殺すことはできなかった。だからといって様子を見ようにも、朝廷がやかましく反対するため、それも叶《かな》わなかった。

そんな渦中に、チャングムは義禁府に連行されたのだ。捕虜の命も大事だが、倭将を治療したことは処罰に値するという意見と、討伐隊と倭寇を打ち払ったのだから褒美をつかわすべきという意見が、真っ向から対立した。一方でジョンホはあらゆる方面に働きかけて、民心をかきたて世論を形成していた。

囚われたチャングムは、死ぬことよりも再び義禁府に戻ってきたという事実に、怒りを覚えた。ハン尚宮が死に、その前には父が亡くなった場所である。結局自分の命も、この義禁府で果てる運命なのだろうか。

走肖偽王に関連した上訴のことで、王はひどく疲れ、嫌気がさしていた。そのため他の問題についても、上訴という言葉を聞くだけで端《はな》からはねのけ、耳を傾けようともしなかった。

「済州島に侵入した倭寇を打ち払ったそうだな」

かつて三浦倭亂を鎮圧した王は、倭寇について格別な関心をもっていた。

「それで、誰が功を立てたのだ？」

「ミン・ジョンホという者でございます」

「ミン・ジョンホ？　ではその者に大きな褒美をつかわせねば」

「媽媽《ママ》、しかしながらこのたびの倭寇の撃退で功を立てたミン・ジョンホが、上訴しております」

王の関心を引くためにそう発言したのは、他でもなくあの長番内侍《ネシ》であった。ジョンホは、上訴について王から何も返事をもらえないとわかると、長番内侍に会って事の一部始終を説明した。チャングムが義禁府に囚われていること、彼女を救えるのは長番内侍しかいないということを丁重に訴え、せめて王が上訴文だけでも目を通すよう王の注意を引いてくれと幾度も頼み込んでいた。

王は上訴という言葉に顔をしかめたが、しばらく考えをめぐらせると、やがて上訴文を読み始めた。

「何ということだ。民を救うために、自分の命をかけて倭将の治療に当たったと書いてあるではないか。褒美をつかわせないどころか、敵と内通したと罪をかぶせるとは、なんとむごいことを！義禁府に直ちに解放するよう通告しろ！」

「チャングム！　おお、チャングム！」

トックはチャングムを見るなり涙ぐんだ。

「お元気でしたか？」

「元気なわけがないだろう。お前があんなことになってから、俺は一日だって心が休まる日はなかった」

「まったく、この人ったら。よくもぬけぬけとそんな嘘が言えるね。毎日お酒飲んで、遊びまわってたのはどこの誰だい？」

「何だと！　俺が飲みたくて飲んだとでも思っているのか？　どうにもやりきれなくて仕方なく飲んだんだ」

「へえ、じゃあ酒を飲むと気が楽になるのかい？　そうなのかい？」

トック夫妻の口ゲンカは相変わらずだった。その光景を前にして、チャングムはようやく家に帰ってきたことを実感した。訓育尚宮《フニュク》についてこの家を出てから、はるか遠い道のりを回りにまわって、十数年ぶりに元の場所へ戻ってきたのだ。

「もう宮廷には戻れないし、これからどうするんだい。自分の食い扶《ぶ》ちを稼ぐには、一生懸命働かないとだめだよ」

「お前ってやつは情も何もないのか。死ぬほど苦労してきたんだぞ。帰ってきたばかりだっていうのに、労《いたわ》ってやるどころか、いきなり金の心配か」

「金の心配っていうより……。一緒に暮らすにはどうしたらいいかって考えてたんだよ」

「ここは実家で、自分は実家の母親だって言ってただろう」

「そうだよ。誰が違うなんて言った？　実家の母親だから、毎日娘にただ飯食べさせてやれって言うのかい？」

トックの妻は憎まれ口を叩《たた》きながらも、オッコルムで目元を押さえていた。

チャングムのもとに、内医院の医官だという人物が訪ねてきたのは、それから二日後の朝方のことだった。チャングムは庭のピョンサンに腰かけて、甕《かめ》に降り注ぐ陽《ひ》ざしをうつむき加減に眺めていた。トックの妻に麴《こうじ》を蒸すようにと言われたがまるで意欲がわかず、ぼんやりと日向《ひなた》ぼっこをしていたのだ。そこへトックが現れて、男が訪ねてきたと言った。

「内医院の医官だってさ。医官がお前に何の用だ？」

男が訪ねてきたと聞いてジョンホかと思い一瞬胸が高鳴ったが、医官と言われてがっかりしてしまった。だが、門の外で立っている落ち着いた雰囲気のその男を見るや、チャングムの沈んでいた心が再び熱くなった。

「ナウリ！」

チョン・ウンベクであった。

「医女が倭将の病を治したと聞いて、興味を持って調べてみたらお前のことだった。今回も死にそうになったそうだな。どこに行っても騒ぎを起こすところは相変わらずだ」

「ナウリはお変わりになりました。復職なさったのなら、もうお酒もおやめになったのですね」

「酒をやめるくらいなら死んだほうがましだ」

「そういうところはお変わりになっていないようで、嬉しいです」

二人はほほえみ合いながらしばらくその場に立っていた。颯爽《さっそう》と医服を着こなしているウンベクは、以前とは別人のようであった。いっそう美しくなったチャングムは、女らしさが全身に漂っていた。いつも問題ばかり起こして人を冷や冷やさせてばかりいた娘が、いつの間にか深い眼差しをもった成熟した女性になっていた。

ウンベクはそんなことを考えている自分に気まずさを覚え、口を開いた。

「これから何をして生きていくつもりだ」

「……まだ何も考えておりません」

「結婚もできぬのなら、一生独身のまま老いて死ぬしかないな！　もはや奴婢《ぬひ》にまでなったのだから、やれることはすべてやったというわけだ」

チャングムは面目なくて笑ってばかりいた。ウンベクに言われるまでもなく、それは骨身にしみるほどよくわかっている事実であった。

「……お前の身分でやれることはふたつだけだ！　正真正銘の奴婢になるか……」

ウンベクはそこで言葉を切ると、チャングムをじっと見つめた。それが正しいことなのか、自分でもまだ確信を持てないとでもいうような表情であった。だが、ウンベクは迷いをふり払うかのように言った。その声はいつになく大きく、そして明確だった。

「医女になりなさい！」

（下巻へつづく）

本書は、韓国ＭＢＣ放送のドラマ『宮廷女官　チャングムの誓い』の脚本をもとに小説化したものの翻訳版です。

番組とは内容が異なるところがあります。御了承ください。

歴代王朝系図(李朝時代)

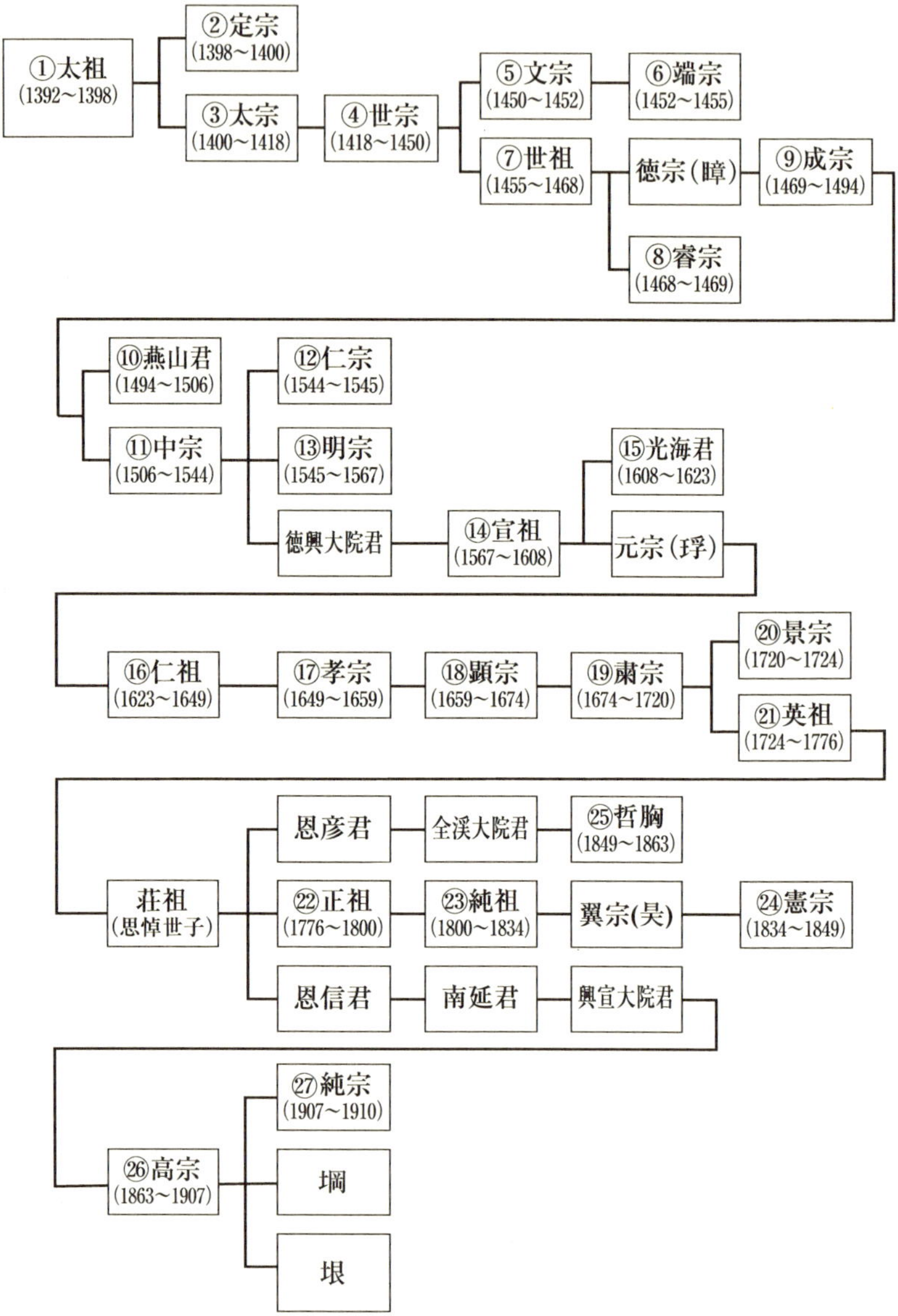
①太祖 (1392〜1398)
②定宗 (1398〜1400)
③太宗 (1400〜1418)
④世宗 (1418〜1450)
⑤文宗 (1450〜1452)
⑥端宗 (1452〜1455)
⑦世祖 (1455〜1468)
徳宗(暲)
⑨成宗 (1469〜1494)
⑧睿宗 (1468〜1469)
⑩燕山君 (1494〜1506)
⑪中宗 (1506〜1544)
⑫仁宗 (1544〜1545)
⑬明宗 (1545〜1567)
徳興大院君
⑭宣祖 (1567〜1608)
⑮光海君 (1608〜1623)
元宗(琈)
⑯仁祖 (1623〜1649)
⑰孝宗 (1649〜1659)
⑱顕宗 (1659〜1674)
⑲粛宗 (1674〜1720)
⑳景宗 (1720〜1724)
㉑英祖 (1724〜1776)
荘祖 (思悼世子)
恩彦君
全渓大院君
㉕哲胸 (1849〜1863)
㉒正祖 (1776〜1800)
㉓純祖 (1800〜1834)
翼宗(旲)
㉔憲宗 (1834〜1849)
恩信君
南延君
興宣大院君
㉖高宗 (1863〜1907)
㉗純宗 (1907〜1910)
堈
垠

朝鮮時代の社会身分制

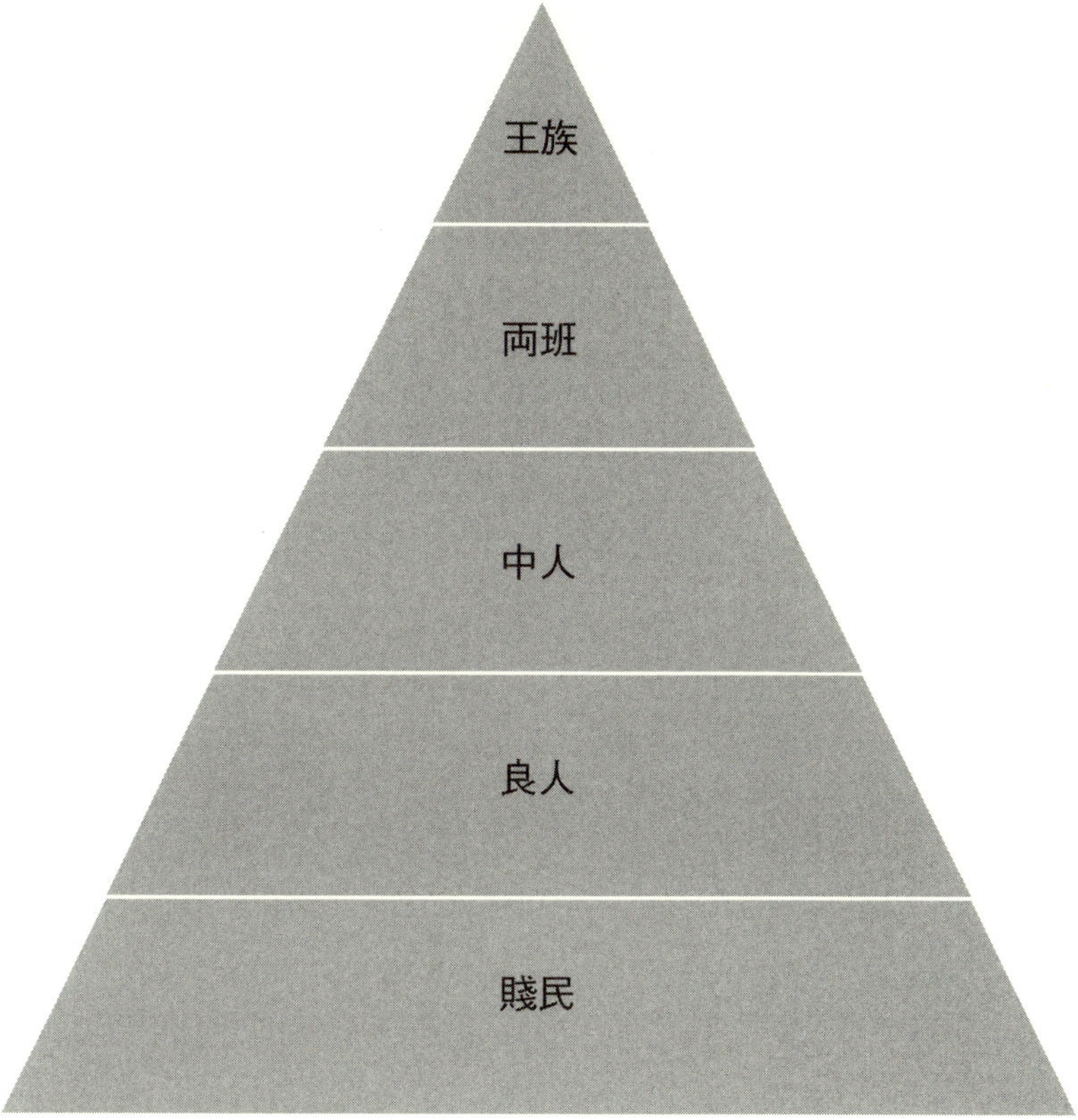

王族……王の一族。

両班……貴族的特権階級。

中人……科挙（高等官資格試験）によって任官し、ほぼ世襲で
専門技術職に従事する階層。

良人……農業や商工業に従事して、国税や賦役を負担する階層。
人口の大多数を占める。

賤民……公私の奴婢（使用人）の他に、広大（仮面劇などの俳優）
や白丁（畜殺、皮革加工、柳細工など）をはじめとした
蔑視された人々らによる階層。

水刺間内の役職とその仕組み

●水刺間の仕組み

提調尚宮………水刺間全体統括者
最高尚宮………水刺間最高統括者
厨房尚宮………厨房責任者
気味尚宮………毒見役と内人の管理
訓育尚宮………見習い教育係
水刺尚宮………王の食事を横で世話する尚宮
煎骨尚宮………전골を煮る水刺尚宮
都庁内人………生果房内人と焼厨房内人はこれに含まれる
生果房内人……宮廷で茶菓・煎茶・餅などの料理を担当する女官
焼厨房内人……宮廷の食事を担当する女官
内焼厨房………宮廷で朝夕の食事を担当する部署
外焼厨房………宮廷での小規模な宴会を担当する部署
焼厨房…………宮廷での食事を担当する部署

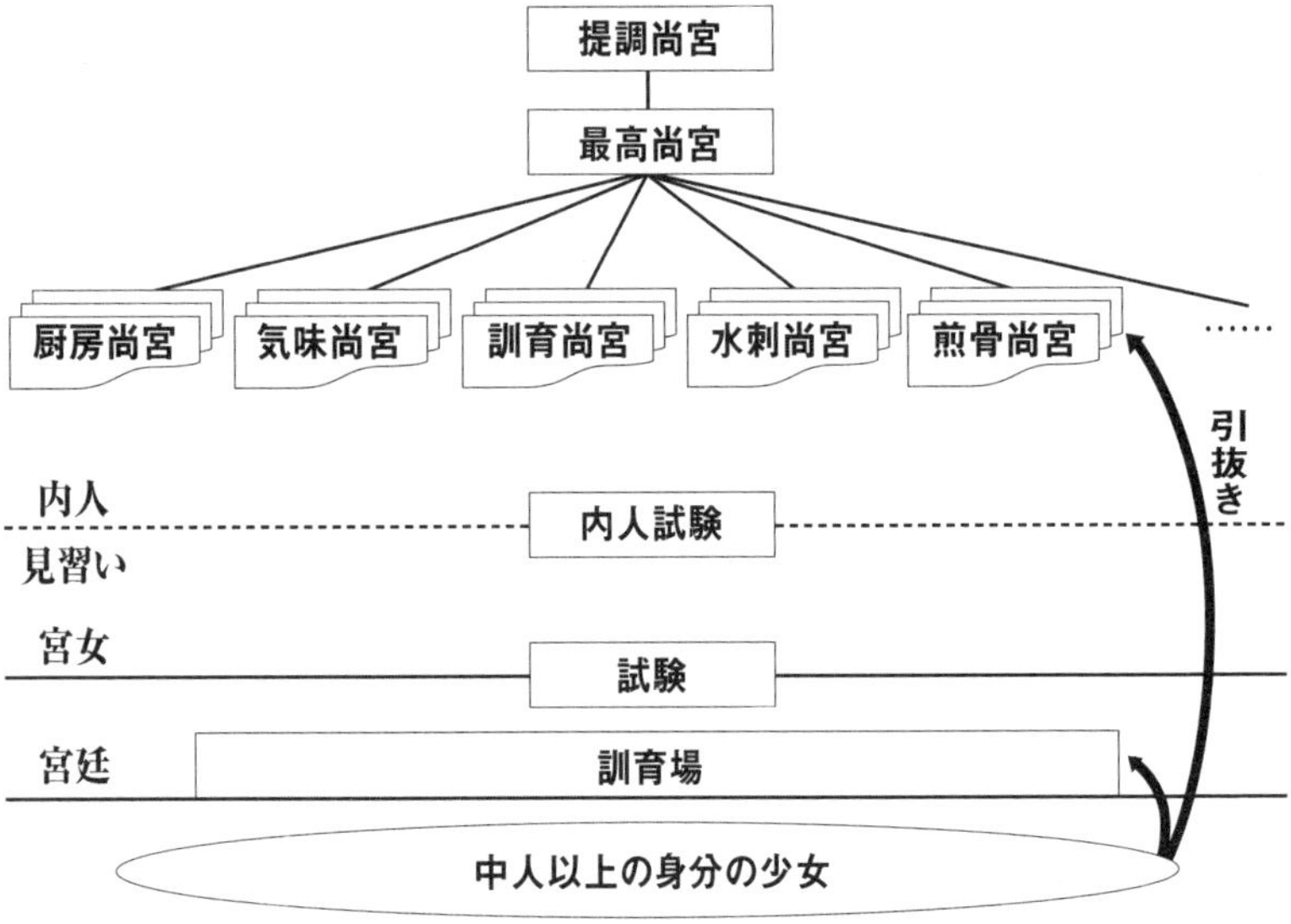

●女官の品階

部署／品階		無階		従一品	正二品	従二品	正三品堂上	正三品堂下	従三品	正四品	従四品	正五品
呼称		大監				令監		進賜（ナウリ）				
内命婦	王宮		賓	貴人	昭儀	淑儀	昭容	昭容	淑容	昭媛	淑媛	尚儀 尚宮

部署／品階		従五品	正六品	従六品	正七品	従七品	正八品	従八品	正九品	従九品
呼称										
内命婦	王宮	尚服	尚寝 尚功	尚正 尚記	典賓 典衣 典膳	典設 典製 典言	典賛 典飾 典薬	典燈 典彩 典正	奏宮 奏商 奏角	奏変徴 奏徴 奏羽 奏変宮

朝鮮時代の官制とその品階（一部）

●官制

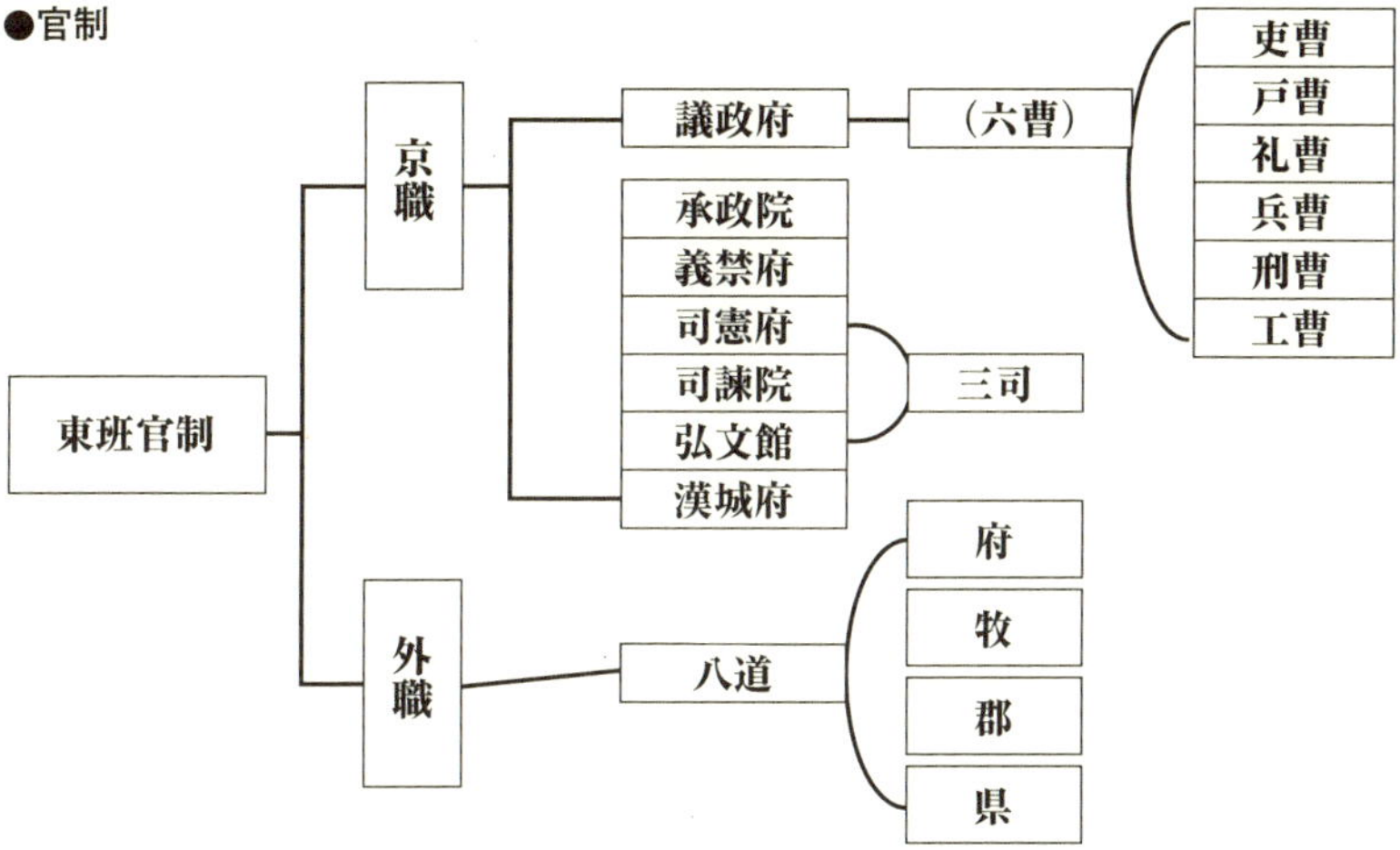

●中央の主な行政機構

部署／品階		無階		従一品	正二品	従二品	正三品堂上	正三品堂下	従三品	正四品	従四品	正五品
呼称		大監				令監		進賜（ナウリ）				
議政府			領議政	左右賛成	左右参賛					舎人		検詳
六曹	吏曹					参判	参議					正郎
	戸曹				判書	参判	参議					正郎
	礼曹				判書	参判	参議					正郎
	兵曹				判書	参判	参議 参知					正郎
	刑曹				判書	参判	参議					正郎
	工曹				判書	参判	参議					正郎
司諫院							大司諫		司諫			献納
承政院							都承旨 左右承旨 左右副承旨					
義禁府				判事	知事	同知事					経歴	
成均館					知事	同知事	大司成 祭酒		司成	司芸 司業		直講
春秋館			領事 監事		知事	同知事	修撰官	編集官	編集官	編集官	編集官	記注官
宗親府			顕禄大夫 興禄大夫	綏徳大夫 嘉徳大夫	承憲大夫	中義大夫 昭義大夫	明善大夫	彰義大夫	保信大夫 資信大夫	宣徽大夫 広徽大夫	奉成大夫 光成大夫	通直郎 秉直郎
儀賓府			綏禄大夫 成禄大夫	靖徳大夫 明徳大夫	奉憲大夫 通憲大夫	資義大夫 順義大夫	奉順大夫	正順大夫	明信大夫 敦信大夫			

参考文献
李勲鐘(1982)、國學圖鑑P.102-105、一潮閣
武田幸男（2003）、新版世界各国史2朝鮮史、山川出版社
全国歴史教師の会（2004）、世界の教科書シリーズ10躍動する韓国の歴史　民間版代案韓国歴史教科書、赤石書店
八田靖史（2004）韓国語食の大辞典Version2.2、http://www.koparis.com/~hatta/jiten/jiten.htm

著者紹介

ユ・ミンジュ

中央大学文芸創作科卒業。フリーライターとして『リビング・センス』『主婦生活』『女性自身』『フィール』などの女性雑誌、『ビデオプラザ』などの映像専門誌に寄稿。その後、映画製作会社エドシネマの宣伝担当を経て、多数の大衆小説とノベライズ本を執筆。代表作は『永遠の片想い』(小社刊)『ゲームの法則』『フィモリ』(未邦訳) など。

訳者紹介

秋 那　Chu na

1972年東京都生まれ。訳書に『二重スパイ』(新潮社刊)『永遠の片想い』(小社刊)『キム・ギドクの世界　野生もしくは贖罪の山羊 (共訳)』(白夜書房刊) など。

宮廷女官 チャングムの誓い　中

2005年4月7日　初版発行
2005年10月3日　5刷発行

著者…………………ユ・ミンジュ
訳……………………秋 那
デザイン…………下山 隆
発行人……………高橋一平
発行所……………株式会社竹書房
〒102-0072　東京都千代田区飯田橋2-7-3
電話　03-3264-1576(代表) http://www.takeshobo.co.jp
03-3234-6301(編集)
振替　00170-2-179210
印刷所……………凸版印刷株式会社

ISBN4-8124-2074-1　C0097　Printed in Japan